杨武能译
德语文学经典

迷娘曲
——歌德抒情诗选

〔德〕歌德 著
杨武能 译

商务印书馆
创于1897
The Commercial Press

图书在版编目（CIP）数据

迷娘曲：歌德抒情诗选 /（德）约翰·沃尔夫冈·冯·歌德著；杨武能译 .—北京：商务印书馆，2023
（杨武能译德语文学经典）
ISBN 978-7-100-21332-5

Ⅰ.①迷⋯ Ⅱ.①约⋯②杨⋯ Ⅲ.①诗集—德国—近代 Ⅳ.① I516.24

中国版本图书馆 CIP 数据核字（2022）第 112377 号

权利保留，侵权必究。

杨武能译德语文学经典
迷 娘 曲
——歌德抒情诗选
〔德〕歌 德 著
杨武能 译

商 务 印 书 馆 出 版
（北京王府井大街36号 邮政编码100710）
商 务 印 书 馆 发 行
北京艺辉伊航图文有限公司印刷
ISBN 978－7－100－21332－5

2023年2月第1版　　　开本 880×1230　1/32
2023年2月北京第1次印刷　印张 22¼
定价：98.00 元

序一

《杨武能译德语文学经典》序

王　蒙

　　熟知杨武能的同行专家称誉他为学者、作家、翻译家"三位一体",眼前这二十多卷《杨武能译德语文学经典》收德语文学经典翻译,足以成为这一评价实实在在的证明。身为大学教授和博士生导师的杨武能,尽管他本人早就主张翻译家同时应该是学者和作家,并且身体力行,长期以来确实是研究、创作和翻译相得益彰,却仍然首先自视为一名文学翻译工作者,感到自豪的也主要是他的译作数十年来一直受到读者的喜爱和出版界的重视。搞文学工作的人一生能出版皇皇二十多卷的著作已属不多,翻译家能出二十多卷的个人文集在中国更是破天荒的事。首先就因为这件事意义非凡,我几经考虑权衡,同意替这套翻译家的文集作序。

　　至于杨教授为数众多的译著何以长久而广泛地受到喜爱和重视,专家和读者多有评说,无须我再发议论了。我只想讲自己也曾经做过些翻译,深知译事之难之苦,因此对翻译家始终心怀同情和敬意。

　　还得说说我与杨教授个人之间的交往或者讲情缘,它是我写这篇序的又一个原因,实际上还是更直接和具体的原因。

前排左一为中国作家协会副主席冯牧，左五为中宣部副部长周扬，左七为对外文委主任林林；二排左三为王蒙，左五为德国大诗人恩岑斯贝格；三排左二为杨武能

陪德国作家游览十三陵

《杨武能译德语文学经典》序

1980年，我奉中国作家协会指派，全程陪同一个德国作家访问团，其时还在中国社会科学院跟冯至先生念研究生的杨武能正好被借调来当翻译。可能这是访问我国的第一个联邦德国作家代表团吧，所以受到了格外的重视。周扬、夏衍、巴金、曹禺等先后出面接待，我和当时的小杨则陪着一帮德国作家访问、交流、观光，从北京到上海，从上海到杭州；到了杭州，记得是住在毛主席下榻过的花家山宾馆里。

一路上，中德两国作家的交流内容广泛、深入，小杨翻译则不只称职，而且可以说出色，给德国作家和我们留下了深刻印象。我和他当时都还年轻，十多天下来接触和交谈不少，彼此便有所了解。后来尽管难得见面，却通过几次信，偶尔还互赠著作，也就是仍然彼此关注，始终未断联系。比如我就注意到他一度担任四川外语学院的副院长，在任期间发起和主持了我国外语

2018年，中国现代文学馆马识途百岁书法展，老哥儿俩最近的一次喜相逢

界的第一次大型国际学术研讨会；知道他因为对中德文化交流贡献卓著，获得过德国国家功勋奖章和歌德金质奖章等奖励；知道他前些年在广西师范大学出版社出版《杨武能译文集》，成为我国健在的翻译家出版十卷以上大型个人译文集的第一人，如此等等。不妨讲，我有幸见证了杨武能从一名研究生和小字辈成长为著名译家、学者、教授和博导的漫长过程。

杨教授说，像我这么对他知根知底且尚能提笔为文的"前辈"，可惜已经不多，所以一定要把为文集写序的重任托付给我。我呢，勉为其难，却不能负其所托，为了那数十年前我们还算年轻的时候结下的珍贵情谊！

序二

文学经典翻译与翻译文学经典

许 钧[*]

近读乔治·斯坦纳的《巴别塔之后——语言与翻译面面观》，书中有这么一段话："为了接近古人，得到精确的回响，每一代人都会出于这种强烈的冲动重译经典，所以每一代人都会用语言构筑起与自己相谐的过去。"[①] 重译经典，在我看来，绝不仅仅是为了接近古人、构筑过去，而更是赋予古人以新的生命。文学经典的重译，就其根本意义而言，是文学经典重构与生成的过程。我一直认为，一部好的文学作品，一定呼唤翻译，呼唤着"被赋予生命的解读"。没有阐释与翻译，作品的生命便会枯萎。是翻译，不断拓展作品生命的空间，延续作品生命的时间。以此观照商务印书馆即将推出的《杨武能译德语文学经典》，我想向德语文学经典新生命在中国的创造者、杰出的翻译家杨武能先生致以崇高的敬意。

---

[*] 浙江大学文科资深教授，中华译学馆馆长。
[①] 斯坦纳.巴别塔之后——语言与翻译面面观[M].孟醒，译.杭州：浙江大学出版社，2020：34.

一个杰出的翻译家，需要具有发现经典的眼光。我和杨武能先生相识已经快35个年头了。1987年，我在南京大学读研究生，主攻文学翻译与研究，那时杨武能先生因为重译了郭沫若先生翻译过的《少年维特之烦恼》，在国内文学翻译界声名鹊起，影响很大。时年5月，南京大学召开中国首届研究生翻译研讨会，南京大学研究生翻译学会让我与杨武能先生联系，我便向他发出了诚挚的邀请，恭请他出席研讨会做主旨报告，指导后学。那次报告的具体内容我已经记不清了，但我永远忘不了在会议期间的交谈中他叮嘱我的一句话："做文学翻译，要选择经典作家。"选择，意味着目光与立场。梁启超曾在《变法通议》中专辟一章，详论翻译，把译书提高到"强国第一义"的地位。而就译书本

1985年，南京大学召开中国首届研究生翻译研讨会，我和杨先生及会议主办者合影于南京大学大门前。中间者为杨先生

身,他明确指出:"故今日而言译书,当首立三义:一曰,择当译之本;二曰,定公译之例;三曰,养能译之才。"梁启超所言"择当译之本",便是"译什么书"的问题。他把"择当译之本"列为译书三义之首义,可以说是抓住了译事之根本。回望杨武能先生60余个春秋的文学翻译历程,我们发现,从一开始他就把"择当译之本"当成其翻译人生的起点与基点。选择经典,首先要对何为经典有深刻的理解。文学经典,是靠阅读、阐释与翻译不断生成的。一个好的翻译家,不仅要对经典有自己独到的理解与领悟,更要在准确把握原文意义的基础上,把原文的精神与风貌生动地表现出来,让文学经典成为翻译经典。60余年来,杨武能先生翻译了近千万字的德语文学作品,无论是古典主义的《浮士德》、浪漫主义的《格林童话全集》、现实主义的《茵梦湖》,还是现代主义的《魔山》,每一部都堪称双重的经典:文学的经典与翻译的经典。首创性的翻译,是一种发现;成功的重译,是一种超越。我曾在多个场合说过,翻译,是历史的奇遇。一部好的作品,能遇到像杨先生这样好的译家,那是作家的幸运,也是读者的幸运。

  一个杰出的翻译家,需要具有创造的能力。发现经典、选择经典是文学翻译的起点,而要让原作在异域获得新的生命,则需要译者付出创造性的劳动。莫言在诺贝尔奖颁奖典礼上发表感言时说:"我还要感谢那些把我的作品翻译成世界很多语言的翻译家们,没有他们创造性的劳动,文学只是各种语言的文学,正是有了他们的劳动,文学才可以成为世界的文学。"创造性,是翻

1985年《译林》创刊5周年招待会上,与杨先生及诗人兼翻译家赵瑞蕻合影,左二为杨先生

译应具有的一种精神,也是历代译家所追求的一种境界。杨武能先生深谙翻译之道,他知道,一部文学佳作要在异域重生,需要翻译家发挥主体性,不仅译经典,更要还它以经典。早在1990年,他就撰写了《文学翻译与翻译文学:兼论翻译即阐释》一文,在文中明确区分了文学翻译与翻译文学的概念,指出:"要成为翻译文学,译本就必须和原著一样,具备文学一样的美质和特性,也即除了传递信息和完成交际任务,还要具备诸如审美功能、教育感化功能等多种功能,在可以实际把握的语言文字背后,还会有丰富的言外之意、弦外之音,以及意境、意象等难以言传、只可意会的玄妙的东西。"[①]基于这样的认识,他对文

---

① 杨武能.译翁译话[M].杭州:浙江大学出版社,2020:279.

学翻译应达到的高度有着自觉和积极的追求。他认为，"面对复杂、繁难、意蕴丰富、情志流动变换的原文"，译者不能"消极地、机械地转换和传达或者反映"，应该主动"深入地发掘、发扬和揭示"。为此，他调遣各种可能，去创造性地重现《少年维特的烦恼》中蕴含的多重情致与格调，传达《魔山》独特的哲理性与思辨性，"再现大师所表达的丰富深刻的思想、精神，感受、再创杰作所散发的巨大强烈的艺术魅力"（见《译翁译话》第82页）。

一个优秀的翻译家，应该具有不懈求真的精神。杨武能先生译文学经典有一个明确的目标，就是要"创造传之久远的、能纳入本民族文学宝库的翻译文学，要创造美的翻译和美玉、美文"（见《译翁译话》第19页）。文学翻译，要具有文学性，具有审美特质，具有美的感染力。作为一个优秀的翻译家，杨武能先生清醒地知道，当下的文学翻译界对于"美"的认识存在着不少误区，甚至有的把翻译之"美"简单地等同于辞藻华丽。他强调说明："我翻译理念中的'美'，指的是尽可能充分、完美地再创原著所拥有的种种文学美质。而非译者随心所欲地想怎么美就怎么美，更不是眼下一些人津津乐道的所谓的'唯美'。"（见《译翁译话》第19页）换言之，追求翻译之美，在于追求翻译之真，需要有求真的精神。再现美，首先要把握原作的美学价值与审美特征，为此必须对原作有深刻的理解。杨武能先生在文学翻译中始终秉承科学求真的精神，对拟译的文本、作家有深入的研究、不懈的探索，坚持在把握原文的精神、风格与特质的基础上再现原作之美，以达到形神兼备。翻译与研究互动，求真与求美融通，构成了杨武能先生文学翻译的一大特色，也因此铸就了杨武能先生翻译的伦理品格。

发现经典、阐释经典、再创经典，这便是杨武能先生的文学翻译之道。杨武能先生的译文，数量之巨、涉及流派之多、品质之高、影响之广，难有与之比肩者。开风气之先，以翻译不断拓展思想疆域的商务印书馆陆续推出《杨武能译德语文学经典》，这在中国的文学翻译出版史上是件大事，可喜可贺。在《杨武能译德语文学经典》即将与读者见面之际，杨先生嘱我写序，我欣然从命。一是因为我们有特殊的校友之情，在南京大学建校110周年之际，我曾写过一篇文章，题目叫《一直引着我前行——我心中的杰出校友杨武能先生》，对这位前辈校友，我心存感激：

2018年，中国翻译史上的大事件：中华译学馆成立！照片中前排左一为唐闻生，左三为杨先生，左二为本人

在我的翻译与翻译研究之路上，在我前行的每一个重要的路段，在我收获的每一个重要的时刻，都有他留下的指引的闪光。南京大学有幸有杨武能先生这样杰出的校友，他的杰出不仅仅在于他卓越的学术建树、他在国际日耳曼学界广泛的影响，更在于他在与后学的交往中所体现出的一种榜样的力量。二是因为我深知这是一份重托：前辈的文学翻译之路，需要一代代新人继续走下去；前辈的翻译精神，需要后辈继承与发扬。让我们从阅读《杨武能译德语文学经典》开始，追随杨武能先生，以我们用心的细读和深刻的领悟，参与经典的重构，让外国文学经典在中国的新生命之花更加灿烂。

2021年8月1日于南京黄埔花园

自序

天时·地利·人和
成就译翁"一世书不尽的传奇"

我应约写过一篇《我的外语生涯》[①]，回顾自己半个多世纪学外语、教外语、担任外语学院领导，以及使用外语做学术研究和进行国际文化交流的点滴往事和心得，以庆祝中国共产党成立100周年。这回我再写一文介绍我的翻译生涯，作为即将面世的《杨武能译德语文学经典》的自序。

60多年以外语为生存手段，教书和学术研究是我的本职工作，说多重要有多重要；然而，我毕生心心念念的却是文学翻译，梦寐以求的是成为一名文学翻译家兼作家，文学翻译才是我真正的志趣、爱好和事业。眼前这套《杨武能译德语文学经典》，乃我60多年心血的结晶。它犹如一棵树冠如盖的巨树，树上结满了鲜艳夺目、滋味鲜美、营养丰富的果实；它长在一片土壤肥美、风调雨顺的大园子里。这座历史悠久的名园叫：商务印书馆！

[①] 选自：王定华，杨丹. 人类命运的回响——中国共产党外语教育100年［M］. 北京：外语教学与研究出版社，2021.

xiv | 迷娘曲——歌德抒情诗选

开编新闻发布会上,巴蜀译翁杨武能分享从译60多年的经历与感悟

"译协影子会长"、译林出版社老社长李景端,一口气举出译翁创下的15项第一[1]

　　小子我从译之路漫长、曲折、坎坷,且不乏传奇色彩[2]。浙江

---

[1]　除了李景端,还有中国译协常务副会长黄友义先生和中华译学馆馆长许钧教授做了长篇视频致辞。

[2]　凤凰卫视2021年做了一期总题名为《译者人生》的专访,经"译协影子会长"李景端推荐,老朽被访了差不多一个星期,因为"他的故事多"。

大学出版社2020年出版的《译翁译话》、四川文艺出版社2017年出版的《译海逐梦录》和湖北教育出版社2000年出版的《圆梦初记》，都详述了我做文学翻译的经历和心路历程，这篇序文只摘取几个最奇异的片段，侧重说说我当文学搬运工一个多甲子的心得和感悟。一个多甲子啊，有几人熬得过……①

走投无路的选择

巴蜀译翁杨武能生于抗日战争全面爆发第二年的1938年，11年后新中国诞生时刚小学毕业。尽管当工人的父亲领着我跑遍山城重庆的包括教会学校在内的一所所中学，还是没能为他的儿子争取到升学的机会。失学了，12岁的小崽儿白天在大街上卷纸烟卖，晚上却步行几里路去人民公园的文化馆上夜校，混在一帮胡子拉碴的大叔大伯中学文化，学政治常识，学讲从猿到人道理的进化论。是父亲基因强大，我自幼便倾心于读书上学。

眼看我要跟父亲一样当学徒工

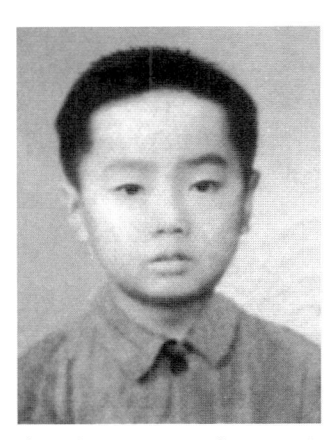

农民的孙子、工人的儿子，儿时的巴蜀译翁杨武能

---

① 一个多甲子从我得到李文俊、张佩芬提携，在《世界文学》发表译作算起，此前的小打小闹就不算啦。

重庆育才学校学生

了,突然喜从天降:第二年秋天,在父亲有幸成为其联络员的地下党帮助下,我"考取了"人民教育家陶行知创办的育才学校,进了重庆解放初唯一一所不收学费还管饭的学校!

在育才,我不仅圆了求学梦,还懂得了做人的道理。老师告诉我们要早日成才服务社会,还讲我们的目标就是实现电气化。于是我立志当一名电气工程师,梦想去建设想象中的三峡水电站。

毕业40年后回母校拜谒陶行知老校长

谁料,初中毕业时,一纸体检报告判定我先天色弱,不能学理工,只能学文,梦想随即破灭。1953年我转到重庆一中念高中,还苦闷彷徨了一年多，其间曾梦想学音乐当二胡演奏家或者歌唱家，结果也惨遭失败。后幸得语文老师王晓岑和俄语老师许文戎启迪、引导，才在走投无路的情况下选学外语，确立了先做翻译家再当作家的圆梦路线。

1956年秋天，一辆接新生的无篷卡车把我拉到北温泉背后的山坡上，进了

高中学生杨武能

西南俄文专科学校。凭着在育才、一中打下的坚实的俄语基础，我半年便学完一年的课程跳到了二年级。

重庆一中毕业照（前排右一为王晓岑老师，右二为潘作刚老师，右四为唐珣季老师，右五为甘道铭校长，右六为刘锡琨副校长，右七为张富文老师，右八为陈尊德老师，右九为团委书记方延惠，右十为许安本老师，三排右三为我）

西南俄专，1957年元旦

与同班同学刘扬体等游北温泉公园

因祸得福出夔门

眼看还有一年就要提前毕业，领工资孝敬父母，改善穷困的家庭生活，谁知天有不测风云：牢不可破的中苏友谊破裂了，学俄语的人面临"僧多粥少"的窘境。于是我被迫东出夔门，顺江而下，转到千里之外的南京大学读日耳曼学，也就是德国语言文学，从此跟德语和德国文化结下不解之缘。这一做梦也没想到的挫折，事后证明跟因视力缺陷不能学理工才学外语一样，又是因祸得福。

南京大学学子

须知单科性的西南俄专，无论是硬件还是软件，都远远无法与老牌综合性大学南京大学相比。而今忆起在南大五年的学习生活，尽管远在异乡靠吃助学金过活的穷小子受了不少苦，仍感觉如鱼得水般地畅

天时·地利·人和　成就译翁"一世书不尽的传奇"　| xix

同班同学秋游中山陵，前排左三为挚友舒雨

本人是那个穿破裤子的裁判，注意：补丁是自己一针一针缝上去的

快，因为有了实现理想的条件和可能嘛。

要说南大学习条件优越，仅举一个例子为证：

搞文学翻译，原文书籍的获得和从中挑选出有价值的作品，实乃第一件大事;没有可供翻译的原文,真叫"巧妇难为无米之炊"。作为南大学子,我身在福中。师生加在一起不过百人的德语专业,拥有自己的原文图书馆不说,还对师生一律开架借阅。图书馆的藏书装满了西南大楼底层的两间大教室,整个一座敞着大门的知识宝库,我呢,好似不经意就走进了童话里的宝山。

更神奇的是,这宝山也有个"小矮人"守护!别看此人个头矮小,却神通广大,不仅对自己掌管的宝藏了如指掌,而且尽职尽责,开放时间总是坚守在自己的位置上,对师生的提问一一给予解答。从二年级下学期起,我几乎每周都得到这"小老头儿"的服务和帮助。起初我只是感叹、庆幸自己进入的这所大学真是个藏龙卧虎之地!日后才得知这位其貌不扬、言行谨慎的老先生,竟然是我国日耳曼学宗师之一的大学者、大作家陈铨。

不过我在南大的文学翻译领路人并非陈铨,而是叶逢植。20世纪五六十年代,叶老师

风华正茂的叶逢植老师

1982年陪叶老师走海德堡哲人之路

尚未跻身外文系学子崇拜的何如教授、张威廉教授等大翻译家之列。不过，我们班的同学仍十分钦慕他，对他在《世界文学》发表的译作，如席勒的叙事诗《伊璧库斯的仙鹤》和广播剧《人质》等津津乐道，引以为荣。

正是受叶老师影响，我才上二年级就尝试搞翻译，也就是当年为人所不齿的"种自留地"。1959年春天，《人民日报》发表了我翻译的非洲民间童话《为什么谁都有一丁点儿聪明？》，对我而言不啻翻译生涯中掘到的"第一桶金"。巴掌大的译文给了初试身手的小子我莫大鼓舞，以至一发而不可收，继续在小小的"自留地"上挖呀，挖呀，挖个不止，全然不顾有可能戴上"资产阶级名利思想严重"和"走白专道路"的帽子。

真叫幸运啊，才华横溢又循循善诱的叶老师在一、二年级教我德语和德语文学。在他手下，我不只打下了坚实的语言基础，还得到从事文学翻译的鼓励和指点，因此在那个物质和精神都极度匮乏的困难年代，我们之间建立起了相濡以沫的深厚情谊。

小译者发表习作的大刊物

可怜，待分配的肺痨书生！

《译翁译话》第一辑《译坛杂忆》，详述了鄙人"种自留地"拿稿费改善自己和父母经济生活，以及后来在叶老师指引下在《世界文学》刊发德语文学经典翻译习作的情况。想当年，中国发表文学翻译作品的期刊，仅有鲁迅创刊、茅盾主编的《世界文学》一家，未出茅庐的大学生杨武能竟一年三中标，实在不易。

南大德文专业1962年毕业照（前排右五为学生们敬爱的郭影秋校长，右四为系主任商承祖，右三为张威廉教授，右二为林尔康老师，右一为马君玉老师；二排右一为帅哥关群，右二为"痨病鬼"，右三为刘大方，右四为贾慧蝶，右五为张淑娴，右六为小三姐舒雨，右七为团支书曹志慕，右八为志愿军大哥何平谷，右九为王志清大哥，右十为"二胡"潘振亚，右十一为班长张复祥；后排左一为秦祖锰，左二为张春富，左三为杨明，左四为篮球健将陈达，左五为沈祖芳，左六为林尧清，左七为张至德，左八为马明远，左九为华宗德）

就这样，还在大学时代，我连跑带跳冲上了译坛，可也为此付出了沉重代价：毕业前一年，我患了肺结核，住进了郭影秋任校长的南大在金银街5号专为学生设立的疗养所。

1962年秋天毕业却因病不得分配，我寂寞、痛苦地在舒雨的陪伴下[①]等待了几个月，才勉强回到由西南俄专发展成的四川外语学院报到。

毕业后头两年我还在《世界文学》发表了《普劳图斯在修女院中》和《一片绿叶》等德语古典名著的翻译。

谁料好景不长，1965年中国唯一一家外国文学刊物《世界文学》停刊了，接着就是十年"文革"，我的文学翻译梦遂成泡影，身心堕入了黑暗而漫长的冬夜。

否极泰来说"文革"

译翁对"文革"深恶痛绝，它不但粉碎了我做文学翻译家的美梦，还给年纪轻轻的小教员我扣上"反动学术权威"的帽子，仅仅因为我译过几篇古典名作而已。我父亲更惨，莫名其妙地就从革命群众变成"历史反革命"，被勒令到长寿湖学习改造，儿子自然也被划入了"黑五类"另册。业务再好，教学再努力，我当个小小教研室主任前边也得加个"代"字，真是倒霉到了极

[①] 舒雨，我的南大同班同学。身为老舍先生的三女儿，她身份显赫，生活优裕，却偏偏青睐我这个四川"小瘪三"。《译海逐梦录》里有一篇《小三姐》，写她为什么会陪我待分配，以及我在长江边上与她洒泪分别的情景。

1978年冬天，在导师冯至温暖的书房

1982年秋第一次到德国出席学术会议，会后随恩师冯至、叶逢植游览慕尼黑

点，憋屈到了极点！

正是太憋气、太受气，我才忍无可忍，才在1978年以40岁的大龄破釜沉舟：已经获得的讲师头衔不要了，抛下即将生第二个孩子的弱妻和尚年幼的女儿，愤而投考中国社会科学院冯至教授的研究生！

结果呢，我鲤鱼跳龙门，摇身一变成了歌德学者，成了"翰林院黄埔一期"①的一员！

若不是"文革"逼我铤而走险，十有八九小子我还是一名德语教员，充其量也就能奋斗进黄永玉老爷子所谓"满街走"的教授队列。

"文化大革命"把偌大

---

① "翰林院"系中国社会科学院研究生院当年的谑称。1978年恢复研究生制度，在"人才难得的呼喊声中"，许多被"文革"耽误、埋没的知识精英蜂拥进了社科院研究生院，在温济泽老院长的操持下，它的"黄埔一期"真出了不少将帅之才。

一个中国生生变成了文化荒漠。浩劫过后接着是文化饥渴,小子我生逢其时,交了好运,在人民文学出版社孙绳武和绿原前辈帮助下翻译出版了《少年维特的烦恼》,恰如灾荒年推到市场上一大筐新烤出来的面包,"饥民"们一阵疯抢,借着前辈郭老的余威,小子暴得大名!随后译作、著作便一本接一本上市喽。

时也,命也!

《少年维特的烦恼》部分杨译本(包括捐赠了稿费的盲文本)

经过这场浩劫,党和政府毅然拨乱反正,实行改革开放,为中华腾飞打下了坚实基础,小平同志居功至伟。我家里摆着两尊伟人铜像:一尊为毛泽东,一尊为邓小平!

祸兮福兮忆抗战

——亲爱的"下江人"

我出生在抗日战争全面爆发的第二年,依稀记得大人抱着我躲警报的情景,刚懂一点点事就切齿痛恨日本鬼子狂轰滥炸我的家园,永世不忘国家民族的深仇大恨!

抗战期间，陪都重庆经济文化空前繁荣，小小年纪的我同样受益匪浅。这里我讲一个非亲历者体会不到的例子：

抗战时期逃难到大后方的有许多"下江人"，也就是江浙、京沪乃至东三省的上层人士和文化精英。抗战期间，难民们受到四川的庇护、款待，对包括重庆在内的第二故乡四川怀有深深的感恩之情。前不久我读到叶逢植老师的一部未刊德语回忆录，说他们从四川回南京后自然形成了一个讲四川话的小圈子，大家都以到过四川为荣，彼此格外亲切。我长大后浪迹南京、北京，涉足文坛遇到许多恩人贵人，从恩师冯至先生到挚友老舍的三女儿舒雨和她的丈夫潘武一，从亦师亦友的译坛领路人叶逢植到忘年之交英语兼德语翻译家傅惟慈，从高风亮节的诗人、翻译家兼编辑家绿原到作家、翻译家冯亦代，等等。这些在我从译和治学路上扶持、提携我，有恩于我的人，他们的一个

冯亦代三不老胡同听风楼中的座上客

鲁迅文学奖翻译奖评议组组长绿原和他的组员杨武能

共同点便是饮过川江水的"下江人"。我忍不住要述说自己这一特殊经历、感受,因为老头子不讲,再过一些年恐怕没有谁会再知道和再想起讲这些亲爱的"下江人"啦!

京城有巴蜀游子的两个落脚点:一个在舒雨、潘武一灯市西口的家中,一个在傅惟慈四根柏胡同的小院里。左一为傅教授的儿女亲家叶君健

人生路漫长曲折,祸福无常,祸福相倚。鄢翁60多年的译著生涯,每每印证此理。多有"山重水复疑无路"的困顿迷茫,绝望挣扎,接着总会"柳暗花明又一村",眼前豁然开朗,心中欣幸欢悦。此时此刻此情此景,每一个不惧艰险、不懈奋进的追求者,都会像浮士德博士一样喊出:你真美啊,请停一停!

鄢翁咬牙在从译之路上奔波、跋涉,一次次跌倒了再爬起来,方有今日之光景。但柳暗花明和跌倒了再爬起来,打拼出新的局面,没有幸逢一位位恩人、贵人,那是不可能的!

格林童话助我"返老还童"

回眸一个多甲子的文学翻译生涯,无论如何也不能不说说译林出版社和它1993年推出的《格林童话全集》。而今,杨译格林童话在读者中的影响,已经超过杨译《少年维特的烦恼》和《浮士德》,为我赢得的老少粉丝数以亿计。不仅如此,《格林童话全集》帮助我"返老还童",使我这棵翻译"老树"在风风雨雨半世纪之后又发出了"新枝"。这个情况,当然早已为业内注意到,于是我慢慢被视为译介少儿作品的好手,因此收到了各式各样的约请。

2007年,经儿童文学理论家王泉根教授推荐,我应邀担任湖南少年儿童出版社"全球儿童文学典藏书系"的"翻译专家委员会委员",不但接受组织德语作品翻译的委托,自己也承担和完成了《七个小矮人后传》和《胡桃夹子》等几本小书的翻译。书虽说单薄,跟我已出版的大多数译著相比微不足道,却是我进入新的年龄段即70岁后的第一批成果,不但使我重温了20年前翻译《格林童话》的美妙滋味,还认识到为孩子们干活儿的非凡意义。不再做翻译的决心动摇了,我开始考虑在保持健康的前提下,力所能及地再为孩子们做点事。

恩德此书被誉为德语文学的现代经典,貌似童书,却有点《浮士德》《西游记》的味道

天时·地利·人和　成就译翁"一世书不尽的传奇"｜xxix

2010年，以出版少儿读物享有盛誉的二十一世纪出版社找到远在德国的我，约我翻译德国当代著名儿童文学作家普罗斯勒的《大帽子小精灵霍柏》与《霍柏和他的朋友毛球儿》。为考验该社诚意，我提出相当高的签约条件，不想他们慨然应允，这就使我再也脱不了手。两本小书交稿后，他们又请我重译已故当代德国儿童文学大师米切尔·恩德的代表作《永远讲

如同 Momo，此书是批判后工业社会的生态小说

不完的故事》和 Momo。我查了资料，发现这两本书的旧译不但广为流传，而且译者都是熟人，因此颇感为难。我把疑虑告诉了联系人，得到的回答却是请我重译一事已经过慎重考虑，决定系由社长张秋林本人做出，只因他喜欢我的译笔[①]。思考再三，几经踌躇，我终于决定接受约请，理由是应该以广大小读者的接受为重，以大师恩德杰作的传播为重，而不能太在乎个人的得或失[②]。

我为二十一世纪出版社翻译的童书很多，这里只展示《永远

---

① 前些年，秋林曾代表台湾地区某出版社约我译恩德的《如意潘趣酒》。

② Momo 在20世纪八九十年代就有中译本，我印象最深的是译林出版社资深编辑赵燮生的《莫莫》，因为燮生邀我为它写过序。二十一世纪出版社的重译本《毛毛》也许译名取得巧，结果后来居上。我重译了 Momo，尽管煞费苦心把译名变成了《嬷嬷》，还是未能免掉麻烦和困扰。不过这只是一点点不值一提的鸡毛蒜皮，革命航船仍然乘风破浪，也就是得大于失，反倒加快了"返老还童"的进程。

讲不完的故事》和《如意潘趣酒》的封面。

再说我的"返老还童",为此我由衷感谢在激烈的争夺中与我签订"格林兄弟"作品出版合同的李景端[①],还有责任编辑施梓云,没有这位称职"保姆"养育、呵护,"孩子"不会长得如此健壮可爱,这么有出息!很自然地,译林出版社和李、施两位都成了本翁的好朋友。

欣慰自豪一二三

我从译半个多世纪真没少经历痛苦磨难,但更多的是师友的教诲、帮助,恩人贵人的扶持、提携,因而有了一些可堪欣慰、自豪的成绩,在此略述一二。

其一,毕生所译几乎全是名著佳作,尤以古典杰作居多。翻译古典名著很难避免重译。重译亦称复译,复译之必要已为业界公认,问题只在质量和效果。重译者做到了推陈出新、更上层楼,有利于原著进一步传播,有利于读者更好地接受,价值就不容否认和低估,就不一定比新译或所谓"原创性翻译"来得差。具体说到我重译的歌德代表作《浮士德》《少年维特的烦恼》《迷娘曲——歌德诗选》《歌德谈话录》,以及《阴谋与爱情》《海涅抒情诗选》《茵梦湖》和《格林童话全集》等,事实

[①] 他一听说漓江出版社也属意我的《格林童话》译稿,立马从南京奔到我成都的家中,和我签了出版合同。

表明都得到了同行专家的赞赏,出版界和读书界的欢迎。例如《少年维特的烦恼》入选了人民文学出版社、作家出版社以及商务印书馆等权威大社"名著名译"丛书,《浮士德》被藏入国家领导人的书柜,《格林童话全集》成为教育部推荐的中学生"新课标"选本。

除了重译,译翁也有不少首译的作品,较重要的如托马斯·曼70多万字的巨著《魔山》,黑塞的长篇小说《纳尔齐斯与歌尔德蒙》,海泽的中篇集《特雷庇姑娘》,迈耶尔的中篇集《圣者》,以及霍夫曼、克莱斯特等的许多中短名篇,还有米切尔·恩德的现代经典童话《如意潘趣酒》等,加在一起不但数量可观,也同样受到读者欢迎、同行肯定。

《魔山》等经典名著部分译本

其二,鄙翁尽管痴迷于文学翻译实践,却不只顾埋头译述,做一个吭哧吭哧的"搬运工",也对文学翻译做过不少理论思考,对它的性质、意义、标准以及从事此道的人必须具备的条件和修养等,形成了有个人见解且言之成理、立论有据的理念,或者勉强也算理论。老朽自视为译学研究舞台上的"票友",却有同行谬赞吾为"文学翻译家中的思想者"。

说起文学翻译理论,一言以蔽之,我特别重视"文学"二字。早在20世纪80年代,区区就强调优秀的译文必须富有与原著尽可能贴近的种种文学元素和美质,也就是在读者审美鉴赏的显微镜下,译文本身也必须是文学,即翻译文学。而这一点,即文学翻译除去正确和达意之外,还必须富有与原文近乎一样的文学美质,正是文学翻译的难点和据以区别于他种翻译的特质。

德国人称纯文学(即Belletristik)为"美的文学"(schöne Literatur),我想不妨也称文学翻译为"美的翻译",或曰"艺术的翻译"。使自己的译作成为"美的翻译",成为"美玉"、美文,成为翻译文学,是我半个多世纪翻译生涯的不变追求。

为避免误解,我必须强调:翻译理念中的"美",指的是尽可能充分、完美地再创原著所拥有的种种文学美质,而非译者随心所欲地想怎么美就怎么美,更不是眼下一些人津津乐道的所谓"唯美"和为美而美。

要创造传之久远的、能纳入本民族文学宝库的翻译文学,要创造美的翻译、美文、"美玉",必须充分发挥翻译家的主观能动性和创造精神。因此我赞成说文学翻译是艺术再创造;因此我认为,翻译家理所当然地应当是文学翻译的主体,也事实上是主体。

其三,我践行了早年提出的文学翻译家必须同时是学者和作家的理念，几十年来努力追寻季羡林、戈宝权、傅雷等译界前辈的足迹，把研究、翻译、创作紧密结合起来，让它们相辅相成、相得益彰，在完成教师本职工作之余，翻译、研究、创作齐头并进，在三个方面都取得了或大或小的成绩，出版的译著、论著和创作总计约40部。即使仅仅作为翻译家，我在学者和作家朋友面前当也不自惭形秽。其他理由不说了，只讲我译著的读者数量以千万计，而一部名著佳译流传数十年甚至更加长远，可以影响一代又一代人，这难道不值得自豪吗？

还值得一说的是，几十年来我积极参加国内外翻译界的活动，不甘于做一个把自己关在屋子里爬格子的书呆子和匠人。有机会向前辈和国内外同行学习，我获益匪浅。

社科院众多大儒中我最亲近戈宝权。1987年他应邀出席四川翻译文学学会成立大会，会后偕夫人梁培兰做客我在四川外语学院的寒舍，与我妻子王荫祺和次女杨熹合影。我受他影响，也涉猎中外文化关系研究

我读研时去北大听过田德望先生的课,他待我很好。我参评教授时,他写推荐多有美言,是我视为表率的德语和意大利语翻译大家

1985年,我参加了在烟台举行的全国中青年文学翻译经验交流会

也是1985年,出席《译林》杂志创刊五周年纪念会,我拜识了一大批前辈名家。

三排右一为周珏良，右二为毕朔望，右三为杨岂深，右四为吴富恒，右五为戈宝权，右六为汤永宽，右七为屠珍，右八为梅绍武；中排左一为吴富恒夫人陆凡，左二为董乐山；前排左一为东道主，左二为陈冠商，左三为杨武能，左四为郭继德，左五为施咸荣

1992年珠海白藤湖，我出席海峡两岸文学翻译研讨会，欣逢自称半个四川人的"下江人"余光中先生，与他一见如故。

乡愁诗人与我的忘年之交

在白藤湖，我还拜识了王佐良、齐邦媛和金圣华等译界名宿。

图为李文俊、方平、董衡巽和小杨（时年54岁）

2004年任欧洲译协驻会翻译家

1999年歌德诞辰250周年，我受聘赴魏玛"《浮士德》翻译工场"打工，作为唯一中国代表与来自全世界的《浮士德》翻译家切磋译艺。"工场"关门后又应邀赴艾尔福特开更大的世界歌德翻译家研讨会。

在欧洲译协与诺奖得主君特·格拉斯相谈甚欢

遗憾的是,当今中国,翻译家在文艺界和学术界没有受到足够的重视:即使是经典译著,在高校通常也不算科研成果,翻译的稿酬标准也远低于创作。对此,翻译家们心怀愤懑却无能为力,不少人因此失望、自卑。译翁却不但不自卑,心中还充满自豪,反倒为自己是一名有成就、有作为、有影响的文学翻译家自豪!

夫唱妇随,在欧洲译协驻会翻译家居住的小别墅门前

在艾尔福特的世界歌德翻译家研讨会做报告

2018年荣获"翻译文化终身成就奖",这是巴蜀译翁在国内得到的最高奖项

我不是傅雷，我是巴蜀译翁，巴蜀译翁！

近些年，有媒体报道称老朽为"德语界的傅雷"：

2013年6月27日，中国网河南频道报道"德语界傅雷"杨武能荣获歌德金质奖章；《成都商报》说什么"德语界的傅雷"川大教授杨武能获得了"翻译诺贝尔奖"；2018年，又有报道说80高龄的杨武能"拿下了"翻译文化终身成就奖，称誉他为"德语界的傅雷"，云云。不只某些媒体，严谨的学术界也偶有拿我跟傅雷相提并论者。

傅雷先生（1908—1966）是中国翻译文学史上的一座丰碑，我走上文学翻译道路就是中学时代受了先生和汝龙、丽尼等前辈的影响，傅雷更是我从译之路上的向导乃至偶像。我说我不是傅雷，没有丝毫贬低他的意思，相反我对先生十分崇敬和感激。我所以坚称自己不是傅雷，因为我就是我，我跟傅雷有太多的不同。多数的不同不言自明，只有一点必须要强调，因为影响大而深远：

傅雷比我早生30年，58岁不幸去世；同成长在新中国，虽也历经坎坷，却在和平环境里幸福地多劳作了数十年的译翁，不可同日而语！译翁施展的时间和空间远远大于傅雷前辈，能创造和贡献的自然应该更多更大。至于是不是真的更多更大，则有待评说。

感恩故乡，感恩祖国

2018年年届耄耋，我突发奇想，给自己取了个号或曰笔名：巴蜀译翁。

一辈子混迹文坛，我用过的笔名不少，大多随用随弃，但这"巴蜀译翁"将一直用下去。它不只蕴含着我对故乡无尽的感恩之情，还另有一层含义！

我出生在山城重庆较场口十八梯下厚慈街，从小爬坡上坎，忍受火炉炙烤熔炼，练就了强健的筋骨、刚毅的性格。天府四川的文学沃土养育我茁壮生长，我自幼崇拜李白、杜甫、苏东坡，尤其是苏东坡！我生而为重庆人，重庆人就是四川人；我一辈子都为自己是四川人而自豪，为自己是李白、杜甫、苏东坡、郭沫若、巴金的同乡、后辈而自豪。没想到行政区划的

苏东坡，译翁奉他为古代中国的歌德[①]

[①] 2000年法国《世界报》评选出1001—2000年间的"千年英雄"，全世界入选者12人，中国也是亚洲入选的唯一一位就是苏东坡。

变化，有一天我突然不是四川人了！我实在难过，想起杜甫草堂、武侯祠、三苏祠就难过！我取"巴蜀译翁"这个名号，是要表明自己对四川—重庆人这个身份的忠诚。

得意忘形　"引吭高歌"

杨武能著译文献馆（巴蜀译翁文献馆）开馆展。左一为四川大学文学院院长曹顺庆，左二为重庆市作协主席冉冉，左四为著名翻译家刘荣跃，左五为华裔德籍著名歌德研究家顾正祥

我 2008 年从川大退休旅居德国，2014 年送重病的妻子回重庆就医；2015 年，重庆图书馆成立了杨武能著译文献馆。三年后，我逮住建立成渝双城经济圈和巴蜀文旅走廊的机会，赶快将它正名为"巴蜀译翁文献馆"，以舒缓心中的伤痛！

据我所知还没有为一个"文化苦力"建有巴蜀译翁文献馆这般高规格、大体量的个人文献馆的先例。

重庆武隆的世界自然遗产地仙女山还建有一座巴蜀译翁亭，实属少见。

这一馆一亭的意义和未来，还活着的译翁本人不便说，也说不清楚，只感觉这是故乡对区区无尽的爱，厚重得不能承受的爱，所以，巴蜀译翁这个笔名对我之要紧、珍贵，胜过父亲按字辈给我取的本名！

再看巴蜀译翁亭的柱子上，有一副楹联：

上联　浮士德格林童话魔山　永远讲不完的故事

下联　翻译家歌德学者作家　一世书不尽的传奇

组成上联的是我四部代表译著的题名，下联是我的主要身份以及一生的重大建树。

戈宝权评郭沫若说：郭老即使只翻译了一部《浮士德》，就很了不起。巴蜀译翁成功译介的经典多得多！

说主要身份，意味着还有其他身份略而未表。说一说幸得冯至先生亲传的歌德学者吧，译翁是荣获国际歌德研究最高奖"歌德金质奖章"唯一中国学人，其他似乎不用再说。只有作家这个身份，译翁还须努力夯实它。

重庆武隆仙女山巴蜀译翁亭揭幕，出席仪式者除主持仪式的县委领导和川渝文化名流，还有来自德国、美国、澳大利亚、日本、马来西亚等国的华裔作家和文艺家。他们经由小女杨悦组织来世界自然遗产地武隆仙女山采风，其中不乏周励这样的大作家①，却自谦为译翁的粉丝（张晓辉 摄）

译翁信心满满，只要坚守"生命在于创造，创造为了奉献"这个座右铭，一旦得到缪斯女神眷顾，诗的闸门就会大开。他有翻译家超强的笔力和得自书里书外的人生体验，可以讲的故事多着呢！仔细想想，真是每一部重要译著背后都有精彩故事呢，也就难怪李景端在提议凤凰卫视来专访我时讲：他的故事多！

"一世书不尽的传奇"？好大一个牛皮！

不是牛皮是事实！

---

① 代表作为《曼哈顿的中国女人》《亲吻世界——曼哈顿手记》。更令译翁钦佩的是，她还是一位极地旅行家，著有多部旅游探险记。

新中国成立前四川有句民谚："养儿不用教，酉秀黔彭走一遭！"说的是四川这几个地方极度苦寒，娇生惯养的娃娃只要去那里走一走，看一看，就会知道生活艰难，不懂事的就会懂事。我祖父杨代金是彭水（现武隆）大娄山上的贫苦农民，他儿子我爸跑到重庆城当了电灯工人，他孙子我巴蜀译翁现如今成了享誉海内外的翻译家、学者、作家还有教授、博导、大学副校长，您说传奇不传奇？

若问哪个（怎么）会出现这样的传奇？回答：天时、地利、人和呗！

欲知究竟，劳驾到重庆沙坪坝凤天路106号，去逛逛重庆图书馆的巴蜀译翁文献馆。您一进文献馆大门，就会看见屏风上写着答案。

巴蜀译翁文献馆门厅处屏风

看样子传奇还不算完，尽管译翁已经八十有三。须知他的座右铭是"生命在于创造,创造为了奉献",在有生之年,他还要继续创造,继续奉献,也就是生命不息,奋斗不止!在光辉灿烂的新时代,译翁有一个梦:老头儿梦见自己"年富力强",变成了新的自己,正铆足劲儿,要创造一个个新的传奇……

民族复兴大业美好、光荣、伟大,本翁啷个能不参与,不投入其中呢?!

结语:没有共产党缔造新中国,就没有巴蜀译翁!没有父母养育、亲属支持[1]、师长教导、友朋帮衬、贵人提携,就没有巴蜀译翁!故而译翁在中国共产党成立100周年之际开始结集出版自己60余载心血的结晶《杨武能译德语文学经典》,把它献给我的人民、我的国家,把它献给我的亲戚朋友,献给我的母校育才、一中、俄专、南大、社科院研究生院,以及德国洪堡基金会(Alexander von Humboldt-Stiftung),献给我在中国和德国的老师、同学,最后,还献给支持、厚爱译翁的千万读者、粉丝,老的少的粉丝!

德国大文豪、大思想家歌德说:我们都是"集体性人物"!意即我们生命中包括父母、亲属、师长、同学、同事、同行的许许多多人有意无意地影响了我们,从正面或者反面帮助、促成我们的成长、发展,造就了我们,最终决定了我们成为什么样的人。不能不说明,写在纸上的都是美好、阳光、正面的人和事;

---

[1] 必须感谢我的家人,特别是我的妻子王荫祺。她与我志同道合、同甘共苦三十五载,精心养育两个女儿,多方面为我分劳分忧,不只生活中给我无微不至的照顾,还参与我多部作品的翻译工作。在《译翁情话》里,将对她述说很多很多。

可在现实生活中，译翁跟所有人一样也遭遇过阴暗和丑陋，但那些阴暗和丑陋也磨炼、激励了我，最终成就了我，同样是我的塑造者！

茫茫人海，天高地阔，万类霜天竞自由！少了哪一类都不行，少了哪一物种世界都不会如此多姿多彩，生活都不会如此美好、幸福，译翁都不会活得如此有滋有味！多谢啦，一切从正面或反面促成、造就我的人，译翁感激你们哟，爱你们哟！

2021年12月于山城重庆图书馆巴蜀译翁文献馆

目　　录

代译序

　　诗人歌德：前无古人　后乏来者 …………………………1

早年的抒情诗

序诗 ………………………………………………………… 2
贺岁诗 ……………………………………………………… 4
致我的母亲 ………………………………………………… 5
给安涅苔 …………………………………………………… 6
致睡眠 ……………………………………………………… 7
新婚之夜 …………………………………………………… 9
幸福与梦 …………………………………………………… 10
安涅苔致她的爱人 ………………………………………… 11
良宵 ………………………………………………………… 11
年轻姑娘的心愿 …………………………………………… 12
欢愉 ………………………………………………………… 13
变换 ………………………………………………………… 14

致路娜 ·· 15

狂飙突进时期的诗作

塞森海姆之歌 ·· 18
　我是否爱你，我不知道 ··· 18
　我很快就来，可爱的姐妹 ····································· 19
　我眼下心情好像天使 ·· 19
　彩绘的缎带 ·· 20
　欢聚与离别 ·· 21
　醒来吧，弗莉德里克 ·· 22
　五月歌 ·· 25
　狐死皮存 ··· 27
　灰暗、阴郁的早晨 ··· 29
　我是多么想念你啊 ··· 30
　野玫瑰 ·· 31
　甜蜜的青春的苦闷 ··· 32
颂歌 ·· 34
　漫游者的暴风雨之歌 ·· 34
　穆罕默德之歌 ··· 41
　普罗米修斯 ·· 45
　伽倪墨得斯 ·· 49
　致驭者柯罗诺斯 ·· 50

海上的航行 ·················· 53
冬游哈尔茨山 ················ 55

艺术家之歌 ··················· 60

致行家和爱好者 ··············· 60
艺术家的晨歌 ················ 61
艺术家的晚歌 ················ 66
新阿马狄斯 ·················· 67
鹰与鸽 ····················· 69
比喻 ······················ 71
男孩有一只小鸽子 ············· 72
当代逸事 ··················· 74

即兴诗 ····················· 76

朝圣者的晨歌 ················ 76
摘自给克斯特纳的信 ············ 78
致绿蒂 ····················· 80
题画诗 ····················· 81
克里斯蒂娜 ·················· 82
题《少年维特的烦恼》··········· 84
题于 J. M. R. 棱茨的纪念册 ······ 84
集会之歌 ··················· 85

丽莉之歌及其他 ················ 87

新的爱情　新的生活 ············ 87
致白琳德 ··················· 89

留下吧，请留在我身边 ··· 90
渴慕 ··· 91
丽莉的动物园 ··· 91
湖上 ··· 98
如果我，亲爱的丽莉，不爱你 ································ 99
秋思 ··· 100
慰藉 ··· 101
可爱的丽莉，你曾一度 ·· 101
致丽莉 ·· 101
致我的金鸡心 ·· 102
致洛特馨 ··· 103
你们凋谢了，甜蜜的玫瑰 ····································· 105

在魏玛头十年的诗作

"丽达之歌"及其他 ··· 108
    羁绊 ·· 108
    狩猎者的夜歌 ·· 109
    为何你给我们深邃的目光 ································ 110
    摘自给封·施泰因夫人的信 ····························· 112
    随《少年维特的烦恼》题赠封·施泰因夫人 ········ 114
    摘自给封·施泰因夫人的信 ····························· 114
    无休止的爱 ··· 117

致丽达 …………………………………………………118

　　是的，我纵然已将你远离 …………………………119

　　是的，我肯定已离你很远很远……（同题别译）………119

　　唉，已经完全变了 …………………………………120

　　永恒 ……………………………………………………120

　　永恒（同题别译）……………………………………121

　　我们从何而生？………………………………………121

　　对月 ……………………………………………………122

自然诗、哲理诗及其他 …………………………………125

　　希望 ……………………………………………………125

　　忧虑 ……………………………………………………126

　　夜思 ……………………………………………………126

　　冰上人生 ………………………………………………127

　　心病 ……………………………………………………127

　　铭记 ……………………………………………………128

　　提醒 ……………………………………………………129

　　王者的祈祷 ……………………………………………129

　　怯懦的思想 ……………………………………………129

　　人的感情 ………………………………………………130

　　汉斯·萨克斯的文学使命 ……………………………131

　　几滴神酒 ………………………………………………140

　　致约翰尼斯·塞孔杜斯的在天之灵 …………………141

　　爱的需要 ………………………………………………143

无题 …………………………………………………………144

墓铭 …………………………………………………………144

漫游者的夜歌（之一，1776年）………………………145

漫游者的夜歌（之二，1780年）………………………145

水上精灵之歌 ……………………………………………146

百变情郎 …………………………………………………148

我的女神 …………………………………………………151

人的局限 …………………………………………………155

神性 ………………………………………………………157

献诗 ………………………………………………………160

父亲给我强健的体魄……………………………………166

古典时期的诗作

《威廉·迈斯特》插曲 ……………………………………170

迷娘曲（之一）…………………………………………170

迷娘曲（之二）…………………………………………171

迷娘曲（之三）…………………………………………172

迷娘曲（之四）…………………………………………173

琴师之歌（之一）………………………………………174

琴师之歌（之二）………………………………………175

琴师之歌（之三）………………………………………176

菲莉涅之歌 ………………………………………………176

罗马哀歌（20首）⋯⋯⋯⋯⋯⋯⋯⋯⋯⋯⋯⋯⋯⋯178

威尼斯警句（43首）⋯⋯⋯⋯⋯⋯⋯⋯⋯⋯⋯⋯207

其他警句（13首）⋯⋯⋯⋯⋯⋯⋯⋯⋯⋯⋯⋯⋯224

 寂静⋯⋯⋯⋯⋯⋯⋯⋯⋯⋯⋯⋯⋯⋯⋯⋯⋯⋯224

 给农夫⋯⋯⋯⋯⋯⋯⋯⋯⋯⋯⋯⋯⋯⋯⋯⋯⋯224

 安那克瑞翁之墓⋯⋯⋯⋯⋯⋯⋯⋯⋯⋯⋯⋯⋯225

 沙漏⋯⋯⋯⋯⋯⋯⋯⋯⋯⋯⋯⋯⋯⋯⋯⋯⋯⋯225

 警告⋯⋯⋯⋯⋯⋯⋯⋯⋯⋯⋯⋯⋯⋯⋯⋯⋯⋯225

 教训⋯⋯⋯⋯⋯⋯⋯⋯⋯⋯⋯⋯⋯⋯⋯⋯⋯⋯226

 涅墨西斯⋯⋯⋯⋯⋯⋯⋯⋯⋯⋯⋯⋯⋯⋯⋯⋯226

 沙恭达罗⋯⋯⋯⋯⋯⋯⋯⋯⋯⋯⋯⋯⋯⋯⋯⋯227

 罗马的中国人⋯⋯⋯⋯⋯⋯⋯⋯⋯⋯⋯⋯⋯⋯227

 瑞士阿尔卑斯山⋯⋯⋯⋯⋯⋯⋯⋯⋯⋯⋯⋯⋯228

 题写于纪念册⋯⋯⋯⋯⋯⋯⋯⋯⋯⋯⋯⋯⋯⋯228

 为儿子的纪念册题小诗二首⋯⋯⋯⋯⋯⋯⋯⋯228

 谁是最幸福的人？⋯⋯⋯⋯⋯⋯⋯⋯⋯⋯⋯⋯229

抒情诗⋯⋯⋯⋯⋯⋯⋯⋯⋯⋯⋯⋯⋯⋯⋯⋯⋯⋯⋯229

 风景画家阿摩⋯⋯⋯⋯⋯⋯⋯⋯⋯⋯⋯⋯⋯⋯229

 轻浮、固执的丘比特⋯⋯⋯⋯⋯⋯⋯⋯⋯⋯⋯233

 探访⋯⋯⋯⋯⋯⋯⋯⋯⋯⋯⋯⋯⋯⋯⋯⋯⋯⋯234

 清晨的哀怨⋯⋯⋯⋯⋯⋯⋯⋯⋯⋯⋯⋯⋯⋯⋯237

 放肆而快活⋯⋯⋯⋯⋯⋯⋯⋯⋯⋯⋯⋯⋯⋯⋯240

 科夫塔之歌⋯⋯⋯⋯⋯⋯⋯⋯⋯⋯⋯⋯⋯⋯⋯241

海的寂静 …………………………………241
幸运的航行 ………………………………242
爱人的近旁 ………………………………243
诀别 ………………………………………244
致莉娜 ……………………………………245
致迷娘 ……………………………………246
缪斯之子 …………………………………247
致亲爱的读者 ……………………………249
自然与艺术 ………………………………250
早春 ………………………………………251
泪里的慰藉 ………………………………253
无常中的永恒 ……………………………255
幸福的夫妻 ………………………………257
五月之歌 …………………………………262
花的问候 …………………………………263
瑞士民谣 …………………………………263
现形 ………………………………………265
发现 ………………………………………266
天生一对儿 ………………………………267
给心上人 …………………………………268
第一次失恋 ………………………………269
致远去的爱人 ……………………………270
夜歌 ………………………………………271

冷酷的牧羊女……272

钟情的牧羊女……273

回味……274

牧羊人的哀歌……275

成长……276

离别……277

西东合集

歌者篇……280

希吉拉……280

幸福的保证……283

自由精神……285

护符……285

四重恩典……287

自供……288

要素……289

创造并赋予生气……290

现象……292

美景……293

矛盾……294

抚今思昔……295

诗歌与雕塑……297

自信·················297

　　粗鲁而能干·················298

　　处处生机·················300

　　幸福的渴望·················302

哈菲兹篇·················304

　　诗人·················304

　　哈菲兹·················304

　　诗人·················305

　　控诉·················306

　　判决·················307

　　德国人心怀感激·················308

　　判决·················309

　　无限·················310

　　模仿·················311

　　公开的秘密·················312

　　示意·················313

　　致哈菲兹·················313

爱情篇·················317

　　典范·················317

　　还有一对儿·················319

　　书本·················319

　　告诫·················321

　　沉湎·················322

疑虑…… 323

　　无所慰藉…… 324

　　知足…… 325

　　诗人…… 325

　　致意…… 325

　　认命…… 327

　　诗人…… 327

　　难免…… 328

　　秘密…… 328

　　绝密…… 329

观察篇…… 331

　　五种情况…… 331

　　又五种…… 332

　　你们对待女性要宽容…… 339

　　致沙赫·塞疆及其同侪…… 344

　　无上的恩宠…… 344

　　菲尔杜西如是说…… 345

　　杰拉尔-艾丁·鲁米说…… 346

　　苏莱卡说…… 346

郁愤篇…… 347

　　漫游者心安理得…… 358

　　先知有言…… 361

　　帖木儿如是说…… 362

格言篇 …………………………………………………… 362
帖木儿篇 ………………………………………………… 380
　严冬与帖木儿 ………………………………………… 380
　致苏莱卡 ……………………………………………… 382
苏莱卡篇 ………………………………………………… 383
　邀请 …………………………………………………… 384
　二裂银杏叶 …………………………………………… 392
　苏莱卡篇 ……………………………………………… 413
　壮丽的景象 …………………………………………… 421
　余韵 …………………………………………………… 422
　重逢 …………………………………………………… 424
　月圆之夜 ……………………………………………… 427
　密码 …………………………………………………… 428
　反映 …………………………………………………… 430
　让我哭吧…… ………………………………………… 435
酒肆篇 …………………………………………………… 436
　酒童说 ………………………………………………… 442
　夏夜 …………………………………………………… 451
寓言篇 …………………………………………………… 456
　信仰的奇迹 …………………………………………… 457
　就这样！ ……………………………………………… 461
拜火教徒篇 ……………………………………………… 462
　古波斯宗教遗训 ……………………………………… 462

天堂篇 467
  预先尝试 467
  有权上天堂的男人 468
  穆罕默德说 469
  杰出的女性 472
  进入天堂 473
  共鸣 475
  蒙受圣恩的动物 482
  较高与最高 484
  七个酣眠者 487
  晚安！ 492

暮年的抒情诗

春满四时 494
三月 495
目光 496
在夜半 497
两个世界之间 498
漫游者之福 499
威廉·梯施拜恩的风景画 499
凤鸣琴 502
  对话 502

真希望我能逃避我自己⋯⋯⋯⋯⋯⋯⋯⋯⋯⋯⋯505

　　唉，谁要能再康复⋯⋯⋯⋯⋯⋯⋯⋯⋯⋯⋯⋯505

　　自然是同一些箭矢⋯⋯⋯⋯⋯⋯⋯⋯⋯⋯⋯⋯505

　　致乌尔莉克·封·勒维佐夫⋯⋯⋯⋯⋯⋯⋯⋯506

激情三部曲⋯⋯⋯⋯⋯⋯⋯⋯⋯⋯⋯⋯⋯⋯⋯⋯509

　　致维特⋯⋯⋯⋯⋯⋯⋯⋯⋯⋯⋯⋯⋯⋯⋯⋯509

　　哀歌⋯⋯⋯⋯⋯⋯⋯⋯⋯⋯⋯⋯⋯⋯⋯⋯⋯512

　　抚慰⋯⋯⋯⋯⋯⋯⋯⋯⋯⋯⋯⋯⋯⋯⋯⋯⋯519

致美利坚合众国⋯⋯⋯⋯⋯⋯⋯⋯⋯⋯⋯⋯⋯⋯521

致拜伦爵士⋯⋯⋯⋯⋯⋯⋯⋯⋯⋯⋯⋯⋯⋯⋯⋯522

未婚夫⋯⋯⋯⋯⋯⋯⋯⋯⋯⋯⋯⋯⋯⋯⋯⋯⋯⋯524

乡趣⋯⋯⋯⋯⋯⋯⋯⋯⋯⋯⋯⋯⋯⋯⋯⋯⋯⋯⋯525

中德四季晨昏杂咏⋯⋯⋯⋯⋯⋯⋯⋯⋯⋯⋯⋯⋯525

给升起的满月⋯⋯⋯⋯⋯⋯⋯⋯⋯⋯⋯⋯⋯⋯⋯533

清晨，山谷、群山和庭园⋯⋯⋯⋯⋯⋯⋯⋯⋯⋯534

遗嘱⋯⋯⋯⋯⋯⋯⋯⋯⋯⋯⋯⋯⋯⋯⋯⋯⋯⋯⋯535

守塔人之歌⋯⋯⋯⋯⋯⋯⋯⋯⋯⋯⋯⋯⋯⋯⋯⋯537

叙事谣曲

紫罗兰⋯⋯⋯⋯⋯⋯⋯⋯⋯⋯⋯⋯⋯⋯⋯⋯⋯⋯540

图勒王⋯⋯⋯⋯⋯⋯⋯⋯⋯⋯⋯⋯⋯⋯⋯⋯⋯⋯541

古塔英灵⋯⋯⋯⋯⋯⋯⋯⋯⋯⋯⋯⋯⋯⋯⋯⋯⋯543

负心人……544
阿桑夫人的怨歌……546
法庭抗辩……551
渔夫……552
精灵之歌……554
魔王……555
歌手……557
掘宝者……560
传说……562
科林斯的未婚妻……565
神与舞伎……576
魔法师的门徒……581
骑士库尔特迎亲行……586
婚礼之歌……588
遥感……592
约翰娜·瑟布斯……594
忠诚的艾卡特……597
僵尸之舞……600
叙事谣曲……603

附录1
　　你知道吗，有支歌唱出了整个意大利！……609

附录2
　"西方向东方发出的问候"——浅论《西东合集》········616

代译序

诗人歌德：前无古人　后乏来者

约翰·沃尔夫冈·歌德（Johann Wolfgang Goethe, 1749—1832）身兼文学家和思想家，即使在自然科学领域内，也取得了同时代人无法忽视的成就。对于文学创作，他更表现出了多方面的天赋和才能，因此常被与文艺复兴时期博学多才的"巨人"相提并论和媲美，堪称是世界文学史上的一位大文豪，世界文化史上的一位大思想家。然而，大文豪和大思想家歌德首先是一位诗人，特别是杰出的抒情诗人，虽然他的《浮士德》和《少年维特的烦恼》等作品，不论过去或现在都更加为人所熟知，都在文学史上占据着更加显要的地位。

在长达70余年的创作生涯中，歌德不仅写下了各种题材和体裁的长短诗歌2500多篇，其中有大量诗歌是可以进入世界诗歌宝库的"明珠"和"瑰宝"，而且他的整个创作都为诗所渗透。例如《浮士德》本身便是一部诗剧，《少年维特的烦恼》更被公认为是以散文和书信形式写成的抒情诗。歌德曾将自己一生的事业比成一座金字塔。在这巍峨宏大的金字塔的塔尖上，安放着一个花环。这花环，按照法国大作家罗曼·罗兰的说法，就是用歌德自己的抒情诗编成的。对于诗人歌德来说，这个评价可谓中肯而又崇高。

从纵横两个方向上放开眼界来加以考察，歌德作为诗人可谓出类拔萃，异常伟大。德国的或者说德语的诗歌创作，可以说是由于他才发展到空前的高峰，才真正受到了世界的重视。与他同时代的欧洲各国诗人，没有几个取得可以与他比肩的成就。难怪英国大诗人拜伦要尊他为"欧洲诗坛的君王"，并以能与他交换作品为荣；难怪海涅要视他为统治世界文坛的三巨头之一的抒情诗巨擘，与作为小说巨擘的塞万提斯和戏剧巨擘的莎士比亚并立。也就是说，歌德的诗歌创作不仅在德国，而且在整个欧洲乃至全世界都产生了巨大影响。

从8岁时作第一首献给外祖父母的贺岁诗算起，诗歌创作贯穿歌德的一生。他的诗歌不仅数量惊人，而且有以下突出的特点和优点：1.思想深刻博大，为此我们可以举出他的《普罗米修斯》《神性》《重逢》和《幸福的渴望》以及诗剧《浮士德》中的许多片段作为例证；2.题材丰富广泛，几乎反映了社会和人生的方方面面；3.情感之自然真挚，为此您不妨细细品味一下他的《五月歌》《漫游者的夜歌》《迷娘曲》和《玛丽温泉哀歌》等抒情诗；4.风格多彩多姿，不仅有早年的牧歌体、民歌体、颂歌，还有中年时代独创的短诗和从意大利借用来的哀歌和十四行诗，不仅有晚年阿拉伯风的《西东合集》以及中国情调浓郁的《中德四季晨昏杂咏》，还有数量同样不在少数的格言诗和叙事谣曲，等等。

如此长的创作时间，如此大的数量，如此众多的优点，而所有这些因素又都通通集中在一个人身上，我真想说，像歌德这样的抒情诗人，真是前无古人，后乏来者！

　　进入20世纪以来，歌德的诗歌先后经过马君武、苏曼殊、王光祈、郭沫若、冯至、梁宗岱、张威廉、钱春绮等前辈的译介①，逐渐在我国流传开来，并且受到广大读者的喜爱和重视。郭沫若、梁宗岱和冯至等前辈先后将他与我们的屈原、李白、杜甫等诗人相提并论，足以证明即使在欧洲以外的更广大的世界上，即使在他逝世一个多世纪之后，歌德仍然受到极少有人能与之相比的崇敬。

　　那么，是什么条件造就了伟大诗人歌德？他的出现是偶然吗？

　　选译歌德诗歌的工作终于结束了，我心中释然、怡然、畅然，于阁上眼睛稍事休息之时不由堕入遐思。适才，我仿佛流连于一座花园，那么广大辽阔，那么生机勃勃，好似世界各地的名花异卉在这里争妍斗艳，满园姹紫嫣红、芳香扑鼻；繁花丛中固然也偶见几棵杂草，却无损整个花园的美丽和神奇，倒使它显得真实和自然。须知培植这座花园的歌德也是人，不是神。我这个更加平凡的人徜徉园中，东挑西选，采摘来自以为是最美丽的各色各样的花草，准备把它们送给自己的友人……

---

　　① 约在1902或1903年，马君武第一个用文言文翻译了歌德的抒情诗《米丽容歌》(今译《迷娘曲》)。前此包括笔者在内的一些著述和歌德诗选中，都根据《南社刊丛·马君武诗稿》的排字错误以讹传讹，把"容"字误为了"客"，特借此机会郑重更正。

就像自然界的花园需要种子、土壤、养料和阳光，歌德诗歌的大花园也少不了它们。

★

生活，就好比一座取不尽、用不竭的种子仓库。歌德享年83岁，一生经历了德国、欧洲乃至世界历史上许许多多的重大变革，诸如德国的狂飙突进运动和欧洲的启蒙运动，法国大革命和继之而来的欧洲封建复辟，北美的独立和巴拿马运河的开凿，等等。歌德自称这对作为诗人和作家的他是一大便利。确实，享有高龄的歌德人生阅历之丰富，体验之深刻，都非那些虽说才华横溢却英年早逝的大诗人可比。翻开一部世界诗歌史，面对荷尔德林、海涅、拜伦、普希金、里尔克等英年早逝的天才，我们会发出多少感叹，心生几多惋惜！

歌德一生几乎没有停止过诗歌创作。把自己的思想情感用艺术化的、凝练的诗的语言和形式表现出来，从孩提时代开始，就已成为了他生存的一大需要。在70多年的漫长文学生涯中，歌德的诗歌之泉几乎从未干涸、枯竭，而是自自然然地涌溢、流淌，虽然有时也会出现滞塞和中断的危机，但危机终究会被克服，迎来一个又一个新的生机盎然、流水欢歌的春天。尤其让人惊叹的是，常常甚至是在写信和创作小说、剧本的过程中，歌德的诗泉会突然喷涌出来，使正在写的散文一下提高为诗——他赠给封·施泰因夫人的许多诗和著名的颂歌《普罗米修斯》都是这样

产生的。1823年9月18日,歌德对他的秘书爱克曼讲:

> 我全部的诗都是即兴诗,它们被现实所激发,在现实中获得坚实的基础。我瞧不起空中楼阁的诗。

这段话很好地道出了歌德的生活与诗歌创作的关系。事实上,歌德的诗歌几乎没有哪一首不是反映着他的一段生活经历的,反过来,他的所有重要生活经历又无不在诗中得到了凝聚和升华。

歌德的人生阅历之丰富,实非常人可比。他出身市民,后来却封了贵族;他既是诗人、作家,又担当着魏玛宫廷的多种要职;他一生热衷于科学研究和试验,还酷爱漫游和旅行,至于在文艺作品里神游,在幻想遐思中徜徉,更是他自小养成的习惯。所有这些,都在歌德的诗歌中得以体现,使其诗的内容题材变得异常丰富。特别是他一生多恋,从17岁至74岁,先后倾心于10多位女性,而每一次恋爱,都使他给后世留下一大批动人的情诗,其中实在不乏传世的杰作和精品,如脍炙人口的《塞森海姆之歌》《罗马哀歌》《西东合集》和《激情三部曲》,等等。

是的,我的老师冯至先生说得对,一部按产生的时间顺序编排的歌德诗选,也就是歌德的一部生活史或者说一部诗传。

歌德不仅长寿和阅历丰富,他的诗歌也不局限于对它们做记录和整理。他还如此热爱生活,对爱、对美、对光明、对事业的追求还如此执着;从这些执着的追求中,又产生出许多的成功与失败、欢乐与痛苦。这些,都在歌德心里引发了理性的思考,同时化作诗的感兴,催出诗的萌芽。也就是说,对歌德这样一位内心充满爱的追求者,生活的种子仓库才会慷慨地敞开大门,任其拣选、索取。难怪歌德对爱克曼说:

> 世界是那样广阔丰富,生活是那样丰富多彩,你不会缺乏作诗的动因。但是写出来的必须全是应景即兴的诗,也就是说,现实生活必须提供诗的机缘,又提供诗的材料。一个特殊具体的情景通过诗人的处理,就变成带有普遍性和诗意的东西。我的全部诗都是应景即兴的诗……[①]

这段话,道出了歌德创作遵循的一个重要美学原则,是他入世的人生观在美学思想中的折射,表明他是生活宝库的自觉而积极的发掘者。正因此,歌德以他70多年的生命写成的数以千计的诗歌,加在一起便构成了一个纷繁复杂、五光十色的大千世界:宇宙的恢宏深邃,自然的仁慈博大,时代的风雷雨电,人生的幸福痛苦,还有爱情的离合悲欢,通通得到了表现。正因此,歌德的成功之作才那么情真意切,自然感人,内涵深沉、丰厚。

敏锐的天性、良好的教养和悠久的民族文化传统,是歌德诗歌大花园肥沃的土壤。

---

① 引自:爱克曼.歌德谈话录[M].朱光潜,译.北京:人民文学出版社,1978:6.

歌德出生于富裕市民的家庭，从小受到爱好文艺的父母的熏陶，加之资质聪明、生性敏感，8岁时为向外祖父母祝贺新年便作了第一首长20多行的诗。稍长，他已从父亲的丰富藏书中读到了前辈诗人们的作品，尤其喜爱中世纪的工匠诗人汉斯·萨克斯和其时正风靡德国的抒情诗人克罗卜斯托克。歌德16岁时到莱比锡大学学法律，受洛可可风影响，写下了不少绮靡轻佻的爱情诗，但同时也接触到了温克尔曼和莱辛的美学理论和诗歌理论。1770年，歌德到地处德法边境的斯特拉斯堡继续学习，这是他一生发展的第一个重要转折点。在这里，他不仅受到来自国境另一边的自由思想之风的吹拂，感到神清气爽，而且有幸结识了赫尔德。在赫尔德引导下，歌德不仅认识了荷马、品达、"莪相"，读了他们的史诗、颂歌和哀歌，而且开始搜集民歌民谣，从而在古代和民间两个方面找到了诗歌清澈纯净、永不枯竭的源头。德国的近代文化、文学和诗歌，一般讲是建立在古日耳曼、希腊罗马和希伯来这三大传统之上的。从小熟读《圣经》的歌德，随着年龄的增长，特别是经过在莱比锡和斯特拉斯堡的生活和学习，全面地接近和继承了传统，便使诗的花朵在肥沃的土壤里健康而茂盛地开放起来。音韵优美自然而富民歌风的《塞森海姆之歌》和《丽莉之歌》，节奏有力、气势雄壮的《普罗米修斯》等颂歌，还有色调典雅、绚丽、浑厚的《罗马哀歌》等，都是歌德学习传统的重要成果。

纵观德国的民族文化，迄于近代，它明显是以哲学、音乐、诗歌见长，而仔细观察，我们又会发现三者在各种文化表现形式中相互影响、相互融合、相互渗透。拿诗歌来说，便常常以哲理为底蕴或灵魂，以音乐——以富于音乐美的语言为外形，或者说是羽翼。特别是丰富深刻的哲理内蕴，更为德语诗歌传统的一个重要特点。在歌德的诗歌创作中，这个特点也表现得格外充分。不但他咏叹宇宙、人生的诗如《致驭者柯罗诺斯》《漫游者的夜歌》《神性》《水上精灵之歌》《遗嘱》和《守塔人之歌》等，有着深邃的哲理，爱情诗如《二裂银杏叶》《重逢》和《致维特》亦然。就说《重逢》吧，它把歌德与自己情人玛丽安娜之间的离合悲欢，把男女之间的爱情，放在世界形成和万物产生的大背景和大框架中，从宇宙观的高度来加以观察和阐释，认为正像光明与黑暗的一分一合产生了世界与万物，原本便"相依相属"的男女一旦"又聚在一起，相爱相恋"，也创造了幸福与欢乐，创造了美好的世界。因此诗中说，"创造世界的已是我们"，是热烈而真诚相爱的人，而非上帝或者真主。真不知世界上还有没有另一首诗，能把男女之爱写得如此崇高神圣，如此气势恢宏，如此哲理深刻、丰富。还有那首《幸福的渴望》，也生动形象、言简意赅地讲明了"死与变"的深刻人生哲理。例子不胜枚举。从这个意义上讲，诗人歌德也是个善于哲学思辨的地道德国人，在自己的诗歌创作中很好地继承和发扬了德国民族文化的传统。而诗人加哲人，文学家加思想家，正是歌德在世界诗坛上出类拔萃，成为"诗国的哲人"的本质特征。一言以蔽之，这是歌德之为歌德的本质特征。

歌德不仅很好地继承了传统，还乐于和善于借鉴、学习，还善于创造和创新。借鉴和学习，为他抒情诗的大花园摄取了充足而多样的养料，使它开出千姿百态的花朵，长满奇葩异卉。创造和创新，则不仅使歌德诗苑中的品种更加丰富多彩，而且赋予了它们永远蓬勃、鲜活的生命力和无穷无尽的生机。

在歌德之前，德语诗歌的创作无论内容还是形式，可以说都相当贫乏，在世界诗坛上几乎没有什么地位。除了向自然、清新的民歌学习，年轻的歌德能从本民族的前辈诗人如汉斯·萨克斯和克罗卜斯托克那里继承的东西，事实上是不多的。因此，向外国诗人学习，就显得更加重要。不用说歌德怎样从古希腊罗马学习颂歌体（Ode）和哀歌体（Elegie），从意大利学习十四行诗（Sonette），从英国学习叙事谣曲（Ballade）等，这对于欧美的诗人来说也许算不了什么。我们只需看一看他是如何带着热忱成功地向处于其他文化圈中的阿拉伯和中国学习的吧。

在歌德的全部诗歌中，《西东合集》（1814—1815）可以算得上是最辉煌和引人注目的一部，无论从质还是量方面，我以为它都达到了空前绝后的高峰。这样一部杰作，正是他向14世纪的波斯诗人哈菲兹（Hafis）学习的收获。在《西东合集》中，歌德不仅让哈菲兹做他东方之旅的精神向导，与他比赛作诗，而且自己也变成了一个阿拉伯商人和歌者。整部诗集不仅富有阿拉伯情调、气氛、风格，而且充满着东方哲理、智慧。

再如我们比较熟悉的组诗《中德四季晨昏杂咏》（1827），也是歌德有意识地学习中国诗歌的结果。歌德曾长时间地关注中国文化和文学，特别是在1814年前后读了大量中国的作品和有关中国的书籍。在上述组诗产生之前不久，他又读了《好逑传》《玉娇梨》《花笺记》等我国明清小说及诗歌《百美新咏图传》。在组诗中，歌德不仅学习、模仿中国古诗的格调与意境，而且自己也变成了一个陶情诗酒、寄身林泉的中国士大夫。所有这些，都说明歌德的胸怀是多么博大，思想是多么开明，多么善于从其他民族吸取、引进有益于自己的东西。向世界其他民族的优秀文化传统学习，则不仅仅丰富了歌德诗歌的形式和内容，而且自然地表现出最伟大的德国诗人对别的民族及其文化的尊重，同时使他的诗中常常洋溢着可贵的人道主义精神和人类意识。后面这一点，似乎可以说就是歌德的诗歌能超越时代和国界，在全世界流传，为全人类珍视的根本原因。

当然，歌德之所以能成为歌德，不只因为他善于继承、借鉴、学习，更重要的是他还善于和勇于在继承、借鉴的基础上，永不满足地探索，大胆地创造和创新。他什么原有的诗体、格律都要尝试一下，但又从不满足和局限于任何一种体裁和格律。这样，他的笔下就产生出德语诗歌的上百种新的格律样式，以致"令人担心他70年的诗歌创作几乎穷尽了德语语言和诗歌格律的一切变化和可能；正像他从前辈那里继承到的东西很少一样，他的后继者也没给德语诗歌的表现形式增加多少新意"。[①]在艺术形式的丰富多彩这一点上，歌德同样可以说是超群出众，无论古今都很少有人可与之比拟。

[①] 见斯蒂芬·茨威格著《论歌德的诗》，杨武能译。

尽管歌德诗歌的思想内容和艺术形式不断地发展变化、创造创新，尽管他的创作力有时旺盛，有时衰退，但其精神、资质始终如一，总能让人感受、体会到歌德诗歌的一些本质特点。凭借这些特点，歌德的诗歌创作构成一个整体，构成一个阳光灿烂的世界，而他的每一首哪怕再短的诗，也像一滴水一样反映着七色的阳光和整个世界。然而，要给这些特点以明确的界定和描摹，又几乎不可能；不但不可能，而且常常还会弄巧成拙，顾此失彼，造成对歌德诗歌的损害，因为诗人歌德太博大、太复杂、太深邃。

　　我把时代的影响放在最后来讲，是因为我认为它格外重要。对于歌德的诗歌大花园，时代的影响就犹如花木生长和兴旺所不可缺少的雨露和阳光。歌德生活在一个急剧动荡的时代。他虽然身处鄙陋落后的德国，狭小湫隘的魏玛，却亲历或目睹了法国大革命、拿破仑战争、日耳曼民族的神圣罗马帝国瓦解、美国独立以及建造第一台火车头和动工开凿巴拿马运河等一系列历史事件，时刻关心着自然科学的进步和发展。拿歌德自己的话来说，这对他是一个极大的便利。还不止于此。歌德生活的时代，本身应该说就是一个十分有利于诗歌，特别是抒情诗发展的时代。

　　16至18世纪，欧洲经受了文艺复兴、宗教改革、启蒙运动的洗礼，人们的肉体和精神已在很大程度上摆脱了神的束缚。待到歌德于1770年前后登上文坛，正值狂飙突进运动在德国兴起。这个文学运动是上述反封建的思想解放运动的继续和发展，在要求人性的发扬方面走得更远。它崇尚天才，皈依自然，高唱"个性解放""感情自由"，反对一切束缚人的制度、规章、教条和它所谓干枯的理性。对于德国诗歌特别是抒情诗的勃兴来说，狂飙突进的时代气氛可谓是一个十分难得的条件。正是在"个性解放""感情自由"的呐喊声中，在"天才"时代的阳光照耀下，很快成为这个运动初期的旗手和主将的青年歌德才自然地放开喉咙，尽情歌唱，唱出了《五月歌》，唱出了《伽倪墨得斯》，唱出了《普罗米修斯》等激烈奔放、气势磅礴的人性和自然的赞歌。

继狂飙突进运动兴起的欧洲浪漫主义运动，"重主观而轻客观，贵想象而贱理智，诉诸心而不诉诸脑，强调神秘而不强调常识，既反对新古典主义的清规戒律，也反对后来兴起的现实主义的直白"。[①]这样的思想倾向，应该说是"个性解放"和"感性自由"的主张的扩展和深化，同样适宜于以情感为生命的诗歌，特别是抒情诗的蓬勃生长。事实上，在浪漫主义风靡欧洲的大约100年间，便涌现了拜伦、雪莱、雨果、贝朗瑞以及海涅、裴多菲等杰出诗人；而在此前和此后，在新古典主义和现实主义抑或自然主义时期，称雄文坛的则更多是戏剧家和小说家。歌德虽与德国本身的浪漫派格格不入，但思想和创作都深受时代风尚的影响。不说他那天上地下、神奔鬼突、任想象自由驰骋和充满神秘

---

① 绿原.寻觅集［M］.北京：东方出版社，2010.详见该书中有关德国浪漫派和海涅的《论浪漫派》一章。

气氛的《浮士德》，就讲他中、后期的主要抒情诗《罗马哀歌》《西东合集》和《激情三部曲》吧，也无不闪射着奇异的浪漫主义的精神光彩。歌德生性聪颖，敏感好学，具有强烈的事业心和创新精神，本身可称是一位个性鲜明突出的"天才"。但是，很难设想，在一个感情受到窒息、个性受到禁锢、天才受到压抑的时代——不管窒息、禁锢和压抑它们的是宗教，是道德礼仪规范，是"干枯的理性"，还是畸形发展的物质文明和机器——歌德的诗歌之泉仍然能涌流得如此激越，如此欢畅，他诗歌的百花园仍能如此美不胜收、欣欣向荣，能如此长久地保持色泽香味，流传后世，一代一代！

综上所述，丰富的人生阅历和体验，良好的文化教养和久远的诗歌传统，积极而富有成效的学习、借鉴和不断创造、大胆创新，崇尚个性、放纵感情和思想解放的时代，再加上本人的秉性、气质与才华，多种主客观有利因素幸运地聚合在一起，为德国、为欧洲、为人类造就出了歌德这样一位杰出的诗人。遗憾的是，这样幸运的遇合在世界文学史上实不多见，歌德也就只能像高高站在奥林匹斯山上的宙斯一样，成为一位孤独者。他不但在精神和形式两个方面集欧洲古典诗歌特别是抒情诗之大成，而且标新立异，唱出了自己的音调（像他的《漫游者的夜歌》可谓得诸天籁的千古绝唱），并融进了东方的和音。不用与平庸之辈进行比较，就说产生于歌德前后的杰出诗人克罗卜斯托克、席勒、海涅乃至拜伦、雪莱吧，他们在丰富与深刻方面都还与歌德或多或少地存在差距。正因此，我又想重复本文开头提出的一个观点：绝代大文豪歌德首先是一位杰出的诗人。

★

　　选译和评析歌德的诗歌，真是一件既艰苦又愉快的工作。正像在一座神奇的花园中挑选、采摘和移植最艳丽可爱的花卉，园子很大，五光十色，花团锦簇，真令人眼花缭乱，要不是循着先前的赏花人和采花人——他们在国内是郭沫若、冯至、钱春绮等前辈，在国外则为埃里希·特伦茨（E. Trunz）和赫尔曼·奥古斯特·科尔夫（H. A. Korff）等先生的足迹，我很可能已迷失在花丛中，顾此失彼，左右为难，进退失据。这个集子虽总共只选收了歌德的诗歌300多首，但各种题材、体裁都努力兼顾了，当然，尽管如此，仍不免有遗珠之憾，只好随着岁月的流逝、能力和经验的增长，不断地进行增补和完善了。

　　至于我采摘和移植的方法是否得当，编排和翻译的原则是否正确，是否会损害花朵的姿容、芬芳和色泽，自己却不能说很有把握，虽然在下手之前也考虑再三，未敢轻率。我的总原则是以我国广大读者的欣赏与接受为重，力图比较忠实传达出原诗的思想内涵，尽量再创原诗的情调、意境和韵味，在格律形式上却只求一个"似"字。这些仅仅是我自己的希望和追求，实际效果如何却心中无数。译诗之难远胜于移花。作为译者，我始终怀着一颗忐忑不安然而真诚的心，等待着专家和读者的品评和指正。

早年的抒情诗

从8岁时给外祖父母写第一首祝贺新年的诗开始,到1770年他21岁赴斯特拉斯堡继续上大学,可以算作歌德诗歌创作的第一个时期。这期间他写诗全凭自己的爱好、天赋和灵感,没有明确的指导思想和适合的榜样楷模,内容多半还比较浮泛、虚夸,有的甚至带逢场作戏的性质,形式则受当时流行的安那克瑞翁(Anakreon)诗派和洛可可风的影响,绮靡纤巧,缺少真情实感和清新自然的意趣。

尽管如此,笔者仍从歌德早年的抒情诗中选了若干首,以便读者对这位天才诗人起步阶段的情况也多少有所了解,好进而掌握他诗歌创作发展的脉络和全貌。

序　　诗

这是一幅世界图景，
人们说它美妙绝伦：
它简直就是座杀人场，
也像间单身汉的卧房，
它几乎像一家歌剧院，
像学生们在纵酒欢宴，
它近似于诗人的头脑，
像珍贵的古玩很稀少，
它还像已作废的钞票，
样子看上去绝顶美好。
（朋友，请忍住别笑！）[1]

每当诗人提起笔写诗，
总受到某个动机驱使。
天下英豪包括亚历山大，[2]

---

[1] 括号中引的是古罗马诗人贺拉斯的拉丁文诗句。
[2] 亚历山大大帝（Alexander der Grosse，公元前356—前323）是历史上有名的征服者。

也受欲望驱使你讨我伐。
因此我哪里都签上大名，
不乐意将来默默无闻。①

文艺爱好者　歌德
1765年8月28日
于美茵河畔法兰克福

---

① 这首诗虽以调侃口气写成，却也道出了年仅16岁的歌德对于社会人生和诗歌艺术的看法，因此放在本诗选的开头权且作为序诗。

贺岁诗①

——喜迎1757年新年并致尊敬的和至爱的外祖父母

高贵的外公!
   新的一年已经来临,
我禁不住要尽自己作为孙儿的义务和职责,
向您敬献上这些出自我纯洁的心中的诗句,
它们尽管十分蹩脚,却一片真诚。
愿上帝更新年辰也更新您的幸福,
愿新的一年始终使您快乐、如意,
愿您身体健康,永远像雪松挺立,
愿您好运常伴,时时和处处;
愿您的家宅始终是吉祥之地,
愿您继续顺利执掌市政大权,②
愿健康陪伴着您,永远永远,
所有财富之中,健康数第一。

---

① 这是出自歌德笔下的第一首诗,其时他年方8岁,值得注意的是最后一句已表现出了未来的大诗人的充分自信。诗题系译者所加。
② 歌德的外祖父时任法兰克福市市长。

尊贵的外婆!

　　新年伊始,
在我胸中唤起一片温柔的感情,
让我同样要对您表达感激之情,
用这也许没有行家愿读的歪诗;
它们在您的耳里虽不动听,
我的祝愿却出自拳拳爱心。
今天必须祝愿您吉祥康宁,
愿上帝一如既往地保佑您。
愿他永远满足您所祈所愿,
继续欢度一个又一个新年。
今天您收到的只是我试笔之作,
这笔将不断磨炼,越来越灵活。

致我的母亲①

已经很久,没有给你写信,
没有向你致以问候,可是
别心生疑惑,以为儿子对你

---

① 诗成于1767年5月,歌德当时18岁,正在莱比锡上大学。此诗无韵,朴实稚拙,但感情真挚。

应有的深情,已从胸中溜走。

不,就像那巨岩永远
深深地埋在河床里,
无论是河水用激浪冲刷,
还是以柔波将它轻抚、
淹没,都动摇不了它,
我对你的深情也长存于胸,
一样不怕生活的激流
用痛苦将它狠命抽打,
或以欢乐静静抚弄它,
遮盖它,妨碍它,使它
不能迎着太阳昂起头,
承受周遭阳光的反射,
并时时表现儿子对你的挚爱。

给安涅苔①

古时候,诗人通常

---

① 歌德早年的诗歌集《安涅苔》(1796年正式出版于魏玛)的序诗。安涅苔系歌德在莱比锡上大学时的恋人安娜·卡塔琳娜·薛恩可普夫的代称。

以神或缪斯或友人的姓名，
命名自己的作品，却没谁
让他的爱人享有这份荣幸。
安涅特恩①啊，你对于我
是神是缪斯也是友人，
是我一切的一切，干吗
我就不该用你可爱的名字，
做我的诗集的题名？

致睡眠②

你常用你的罂粟
强迫神们阖上眼目，
扶乞儿登上王座，
带牧人走向他的牧姑；
听着：今天我不要你

---

① 安涅特恩是安涅苔的爱称。
② 附于1767年5月寄给妹妹的信中。被认为是一首典型的安那克瑞翁风格的抒情诗：更多地诉诸感官而非爱情，好用比喻，注重结构的首尾呼应，等等。安那克瑞翁是生活于公元前6世纪中叶的希腊抒情诗人，作品以歌颂醇酒美人为主要内容，歌德早年的诗曾受其影响。

为我把梦境编织,
我求你,亲爱的,
给我最好的服务。
我坐在心上人身旁,
她的美目诉说着渴慕,
在令人嫉妒的绸衫下,
能感到她的酥胸起伏。
我贪婪的双唇啊,
忍不住想把它亲吻,
可是唉——我必须忍住:
那边上坐着她的老母!

今晚我又与她在一起。
噢,快进来撒罂粟,
施展你的羽翼的魔力,
让灯光蒙上灰白的纱幕,
让她母亲酣然睡去。
姑娘动情的温软的身体
悄悄沉入我的怀抱,
就像她妈倒在你的怀里。

新婚之夜

在远离喜庆的卧室里，
坐着忠心、忧心的小爱神，
怕胡闹的宾客施诡计，
破坏新房里的安宁、恬静。
婚床前烛焰淡似白银，
闪烁着神秘、神圣的光辉，
缭绕的香烟满室氤氲，
让你们饱享新婚的滋味。

当驱赶宾客的钟声敲响，
你的心跳是何等剧烈！
你渴望吻那美丽的嘴唇，
它马上将默许你一切！
你急不可耐地进行准备，
为了带领她进入天国；
守夜人手里擎着的火炬，
也变暗变小，行将熄灭。

你热吻着她没有个够，
她的胸和脸剧烈地起伏！

她的严厉变成了颤抖,
大胆行事乃是你的义务。
爱神急忙帮助她宽衣,
可速度赶不上你的一半;
他于是便狡猾地回避,
并且紧紧闭上他的双眼。

幸福与梦

你常常在睡梦中看见
我们被领着走向祭坛,
你做新娘,我做新郎;
醒来我便趁你不注意
偷偷吻你,一次又一次,
把你蜜似的嘴唇饱尝。

感受着最纯洁的幸福,
心中充满无尽的欢娱,
良辰美景却飞快逝去。
幸福的感受又有何用?
热吻和春梦一般消逝,

一切欢乐也与吻相同。

安涅苔致她的爱人[①]

我见多里斯与达摩特恩相依而立,
他拉着她的手,满怀情意;
两人久久四目相对,
还环视周围,看父母可在监视自己,
一发现没有任何人,
便立刻——够了,他俩我俩原本一样。

良　　宵[②]

我乐意离开这幢小屋,
这里栖息着我的美人;
随后我轻轻迈开步子,

---

① 长短句交替系安那克瑞翁诗体的特征之一。
② 这也是歌德在莱比锡上大学时的作品,收入其处女作《新歌集》(1770)。

走进一座荒寂的森林
月光穿透暗黑的橡树,
西风拂动夜的阴影。
白桦撒播最甜美的芳香,
频频向她鞠躬致敬。
漫步在清凉的密林中,
一阵快意攫住我的心,
多么美丽、甜蜜的夜啊,

它真个是令人销魂!
欢快幸福哟难以消受!
老天,我情愿还给你
一千个这样的良夜,
只要我今夜伴着心上人。

年轻姑娘的心愿[①]

嗨,我要有个新郎,
那才真正叫好!

---

① 1768年为弗莉德里克·奥塞尔而作,也收入《新歌集》。

不是吗，孩子将

呼喊我妈妈，

上学啊，缝补啊，

我再不需要。

还好发号施令，

有女仆可责骂，

派她去找裁缝，

衣服立刻取到。

还可溜溜达达，

爱去舞会就去，

再也不用等候

咱那爸妈发话。

欢　　愉[①]

变幻无常的蜻蜓

围绕着泉水飞舞；

这戏水的浪子，

像一只变色龙，

---

① 诗成于1767年，反映了歌德早年便有观察和分析自然界事物的兴趣。

时而亮时而暗,
时红时蓝时而又发绿——
我真想看清它的颜色,
噢,在它的近处!

小东西从我面前逃走,
飞上静静立着的柳树。
逮住了!逮住了!
我得以仔细观察它,
发现原是凄惨的青绿。
分析自己欢愉的人,你走着同样的路!

变　　换①

我躺在溪中的砂石上,四周多明亮!
我张开双臂,迎接滚滚而来的水波,
它多情地扑进我充满渴慕的胸膛。
随即便轻浮地流向下游,此刻

---

① 歌德在莱比锡上大学时所作,最初收在未出版的诗集《安涅苔》中,后发表于《新歌集》。

又有第二个水波接近我,爱抚我,
我体验到了变换的愉快和欢乐。

然而,多可悲,你就如此地
将短暂人生的宝贵光阴蹉跎,
只为那最爱你的姑娘把你忘却!
呵,唤回它们吧,从前的时光!
第二个姑娘的嘴唇尽管甜蜜,
可最会接吻的仍旧是第一个。

致路娜[①]

你这黎明之光的姐妹,[②]
你这哀婉柔美的化身,
轻雾用缥缈的银辉
将你迷人的脸庞包围。
你用轻轻的脚音,

---

① 诗成于歌德因病休学,从莱比锡刚回到故乡法兰克福的时候。收入《新歌集》时题名《致月亮》,为避免与后成的《对月》混淆而改现名。

② 黎明之光即曙光。在希腊神话里,曙光女神厄俄斯和月神塞勒涅同为泰坦巨人许佩里翁与忒伊亚生的女儿。

从昼伏的洞穴中惊起
凄然辞世的灵魂,
还有成群夜鸟,还有我。

你居高临下,巡视
广阔无垠的原野。
请容我与你亲近,
让痴心汉幸福陶醉!
让漂泊远方的骑士
透过玻璃窗的阻隔,
窥见他入眠的爱人,
享受宁静的快慰。

我如此一饱眼福,
减轻了远别的痛苦。
我要采集你的光辉,
使目光更加敏锐。
她的四周越来越明亮,
她玉体裸存,安然沉睡。
像恩底弥翁曾将你吸引,[①]
她同样叫我心神迷醉。

---

① 希腊神话传说:月神塞勒涅爱上了俊美的牧人恩底弥翁,夜夜到山中和他相会。宙斯应月神要求使他永远处于睡眠状态,以永葆青春。

狂飙突进时期的诗作

  德国的狂飙突进运动（1770—1785）因克林格尔的剧本《狂飙突进》而得名，是启蒙运动等欧洲历史上一系列反封建的思想解放运动的发展和继续。它主张个性解放、感情自由，崇尚天才，热爱自然和处于自然状态下的人（如儿童和农民），反对一切形式的对于人和人性的束缚。受他在斯特拉斯堡结识的思想家和文艺理论家赫尔德的影响，歌德成了这一运动前期的主将。和他的小说《少年维特的烦恼》与剧本《铁手骑士葛兹·封·伯利欣根》一样，他这一时期的诗歌也洋溢着狂放不羁的精神。

塞森海姆之歌[①]

我是否爱你,我不知道[②]

我是否爱你,我不知道。
一当我瞅见你的脸,
一当我望见你的眼,
我的心便没有任何烦恼。
上帝知道我是多么幸福!

[①] 塞森海姆是当年尚属德国斯特拉斯堡城近郊的一个宁静村庄。1770—1771年,年轻的歌德在斯特拉斯堡上大学时,曾与村里的牧师布里翁的女儿弗莉德里克热烈相爱,但后来又与她不辞而别。他在此过程中写了不少抒情诗,被后世统称为《塞森海姆之歌》。它们真挚感人地记录了歌德从热恋到离弃这一转变过程中的种种情感:踌躇与焦虑,幸福与欢乐,悔恨与内疚……

写这些抒情诗的时候,歌德已在赫尔德指导下搜集和学习民歌,阅读荷马、品达和莎士比亚,并以他们为自己创作的榜样。在《塞森海姆之歌》里,歌德第一次唱出了自己的音调,找到了自己的独特风格:质朴、自然、真挚、热烈,有的诗明显带有民歌风。特别是其中的《五月歌》和《野玫瑰》等,不仅在德语国家脍炙人口,而且成了世界抒情诗宝库里的瑰宝。因此可以说,《塞森海姆之歌》是歌德诗歌创作的第一个重要成果,第一块里程碑。

[②] 约成于1770年秋,表现了诗人刚认识弗莉德里克·布里翁时矛盾复杂的心情。

我是否爱你,我不知道。

我很快就来,可爱的姐妹……①

我很快就来,可爱的姐妹,
冬天枉费心机,把我们
禁闭在温暖的室内。
我们要围着火炉坐定,
用一切办法取乐消遣,
像天使般相爱相亲。
我们要编许多小小花环,
我们要扎花束一捆一捆,
就像那些小孩子们。

我眼下心情好像天使……

我眼下心情好像天使:
嬉戏中我便赢得了她的心,
她已心甘情愿做我的人。
命运啊,你已赐我这等喜事,
请让明天也一样如意称心,

---

① 这是1770年冬天歌德用诗的形式给弗莉德里克·布里翁写的信。

并教会我配得上她的品行。

彩绘的缎带[1]

小小的花朵,小小的叶片,
年轻而善良的春之神,
他们手儿轻灵地给我撒在
一条缎带上,那么多情。
西风,请用翅膀托起它,
将它绕在我心上人的衣裙!
她这么装扮着走到镜前,
会满怀欣喜,无比高兴。

她看见自己在玫瑰丛中,
也像玫瑰一般鲜艳、年轻。
只要看一眼我就满足了,
亲爱的人儿,我的生命!

体验一下这颗心的感受吧,
把手伸给我,别难为情,

---

[1] 约成于1771年春,其时在德国的男女青年中时兴互赠彩绘的缎带,歌德将此诗连同数条彩缎带一起赠送给了弗莉德里克·布里翁。

但愿联结我俩的这条纽带,
它不像玫瑰花带一般柔嫩!

欢聚与离别①

我的心儿狂跳,赶快上马!
想走就走,立刻出发。
黄昏正摇着大地入睡,
夜幕已从群峰上垂下;
山道旁兀立着一个巨人,
是橡树披裹了雾的轻纱;
黑暗从灌木林中向外窥视,
一百只黑眼珠在瞬动眨巴。

月亮从云峰上俯瞰大地,
光线是多么愁惨暗淡;
风儿振动着轻柔的羽翼,
在我耳边发出凄厉的哀叹;
黑夜造就了万千的鬼怪,
我却精神抖擞,满心喜欢:

---

① 作于1771年春天,成功地使用反衬的手法,写出了诗人渴望见到爱人的急切而火热的心情,以及相聚的幸福和离别的悲哀。

我的血管里已经热血沸腾！
我的心中燃烧着熊熊烈焰！

终于见到你，你那甜蜜的
目光已给我身上注满欣喜；
我的心紧紧偎依在你身旁，
我的每一次呼吸都为了你。
你的脸庞泛起玫瑰色的春光，
那样的可爱，那样的美丽，
你的一往深情——众神啊！
我虽渴望，却又不配获取！
可是，唉，一旦朝阳升起，
我心中便充满离情别绪：
你的吻蕴藏着多少欢愉！
你的眼饱含着多少悲凄！
我走了，你低头站在那儿，
泪眼汪汪地目送我离去：
多么幸福啊，能被人爱！
多么幸福啊，有人可爱！

醒来吧，弗莉德里克

醒来吧，弗莉德里克，

快将这黑夜驱走,
你那明眸的一瞥,
能将它变为白昼!
群鸟的轻轻鸣啭
发出了深情呼唤,
我亲爱的姊妹啊,
已是你醒来的时候。

是你的诺言不神圣,
还有我的安宁?
醒来吧!不可原谅:
你仍然酣睡沉沉!
听,夜莺今天不再
倾诉它心中的苦闷,
因为可恶的睡魔
仍将你紧紧攥在手心。

晨曦发出柔颤,
用纯净的光线
映红了你的卧室,
却未能将你唤醒。
天空越是明亮,
你睡得越是深沉,

头枕在姊妹胸前,
胸中有颗爱你的心。

见你静静睡着,美人啊,
一串甜蜜的泪珠
涌出了我的眼睛,
我几乎变成了盲人。
面对这景象谁能
无动于衷,心情平静,
就算他从头到脚
全是用冰块凿成!

也许你在梦中看见了,
幸福啊,我的形象!
它睡意蒙眬,用诗句
咒骂众缪斯女神。
它的面孔,你瞧,
时而绯红,时而苍白;
睡魔已经离开它,
可它仍然不能苏醒。

在睡梦中你耽误了
倾听夜莺的歌唱,

作为惩罚你得听
我这蹩脚的诗章。
韵脚像沉重的车辄
压迫着我的胸膛,
我最美的缪斯女神啊,
你,你仍然沉睡在床上。

五月歌①

大地多么辉煌!
太阳多么明亮!
原野发出欢笑,
在我心中回响!

万木迸发新枝,
枝头鲜花怒放,
幽幽密林深处,
百鸟鸣啭歌唱。

欢呼雀跃之情,
充溢人人胸襟。

---

① 这首诗还有一个题名叫《五月节》(Maifest)。

呵，大地，呵，太阳！
呵，幸福，呵，欢欣！

呵，爱情，呵，爱情，
你明艳如朝霞！
呵，爱情，呵，爱情，
你璀璨如黄金！

你给大地祝福，
大地焕然一新，
你给世界祝福，
世界如花似锦。

呵，姑娘，呵，姑娘，
我是多么爱你！
你深情望着我，
你是多么爱我！

我热烈爱着你，
犹如百灵眷爱
那歌唱和天空，
那朝花和清风。

我热烈爱着你,

是你给我青春,

是你给我欢乐,

是你给我勇气

去唱那新的歌,

去跳那新的舞。

愿你永远幸福,

如你永远爱我。

狐死皮存[①]

午后,我们年轻人

坐在荫凉地里休息,

这时阿摩来与我们

玩"狐狸死了"的游戏。

朋友们都高高兴兴

陪着各自的宝贝儿;

阿摩一口吹熄火炬,

[①] 狐狸(Fuchs)皮毛火红,因此也被用来指称火焰。"狐狸死了"的游戏,一如诗中所描述,类似于我们"击鼓传花"的游戏。诗题《狐死皮存》即游戏过程中所唱的一支民歌的歌名。这首诗约作于1771年夏天,地点为塞森海姆。最后两节诗更加明白地点出,诗中的火是由爱神阿摩点燃的情火。

说道：接住，这儿！

火炬眼看就要灭掉，
我们赶紧把它传递，
大伙儿都急急忙忙
把它塞到别人手里。

多丽莉斯①面带讥诮，
把火炬传递给了我，
我的指头刚碰上它，
它便腾起熊熊烈火，

灼伤了我的眼和脸，
还引燃了我的心胸，
在我的头顶上更惨，
火焰已经快要合拢。
我企图把火焰扑灭，

然而它却燃个不停，
这狐狸不但没死掉，
在我手里倒挺精神。

---

① 多丽莉斯乃假拟的女性名。

灰暗、阴郁的早晨……[1]

灰暗、阴郁的早晨
笼罩着可爱的田地,
我周围的整个世界
全都深藏在浓雾里。
温柔的弗莉德里克呵,
让我回到你的身旁!
我的阳光,我的幸福
全在你青眼的一瞥。

在那树干上,你的芳名
和我的名字相偎相依,
狂风已吹得树皮发白,
我们的欢乐全已逝去。
那碧草如茵的牧场
像我的脸色一般阴郁,
它们见不到太阳光,
我见不到你——弗莉德里克。

---

[1] 此诗的情调与意境和《五月歌》形成鲜明的对比,预示着诗人和弗莉德里克·布里翁的热恋将以悲剧告终。

我即将走到葡萄田中

将酸涩的果实摘取，

周围一片生机盎然，

葡萄新酿已在涌溢。

可走进这空漠的凉棚，

我又想，哎，要是她在这里！

我将给她送去葡萄，

她——会给我什么呢？

我是多么想念你啊……[①]

我是多么想念你啊，

小天使！只有梦中，

只有梦中你才和我亲近！

虽然那时我同样苦难深重，

要为保护你与妖魔搏斗，

醒来呼吸还困难得要命。

我是多么想念你啊，

多么渴望得到你啊，

即使是在噩梦里呀也成！

---

① 成诗时间不详，但仍被看作是《塞森海姆之歌》的一首。表现了诗人离开爱人后的痛苦心情。

野玫瑰①

少年看见玫瑰花，
原野里的小玫瑰，
那么鲜艳，那么美丽，
少年急忙跑上去，
看着玫瑰心欢喜。
玫瑰，玫瑰，红玫瑰，
原野里的小玫瑰。

少年说：我要摘掉你，
原野里的小玫瑰。
玫瑰说：我要刺痛你
叫你永远记住我，
我可不愿受人欺。
玫瑰，玫瑰，红玫瑰，
原野里的小玫瑰。

轻狂的少年摘下了

---

① 此诗系根据民歌改作，可以认为表现了诗人在抛弃弗莉德里克后的内疚。它是歌德抒情诗中的名篇杰作，经舒伯特等谱曲后在世界上广为流传。

原野里的小玫瑰。
玫瑰用刺来抗拒,
发出哀声和叹息,
可是仍得任人欺。
玫瑰,玫瑰,红玫瑰,
原野里的小玫瑰。

甜蜜的青春的苦闷……[①]

甜蜜的青春的苦闷
带领我走进了荒原;
在这静静的清晨,
大地母亲仍在酣眠。
寒风飒飒摇动枯枝,
为我的悲歌配乐谱曲,
自然界死寂而悲凉,
却比我的心有更多希冀。

不信瞧吧,太阳神,不久,

---

① 约成于1772年初春时节,也即与弗莉德里克分手以后,虽然仍带有一些《塞森海姆之歌》的特点,但情调已和《五月歌》大异,只能算是《塞森海姆之歌》的余响。

那金发卷曲、眼睛蔚蓝的双生子
将用丰腴的手捧着玫瑰花环，
循着你的轨道来迎接你。①
那青年将翩翩起舞，
在洒满新绿的草地，
还用飘带把他的帽子装饰；
那少女在嫩草丛中采摘
紫罗兰，弯下腰把她的胸脯偷觑，
见它比去年五月节更加丰满，
更加迷人，心中充满欣喜；
她情思激越，满怀希冀。

主啊，为我祝福那位园丁吧！
他在自己的园圃里挖地、
松土，为播种及时做准备！
从寒冬瘦削的身上，
三月刚刚揭下雪衣，
冬天却已仓皇逃走，身后
撒下一片灰冷的雾幔，
淹没了田野、河流、大地

---

① 春天到来时，太阳的运行就进入了双子星座。这里歌德按希腊神话传说的方式将双子星座做了拟人化。

和山川:这时他毫不迟疑,

心中充满收获的梦想,

开始播种,怀着希冀。

颂　　歌[①]

漫游者的暴风雨之歌[②]

天才的护神啊,谁只要[③]

---

① 所谓颂歌是一种无韵而自由的古希腊诗体,与歌德在狂飙突进时期所要表达的思想情感完全吻合。诗中多借用希腊神话的典故和人物形象,富有寓意和哲理性。诗句长短错落有致,节奏铿锵有力。其中特别是《普罗米修斯》和《漫游者的暴风雨之歌》等篇,更充满了貌视封建权威和不畏艰险的战斗豪情,是真正的人和人性的伟大颂歌。

　　这些诗与《塞森海姆之歌》以及后来的爱情诗形成对照,代表了青年歌德性格中刚强有力的一面。

② 德国人从来酷爱徒步漫游,人们借此锻炼体魄,接近自然,手工匠人借此寻师访友,提高技艺,作家、艺术家借此认识世界,获取灵感,文艺作品以漫游为题材者举不胜举。在狂飙突进时期,漫游更具有了特别的意义。青年歌德十分喜欢体育活动,尤其是爱好漫游,故有"漫游者"的别名,一生中以漫游为题材写成的重要作品也不少。此诗约作于1772年,从内容到形式都自由而豪放,为典型的颂歌体,也是歌德狂飙突进时期的代表作之一。

③ 歌德年轻时是德国的狂飙突进运动的主将,和这一运动的参加者一样崇尚个性突出鲜明的所谓"天才"(Genie),并相信天才人物都有精灵的(Genius)护佑。

未被你抛弃，狂风暴雨
便不能袭扰他的心。
天才的护神啊，谁只要
未被你抛弃，他就会
迎着雨云
迎着雹雨
放声歌唱，
像你那——高空中的云雀。

天才的护神啊，你只要
不抛弃谁，你就会
用火焰的翅膀托负他
越过小道的泥泞。
他就会逍遥自在，
如丢卡利翁逃出泥沼洪流，[①]
像伟大的屠龙手阿波罗
步履矫健轻盈。

天才的护神啊，你只要
不抛弃谁，你就会为他

[①] 丢卡利翁在希腊神话中是普罗米修斯之子。在潘多拉的盒子被打开，给人类带来劫难之后，宙斯又向世界遣来洪水泥沼，只有丢卡利翁和妻子得以逃脱；洪水退去以后，从留下的泥沼中萌发出了新的生命。

铺垫羽翼,当他在岩头就寝;
你就会张开翅膀保护他,
在林间午夜。

天才的护神啊,你只要
不抛弃谁,你就会在暴风雪中
把他包裹暖和,
温暖就会引来缪斯,
就会引来美惠女神。
围着我飞翔吧,你们缪斯,

你们美惠女神!①
这儿有水有地,
有水与地的儿子,②
我跨越他而漫游
与天神无异。

纯洁如水之心,
你们纯洁似地之髓,
你们围着我飞行,

---

① 在希腊神话中,美惠女神(希腊语:χάριτες,英语:The Graces)共有三位,职司为给人间以种种的美。
② 指水和土混合产生的泥泞。

我翱翔于水与土之上,
就像天神。
让他回去吧,
那矮小、黝黑、急躁的农夫! ①
让他回去吧,他指望的
只是明亮、温暖的炉火,
只是布洛弥俄斯老爹的赠予, ②
他可以干脆回去!
而我有你们陪伴,
有众多缪斯和美惠女神陪伴,
并且可望得到一切,
得到你们,缪斯和美惠女神,
用以美化人生的
幸福花环,我怎能
灰溜溜地回去?

布洛弥俄斯老爹,
你就是天才的护神,
世纪的天才的护神,

---

① 歌德在途中碰见了一位农夫。
② 布洛弥俄斯是希腊神话里的酒神狄俄尼索斯的别名。

对于诗人品达,[①]

你是炽热的内心,

对于人世,

你是阿波罗太阳神。

噢!噢!内在的热力,

心灵的热力,

万物的核心,

炽烈燃烧吧,

冲着太阳神阿波罗!

不然他威严的目光

将对你冷冰冰

不屑一顾,

而被杉树之力吸引,

心怀着忌恨:

竟然不倚仗他,

自行发芽转青?

怎么我的歌最后才提到你呢?

我的歌自你开始,

[①] 品达(Pindaros,约公元前518—前446)是古希腊著名的抒情诗人。歌德青年时代译过他的诗,自己的创作也受过他的影响,本诗即是一个例子。

我的歌以你结束,
我的歌因你涌进啊,
朱庇特·普路维乌斯! ①
我的歌将向你澎湃汹涌,
卡斯塔利亚泉②不过是
一条涓涓支流,
只流经那些
远离你的懒汉
和有福的俗人,
而你却尽力将我庇护,
朱庇特·普路维乌斯!

你不曾惠临
榆树下的那位诗人——
他温柔的怀中
抱着一对白鸽,
头戴悦目的玫瑰花冠,

---

① 罗马神话中的朱庇特即希腊神话里的主神宙斯。他手持霹雳棒,掌管雷电。普路维乌斯为希腊神话里的雨神,是他在漫游途中给了歌德写此诗的灵感,所以被诗人视为与主神宙斯一样强大。朱庇特·普路维乌斯这个称呼系诗人歌德的自由联想和大胆创造。

② 卡斯塔利亚泉位于帕耳那索斯山下,是太阳神阿波罗和缪斯女神的圣泉,古代的诗人为了获得创造灵感,都要去饮此泉中的水。

那幸福地与花为伍的
安那克瑞翁，
你吞吐风雨雷电的神！

你不曾惠临
西巴利斯河畔的白杨林，
在阳光灿烂的山头上，
寻获那位诗人——
他哼哼唧唧，
音调甜腻，
那讨好世人的
忒奥克里托斯。①

每当车声辚辚，
千乘万骑奔向目标，
求胜心切的青年
高甩长鞭，
噼啪作响，
车尘滚滚，
如走石飞沙

---

① 忒奥克里托斯（Theokritos）是公元前3世纪的田原牧歌诗人，维吉尔曾受他的影响。

从山顶落入深谷，

品达啊，你心中便燃起驱驰的

勇气——炽烈燃起——①

可怜的心——

那边山丘上，

有天赐伟力，

有炽热烈焰，

有我的茅舍，

快朝它奋进！②

穆罕默德之歌③

瞧那山泉④

---

① 在品达流传后世的作品中，以《奥林匹亚竞技颂歌》和《皮提亚竞技颂歌》最为著名。歌德在这里援引品达对战车竞驰的激烈场面的描写，语言简练，节奏明快有力。他以此明白表示自己认同颂歌诗人品达，而对安那克瑞翁和忒奥克里托斯不屑。

② 本诗的特点和成功之处，在于把诗人于暴风雨中徒步漫游的经历和内心的感受以及他对古希腊诗人品达的仰慕之情三者自然而巧妙地融合了起来，充分地表现出青年歌德热爱生活、渴望战斗、勇往直前的狂飙突进精神。

③ 约作于1773年冬天，原为未完成的歌剧《穆罕默德》的插曲。

④ 山泉这个意象贯穿全诗，构成了全诗审美和诗意的基础，是主人公穆罕默德的化身，是这首颂歌热情讴歌的对象。

欢快又明亮,

如像星星的目光!

漂浮云端的、

善良的神灵

在林莽峭岩间

把它的青春滋养。

它青春焕发,

舞蹈着从云端

落到大理石岩上,

再仰望碧空

高声歌唱。

它穿过道道山涧

追随彩色碎石流淌,

以年轻的先驱的步伐

强拉着众多泉兄弟

一同前往。

在下边的峡谷,

它脚迹到处鲜花盛开,

那一片片草地

也靠它呼吸繁茂生长。

然而它不恋阴凉峡谷,

鲜花也一样,

尽管它们缠住它的膝头,

还频频投以妩媚的目光;

它仍蜿蜒行进,急匆匆

去到平原上。

无数溪流

偎依到它身旁。

流进了平原,

它浑身银光闪闪,

平原也随之闪光;

平原上的大河,

群山中的小溪,

百川齐声朝它呼喊:兄长!

兄长啊,快带领弟兄们

奔向你的老父亲,

奔向永恒的海洋;

它正张开双臂,

等待我们前往。

可是,唉,那张开的臂膀

白白把游子等待,

荒漠中的沙子

贪婪地吞噬我们,

头顶的烈日
吸吮我们的血浆,
拦路的小丘
把我们变成池塘。
兄长啊,
快带领你平原的弟兄,
快带领你山区的弟兄,
奔向慈父的海洋!

你们全都来吧!——
于是它变得更加魁梧,
整整一个族类拥戴着它,
使它成为至高无上的君王;
在凯歌声中滚滚向前,
它脚下出现一座座城市,
它把名字赐予千郡万邦。

它奔流不息,
把辉煌的高塔、大理石的殿宇——
它创造的万千伟业
通通抛在了身后。

这位阿特拉斯把杉木巨舰①
扛在壮硕的肩膀；
他的头顶有万千篷帆
猎猎飘扬，向天展示
他的英勇和力量。

它也如此托起它的弟兄，
它的财宝和它的孩子，
欢呼雀跃着投向
企盼着它的慈父的怀抱。②

普罗米修斯③

宙斯，用云雾把你的天空

---

① 阿特拉斯是希腊神话里的巨人，天靠他支撑在肩上，一般美术作品中他则将地球扛在肩上。以山泉、洪流为化身的穆罕默德也和他一样肩负重任，只不过扛的是巨舰罢了。

② 慈父指神而非人，但并不能因此认为这是一首宗教诗。歌德只是借穆罕默德之名歌颂天才的领袖人物，歌颂大自然，表现他本人的自然神论的宗教观和世界观。

③ 作于1774年。普罗米修斯是希腊神话中偷天火赈济人类的英雄。这首颂歌系同名歌剧的一个片段。它有力地抨击以神为代表的封建势力，唱出了人和人性解放的昂扬赞歌，是歌德早年所具有的反抗精神的鲜明表现，是他狂飙突进时期诗歌创作的最重要代表。

遮盖起来吧；
像斩蓟草头的儿童一样，
在橡树和山崖上
施展你的威风吧——
可是别动我的大地，
还有我的茅屋，它不是你建造，
还有我的炉灶，
为了它的熊熊火焰，
你对我心怀妒忌。

我不知在太阳底下，诸神啊，
有谁比你们更可怜！

你们全靠着
贡献的牺牲
和祈祷的叹息，
颐养你们的尊严。
要没有儿童、乞丐
和满怀希望的傻瓜，
你们就会饿死。

当我还是个儿童，

不知道何去何从，
我曾把迷惘的眼睛
转向太阳，以为那上边
有一只耳朵，在倾听我的怨诉，
有一颗心如我的心，
在把受压迫者垂怜。
是谁帮助了我
反抗泰坦巨人的高傲？
是谁拯救了我
免遭死亡和奴役？
难道不是你自己完成了这一切，
神圣而火热的心？
你不是年轻而善良，
备受愚弄，曾对上边的酣眠者[①]
感谢他的救命之恩？

要我尊敬你？为什么？
你可曾减轻过
负重者的苦难？
你可曾止住过

---

① 指宙斯。

忧戚者的眼泪?
将我锻炼成男子的
不是那全能的时间
和永恒的命运吗?
它们是我的主人,
也是你的主人。

你也许妄想
我会仇视人生,
逃进荒漠,
因为如花美梦
并未全都实现?

我坐在这里塑造人,
按照我的模样,
塑造一个像我的族类:
去受苦,去哭泣,
去享受,去欢乐,
可是不尊敬你——
和我一样!

伽倪墨得斯[①]

你炽热的注视
令我如沐朝晖,
春天啊,亲爱的!
带着千般爱的
欢愉,你那永恒的
温暖的神圣情感
涌上我的心头,
无限美丽!

我真想张开双臂
将你拥抱!

我愿躺在你的怀中,
忍受思慕的饥渴,
让你的花和你的草
跟我的心紧贴在一起。
可爱的晨风啊,
请带给我焦渴的心胸

---

① 伽倪墨得斯原系希腊神话里的美少年,得宙斯宠爱,被接上天去做了他的侍酒童子,因而永葆青春。歌德创造性地使用这个故事来表现自己对春天、对自然的向往和热爱。

以清凉的滋润！

从那雾谷的深处，

传来了夜莺亲切的呼吁。

我要去了，我要去了！

去向何方？啊，何方？

向上！奋力向上！

白云飘然而降，

白云俯下身来，

迎接热诚的爱人。

迎接我！迎接我！

让我在你的怀抱里

飞升！

让我们相互拥抱！

飞升到你的怀中，

博爱的父亲！

致驭者柯罗诺斯[①]

加把劲儿，柯罗诺斯！

[①] 柯罗诺斯系希腊神话中的时光之神，歌德却在诗中以他作为自己人生之车的驾驭者。此诗以一次旅途经历和自然景物来象征人生的各个阶段。全诗充满了奋发向上和蔑视一切困难的豪迈精神。

快策马前驱!

道路正通向山下;
你要是踟蹰迟疑,
我便会头晕呕吐。
快振作精神,不惧
道路坎坷和颠簸,
快送我奔向生活!

气喘吁吁,
举步维艰,
眼前又要奋力登山!
快向上,别怠惰,
满怀希冀,勇敢向前!

站在高山上眺望,
田野生机一片!
从山岭到山岭,
浮泛着永恒的灵气,
充溢着永生的预感。

道旁凉棚下的荫处
吸引你去休憩,

门前站着一位少女,
令人一见心喜。
快去饮一杯酒!——姑娘,
请也赐我泡沫翻涌的佳酿,
还有你青春健康的一瞥!

下山了,快冲下山去!
看,红日正西沉!
趁它还挂在天边,
趁雾霭尚未从沼泽升起,
趁我衰老没牙的腭骨尚未
上下磕碰,腿脚尚未战栗——
快载着我这迷惘陶醉的旅客,
身披着落日的霞光,
眼含着翻腾的火海,
向那地狱的黑夜之门冲去!

柯罗诺斯,吹响你的号角,
让马蹄嘚嘚作声,
使冥府的居民听见:我们来了,
让冥府的主人赶到门边,
殷勤地迎接我们。

海上的航行[①]

我的船满载货物,等待着顺风,
日日夜夜停泊在港湾里;
我与忠实的友人相聚在一起,
用酒浇灌耐心,滋养情绪。

朋友们比我更加不耐烦:
"我们希望你快快启程,
我们祝愿你一帆风顺;
异乡等着赐给你无数财宝,
我们等着拥抱归来的游子,
让你获得奖赏和爱情。"

终于在一天清晨,人声鼎沸,
我们让水手的吆喝声惊醒,
大伙儿往来奔走,忙忙碌碌,
要借第一阵劲风开航启碇。

[①] 1775年10月,歌德终于离开故乡去了魏玛。此诗写出了诗人处在人生转折点上焦躁不安、希冀等待的复杂心情。

船帆在风中胀满得像开了花,
太阳引诱我们以火热的爱情;
帆在水上疾驰,云在空中狂奔,
岸边送来朋友们祝福的高歌,
欣喜若狂,我幻想着返航的
早晨,还有夜空中的颗颗明星。

可是神送来的风变幻无常,
我的船离开了预定的航程;
表面上似乎任风摆布,
暗暗地却想以智谋取胜,
在斜路上坚持向目标前进。
然而从阴沉的灰色的远方,
已隐隐传来风暴的吼声,
鸟儿们被吓得贴水低飞,
舒展的心胸也随之缩紧。
风暴果然来了。在它的
盛怒面前,水手机智地降下帆,
船像一只充满恐怖的皮球,
任风和浪抛玩。

在彼岸的朋友和亲人,
他们站在陆地上仍惊恐莫名:

"唉,他为何不留在这里!

唉,这风暴!唉,他真不幸!

难道那好人就这么沉沦下去?
唉,他本该,唉,他要能!天神!"

然而他立在舵旁,满怀豪情;
他的船听凭风浪摆布、戏弄,
风和浪动摇不了他的心。
他威严地注视着可怕的深渊,
不管是倾覆,还是靠岸,
都对他的守护神怀着信任。

冬游哈尔茨山[①]

翱翔吧,我的歌,
像雄鹰舒展柔软的翅膀,

---

① 哈尔茨山为德国中部名山。1777年11月29日—12月19日,歌德独自骑马山中游,一方面视察属于他管辖下的矿山,一方面探访一位请求他做指导的陌生青年。此诗始作于12月1日,最后于12月10日完成在布罗肯峰上。它记录了诗人旅途中所见所感所思,充满对自身的命运、对世事、对人生的深刻观察和感喟,值得我们细细地研读和玩味。它虽为歌德到了魏玛以后的作品,但是格调仍如前面的颂歌。

滑翔在清晨的
彤云顶上,
把猎物搜索!

须知上帝
给每个人规定了
他的道路,
幸福的人循着它
奔向目标,得享
成功之乐;
可谁要是
心已被不幸扼住,
他再反抗挣扎
也白费力气,
扯不断羁绊的铁线,
只有那痛苦的剪刀
能最终将它剪断。①

阴森的丛林
挤满凶残的野兽,
富人和麻雀

---

① "羁绊的铁线"喻指生命线,"痛苦的剪刀"指希腊神话的三位命运女神之一阿特洛波斯所执掌的剪生命线的剪刀。

早已在泥沼中
沉溺堕落。

像悠悠闲闲的仆从
尾随君王入城,
走在平整的路上,
一样可以轻轻松松
追随幸运女神的车驾。

可旁边那是何人?
他在密林中迷了路,
被分开的小树
又在身后合拢,
野草重新立起,
他被荒芜吞没。

唉,那变香膏为毒药的人,
谁能医治他的痛苦?
从丰富的爱里,
他吸吮对人的憎恨。
被蔑视者如今成了蔑视者,
他正悄悄吞噬掉
自身的价值,

因为自私自利，不知餍足。

爱的父亲啊，你的琴上
可有一个音符
娱悦他的耳官，
使他的心醒悟？
拨开他的眼翳吧，
让他看清焦渴者侧畔
有千眼涌泉
润泽荒漠。

你创造了许多欢乐，
给谁都十分大度，
就祝福狩猎的兄弟吧，
让年轻气盛的他们
追循野兽的踪迹，
尽兴地杀戮，
做迟来的除害者；
农民们多年来用棍棒
没法自我防护。

可你要包裹孤独的旅人，
用你的金色云裳；

并在玫瑰重新开花之前,

爱啊,用常春藤

把你诗人的湿发

严严实实缠住。

你用闪烁的火炬

为他照明,

涉过夜的津渡,

翻越荒山野岭,

无底深渊,

然后用万紫千红的朝霞

令他欢欣鼓舞。

你用刺骨的寒风

把他托到高处。

冬之巨流坠下危岩,

融入他的赞美诗;

为让他虔诚地感谢主恩,

挂满白雪的峰巅

变成他的祭坛,

相传围着这座峰[①]

[①] 指布罗肯峰。德国民间传说:每年的5月1日为所谓的瓦普吉斯之夜;其时魔男魔女们来峰顶狂欢聚会,一时间群魔乱舞,怪象纷呈。对此情景,《浮士德》第一部有专门的精彩描述。

常有成群的妖魔狂舞。

神秘而又坦荡
是你未经探索的胸怀,
你立于惊愕的人世之上,
从云端俯瞰
你的辉煌和富足,
你以身旁的兄弟的血脉
浇灌了世间的沃土。

艺术家之歌[①]

致行家和爱好者[②]

面前鲜活的自然
于你有什么好处?

[①] 文学艺术与人生、与社会的关系,是德语文学的一个重要题材。古往今来,以艺术家为主人公的戏剧、小说和诗歌,不胜枚举。歌德在狂飙突进时期及以后都写了不少这样的诗,或申说自己的艺术见解,或表达自己对于前辈的仰慕,或抒发自己热爱自然、渴望创造的急切心情……

[②] 约成于1774年,原名《艺术爱好者的独白》。

周围的艺术杰作
对你有什么帮助?
重要的还是你的心灵
必须充满创造力,
这样才使你的指尖儿
敏捷灵活,随心所欲。

艺术家的晨歌[①]

高贵的缪斯女神呵,为你们
我造了一座圣殿,
它是至神至圣的一隅,
在我自己的心田。
每天太阳将我唤醒,
我环顾四周真是兴奋,
但见圣洁的晨光中
环立着永生的你们。[②]

我随即开始祈祷,
反复将赞歌吟唱,

[①] 约作于1773或1774年。
[②] 指艺术家工作室里的古代雕像模型。从这些雕像,艺术家进而想到了荷马史诗中描写的特洛伊战争的情景。

弦索为我伴奏,
琴音悠扬欢畅。

我走到祭坛前面,
完成我的早祷,
我吟颂诗圣荷马,
虔诚而又肃然。

他拖我进混战的疆场,
斗士如雄狮般勇敢,
神之子傲立在战车上,
燃烧着复仇烈焰;

骏马在战车前失蹄倒下,
上下左右滚作一团,
殊死搏斗的血泊中
敌友难辨,那英雄之子[①]

用火焰之剑祝福他们,
叫万千战士一去不返,
直至他自己也遭制伏,

[①] 指希腊英雄帕特洛克罗斯。

被一位神的巨腕。①

他倒在他为自己垒的
火葬的柴薪上面，
敌人随即伸出手来，
玷污他美丽的躯体——

我马上勇敢地抱起他，②
用木炭做我的武器，
战场上的呐喊咆哮
顿时冲击我高高的墙壁。

冲啊！冲啊！敌军发出
疯狂和愤怒的怒叫。
剑砍头盔，盾盾相击，
拼死争夺死者的遗体。

我也向前，再向前，
和他的朋友并肩战斗；

---

① 指藏身于云端为特洛伊人助战的太阳神阿波罗。是他一掌击倒帕特洛克罗斯，使其死在赫克托的矛下。
② 创作的激情使艺术家忘乎所以，情不自禁地变成了自己作品中的角色，投入了古代的战斗。

他们流着悲愤的眼泪，
比往日更加勇敢。

冲啊！杀啊！快救他，
快抢他回自己的营地，
然后让香膏和泪水
浇注光荣的遗体。

眼下我又回到了现实，
快迎接我，亲爱的姑娘！
啊，你纵然只在画里，
画里仍然暖人心肠。

曾几何时，你偎依着我，
充满了爱的渴求；
望着你，提起画笔的欲望
油然生起在心头——

你的眼睛、面庞和嘴唇
叫我悦目赏心，
我胸中顿觉青春焕发
犹如一位神灵！

快回来吧,快回来
投入我的怀抱,
从此我再不要任何战斗,
只想把你紧紧搂抱!

亲爱的,你要成为
我理想的种种典范,
成为圣母,她正哺乳
神圣的初生儿。

我还要在密林中抓住你,
你是我的仙女,
别讨厌我屁股上的小尾巴,
还有竖立的长耳。①

我要变成战神躺在你怀中,
你强大的爱情女神,
我要在四周张起罗网,
高声呼喊,向着奥林匹斯,②

---

① 艺术家把自己画成了希腊神话里的农牧神——半人半羊的潘恩。
② 此处借用罗马神话中战神马尔斯和爱神维纳斯的恋爱故事。

诸神中要有谁应声来到,
并羡慕我俩的幸福,
就让他把那嫉妒的丑脸——
在床脚上牢牢定住!

艺术家的晚歌[①]

愿内在的创造力啊,
在我的心中鸣响,
愿从我的指间涌出
丰满实在的形象!

我只是战栗,只是结巴,
没法将它们摆脱;
我感到认识你,自然啊,
我必须将你把握。
我想会有那样的时候,
我的心扉将豁然开放,

在从前的荒芜之地
将欢乐的甘泉品尝。

---

① 诗成于1774年。

我多么渴望将你，自然啊，
忠实而亲切地体验！
你将像有千条喷管的喷泉
欢乐地在我眼前显现。

你将使我内心的力量
得到充分的施展，
将把这沉世狭隘的存在
扩大至永恒、无限。

新阿马狄斯[①]

当我还是个小男孩，
我已被人禁闭，
从此一年又一年，
我孤单如同
婴儿藏在母体。

可金色的幻想啊，
是你帮助我消磨时光，
我于是变成热血男儿，

---

① 阿马狄斯是15世纪西班牙和法国骑士小说的主人公，他为了获得美女奥里阿娜的爱情，历尽了艰险。歌德小时候就从母亲口中听到了这个故事。

像琵琶王子①,
勇敢地在世界上闯荡。

我建起一座座水晶宫,
也摧毁了许许多多,
我掷出闪亮的长矛,
把凶龙的肚皮刺破,
是的,真正好汉一个!

随后我勇敢搭救了
公主鱼美人;
她请我赴宴,
待我特亲切,
我也很殷勤。

她的吻甜美如天国食粮,
热烈似醇酒一样。
我爱她爱得要死喽,
她神采飞扬,
周身洒满阳光。

---

① 琵琶为传说中勇敢的王子。

唉！谁给我把她拐跑了？

难道没有一根魔绳

阻止她的背弃？

告诉我，她的国家在哪儿，

我走哪条路才能去？

鹰与鸽①

一只雏鹰展翅飞翔，

在空中寻找猎物；

它不幸中了猎人的箭矢，

右翅的韧带被射破。

坠落在桃金娘林中，

它忍受剧痛整整三天，

漫长的三夜三天啊，

它痛得浑身抽搐。

最后还是医治万物的自然

用万灵的香膏，

把雏鹰治好。

它钻出丛林，

伸一伸翅膀——唉！

---

① 约作于1773年。当时歌德获得博士学位后回到了故乡法兰克福，做他本无兴趣的律师工作。诗中他以鹰自比，表现了诗人对于现状的不满足和意欲腾飞的志愿。

飞翔的能力已被剥夺——
它拼命使劲
也离不开地面。
它怀着深深的哀戚,
呆立在溪边的石滩,
指望有卑微的猎获。
它仰望橡树,
仰望高高的蓝天,
泪珠充满高贵的眼窝。——

这时穿过桃金娘的枝叶,
飞来一对叽叽喳喳的鸽子;
它俩落下后点头磕脑,
越过溪畔金色的沙滩,
彼此十分亲热。
它们红红的眼睛瞟来瞟去,
瞅见了凄凄惨惨的这一个。
雄鸽怀着好奇,飞到
雏鹰近旁的矮树上,
得意地望着它,
殷勤地开腔道:瞧你多难过。

朋友,高兴起来吧!

这里不是应有尽有,

你可以安安静静享福么?
还有那金色的枝丫,
你不可以用它抵挡酷热?
你不可以迎着落日的夕晖,
挺起你的胸脯,
躺在溪边的软苔上?
你还可以漫步挂着朝露的花丛,
在蕴藏丰富的灌木林中
采摘适当的食物,
用银色的泉水润喉解渴。
朋友啊,真正的幸福在于知足,
知足就会处处满足!
雏鹰回答:真聪明啊!
说着陷入更深的沉思。
说得真聪明,真像只鸽子!

比　　喻[①]

越过草地,沿溪而下,
穿过自己的花园,

---

① 作于1773或1774年,原题为《作家们》,意在讽刺文学创作的功利主义。

青年摘下最嫩的鲜花；

狂跳的心儿怀着期待：

他的姑娘要来啦！噢，幸福快来啦！

小伙子啊，你用你的花去换取青睐！

越过树篱，邻家的花匠

冷眼旁观：这样的傻子我才不做！

培养莳花，驱赶害鸟，

保护果树，我感到快乐。

它们一成熟就是钱呐，老兄！

我难道能劳而无获？

这好比就是两个作家，

一个把自己的欢乐

尽情洒给读者，他的密友；

另一个却要人给他预支稿酬。

男孩有一只小鸽子……[①]

男孩有一只小鸽子，

羽毛鲜艳而又美丽，

[①] 诗成于1773年，也曾题名为《一个比喻》，实则讽刺自作聪明的所谓批评家。

心中充满纯真的爱，
常用嘴给它喂食吃。
有这宠物男孩快乐无穷，
没办法把它全留给自己。

就在附近住着只老狐狸，
能说会道，很有才气；
它一向得到小男孩的欢心，
常对他天花乱坠胡吹一气。

"一定得让它瞧瞧小鸽子！"
他跑去找到躺在林中的狐狸。
"瞧啊，我可爱的鸽子多么美丽！
见过这样的吗，你这一辈子？"

"拿来看看！"男孩递了过去。
"还行。不过你瞧，这儿有点问题，
羽毛长得太短啦。"狐狸说着
便拔起毛来，好像要为自己做烤鸡。

男孩失声大叫。——"得给它插上
长长的羽毛，要不既难看又飞不起！"
鸽子浑身光秃——"真是个丑东西！"

鸽子被撕碎了。男孩的心也碎了。

谁从男孩身上认出了自己,
他就应该好好提防着狐狸。

当代逸事[①]

我带朋友去见一位姑娘,
希望他能把她看上;
她活泼、年轻而又热情,
生性愉快,品貌端庄。

我们发现姑娘坐在床边,
用一只小手托着腮帮;

我的朋友向她鞠躬致意,
然后落座在对面椅子上。
他伸长鼻子,细细端详,
把人家打量了又打量,
这一来我算全完了,

[①] 约作于1774年,原题名为《行家和爱好者》,意在讥讽那些貌似热爱艺术、懂得艺术的俗人。

差一点神经没失常。

不思报答,可爱的老兄
反倒领我到一个角落里,
说什么姑娘身材太瘦长,
而且还有雀斑长在脸上。
于是我只好向姑娘告别,
出得门来立刻朝天仰望:
"主啊,仁慈的主啊,
快可怜可怜这位老兄吧!"

随后我又领着朋友走进
洋溢着热情和灵气的画廊,
不知怎的,我整个的心
立刻像被撕碎了一样。
我失声喊出:"哦,画家,
大师!愿上帝给你报偿!
能代我们感激你的,
只有最最美丽的新娘。"

可瞧啊,我的朋友剔着牙,
在画廊中胡跑乱逛;
把那些神之子的名字

一个个抄写进我的目录。
我的心沉重而又不安,
好像整个世界压着胸膛。
他却在那儿说长道短,
把一切一切细加掂量。

我只好退到一旁的角落,
甘受甜蜜的爱的束缚。
他却让众人团团围住,
把行家帽子给他奉上。

即兴诗①

朝圣者的晨歌②

——致莉拉

晨雾,莉拉呵,

---

① 歌德告诉他的秘书爱克曼说,自己从来不写所谓"空中楼阁"的诗,他的诗总是因事因人随缘而作,有感而作,在这个意义上,他的作品全都可以叫作"即兴诗"(Gelegenheitsgedichte)。这里选的 8 首题赠之作,乃是其中的典型。

② 诗成于1772年。其时歌德常去离法兰克福不远的达姆施塔特城,参加一些向往自然、多愁善感的时髦青年男女的聚会。在这个小团体里,歌德常自称和被称作漫游者和朝圣者,莉拉则是他较接近的一个名叫露意丝·封·茨格勒的年轻女子的雅号。

裹住了你的塔楼。
让我再看它一眼，
在这分别的时候！
神圣而又温暖啊，
无数幸福的回忆
生动地浮现在心头。
它曾这样耸峙着，
目击了我的欢乐，
当你初次
羞答答地
与陌生青年
相逢邂逅，
并且一下子
使永恒的火焰
燃起在他心头！——
呼啸吧，北风，
像一千条毒蛇的信子
围绕着我的头颅！
可你休想使它低下！
你能折服的
只是那些失去照料的
离开了太阳母亲的
幼枝柔柳。

无所不在的爱情啊,
请充实我以烈火!
让我昂首迎接严冬,
挺胸奔向险阻!
你曾用双倍的生命,
用生的欢乐
还有勇气,
把我早早枯萎的心
充实灌注!

摘自给克斯特纳的信[①]

法兰克福,1773年

当爸爸津津有味地抽着烟斗,
当"宫廷顾问"胡思乱想,[②]
把怪癖当爱情向卡洛琳出售;
当绿蒂操持家务,往来奔忙,
当伦馨妹妹望着空中出神,
心地纯善,无虑无忧;

---

① 作于1773年1月。克斯特纳是小说《少年维特的烦恼》女主人公原型绿蒂·布甫的未婚夫。

② 诗中诙谐地描写出了绿蒂家里的生活情景。"宫廷顾问"系绿蒂的大妹妹卡洛琳的未婚夫狄茨的绰号。

当男孩子们按德意志礼仪
用肮脏的手抓着蜜膏,
脑袋上带着大小窟窿,
在室内和庭院里冲进冲出,
你却用你的一双蓝眼睛
悠悠闲闲地看着他们,
仿佛你只是个瓷娃娃,
其实你生性勇敢练达,
是忠实的恋人,热情的朋友!
让帝国和基督的敌人,
让俄国佬、普鲁士人和魔鬼,
尽管去瓜分地球,
只是这可爱的德意志之家,
你必须为我们保留!
让从此地去你那儿的路
平坦安全如雅各的扶梯;
让我们总是有好胃口!
这样我们就心口如一地对你祝福:

  让荣耀通通归于上帝,
  但我的女人只归我有,
  如此一来我和他一样
  便会心满又意足。

致绿蒂[①]

倘若一位高贵的死者,
例如牧师或是议员先生,
由他的遗孀请人刻制铜像,
并且在像下刍上小诗一段,
那定是:瞧瞧这脑袋和耳朵,

瞧他的长相多么精神,
再瞧这额头,还有这双眼睛。
可是你们从那鼻子上,
却看不出他聪明的头脑,
还有他为大众立下的功勋。

亲爱的绿蒂,这儿也写着:
我赠给你我的剪影,
你能看见我长长的鼻子,
高耸的脑门,乞求的嘴唇,
一张肯定十分丑陋的脸——

[①] 1774年8月31日,此诗的手稿随歌德的剪影像一道从法兰克福寄给了在威兹拉尔的绿蒂。

可是你却看不见我的爱情。

题画诗[1]

你瞧瞧这面魔镜,镜中映出
一个梦境:在她的神翼下,
多么可爱又多么纯善呵,
我们病中的女友正在安寝。

你该感到,她如何奋力冲出
尘世的洪涛,进入了灵境;
瞧她对面墙上挂着你的画像,[2]
还有主耶稣为你们受苦献身。[3]

这美好的画面,我急忙
挥毫把它搬到了纸面上,
愿它使你和我都感受到
黄昏时迷蒙宁静的气氛。

---

[1] 1774年,歌德常去探望比他年长的生病的女友封·克勒滕贝格小姐。对这位虔诚而心地纯善的女子,年轻的诗人满怀着敬意。他亲手作了一幅画来描摹她卧室中近乎灵境的奇异气氛,并把画连同这首题画诗一起寄给另一位在外地的女友。
[2] 指那位在外地的女友的画像。
[3] 墙上还挂着耶稣受难的十字架。

克里斯蒂娜[①]

我常心情忧郁,闷闷不乐,
甚至十分悲伤,
可一旦来到克里斯蒂娜身边,
我立刻会恢复正常。
这儿那儿,我总看见
她的形象;我不知道
为什么如此喜欢她,
她怎么处处时时合我心肠。

她那诙谐的黑溜溜的眸子,
上面配着黑油油的眉毛,
我只要注目望它一望,
便顿时心花怒放。
她的小嘴是何等甜蜜啊,
还有可爱的圆圆的脸庞!
哈,她身上还有些圆圆的东西,
使人不知餍足地欣赏!

---

① 约作于1773或1774年。克里斯蒂娜是否特指某人,不详。重要的是这首诗突出了性爱的感官之娱,在歌德此一时期重在精神和内心感受的爱情诗创作中可谓绝无仅有。同类性质的诗直到后来的《罗马哀歌》中才重新出现。

要是随后允许我搂住她,
一同跳轻快的德国舞,
那马上会急转飞旋,
使我感到巨大的满足。
当她跳热了,有些晕晕乎乎,
我便搂紧她,让她靠在
我的怀里,好像国王
护卫着自己的疆土!
要是她忘记周围的一切,
抬头送来盈盈秋波,
我于是更紧地搂着她,
并且贪婪地亲吻她,
这时便有热流融贯全身,
我从头到脚感到酥麻;
我是这样的痛快哟,
这样的虚弱而又强大!

我老想再来,再来,
白昼便匆匆而逝。
要是夜里也准我陪伴她,
我肯定不会畏惧。
我想我会一下将她抱住,
让自己称心如意;

要是还不能消除我的痛苦,
我宁肯死在她的怀里。

题《少年维特的烦恼》①

年轻男子谁不渴望这么爱,
姑娘们谁不渴望这么被爱,
这是我们最神圣的情感啊,
为什么竟有惨痛迸涌出来!

亲爱的读者,你哭他,你爱他,
你要拯救他被玷污的声名,

看,他的灵魂在泉下示意你:
做个堂堂男子,别步我后尘。

题于J. M. R. 棱茨的纪念册②

要记住这美好的时光,

---

① 此为1775年为《少年维特的烦恼》再版的题诗,目的是消除"维特热"在青年中造成的消极影响。
② 棱茨是德国狂飙突进时期的杰出作家,歌德在斯特拉斯堡念大学时的挚友。1775年,歌德在瑞士旅行途中与他重逢,临别时题赠了此诗。

记住两颗狂躁的诗人之心的
所有欢乐,所有创伤,
所有痛苦,所有忧愁!
在这惜别的最后时刻,
我给亲爱的棱茨把言留。

集会之歌①

在所有吉日良辰,
当爱情美酒提高了兴致,
我们就应该同声高唱
这只为集会而作的歌曲。
上帝使我们会聚一堂,
让我们和睦又亲密。
他曾点燃我们的爱火,
现在又让它重新燃起。

今天要痛痛快快玩个够,
不分你我,真心真意!
来啊,这满满一杯醇酒,

---

① 1775年,法兰克福一位做牧师的朋友结婚,歌德写诗相赠,后经修改,去掉婚礼的特定内容,成了这首歌颂忠诚友谊的《集会之歌》。

我们要高高兴兴喝下去!
来啊,在这美好时刻,
让我们真诚地碰杯亲吻;
从每一句新的誓言里面,
旧的盟誓会获得新意!

生活在我们的团体里,
有谁还会感到不幸?
要享受这无拘无束的日子,
还有忠诚的兄弟之情!
如此这般,天长地久,
朋友们将永远心连着心;
不会有无谓的小事
来离间和疏远我们。

一位神明赐给了我们
观照生命的自由目光,
不管未来遭遇如何,
我们的幸福常在常新。
别受怪念头的干扰,
永远不会感到扫兴;
别矫揉造作,自会有
更加开朗豁达的胸襟。

一步一步，生活之路

将越走越顺畅、宽广；

兴致勃勃，始终兴致勃勃，

我们的目光不断向上。

世事沉浮，道路坎坷，

我们却永远无所畏惧；

我们这样真诚相处，

友谊将会地久天长。

丽莉之歌及其他[①]

新的爱情　新的生活

心，我的心，你怎么啦？

[①] 1775年元旦之夜，歌德在法兰克福大银行家薛纳曼家中遇见并爱上了主人的独生女儿丽莉，对这个17岁的金发美女一见钟情，不久便和她订了婚。但是新的爱情并未带给他多少快乐和幸福，倒使他失去了内心的宁静和自由。丽莉的轻佻任性和豪奢空虚，令歌德痛苦，可他又挣不脱这艳丽的少女用魅力编织成的"魔线"。因此，在所谓的《丽莉之歌》中，充满了矛盾、叹息和哀怨。《丽莉之歌》恢复了歌德早些时候的抒情诗格律严谨、音调和谐优美的特点。它虽不像《塞森海姆之歌》一般质朴、明朗，充满欢呼雀跃之情，却更加婉转、含蓄，耐人寻味。其中的《湖上》更堪称德国乃至欧洲自然抒情诗为数不多的不朽杰作之一。

是什么使你如此困窘？
何等陌生而崭新的生活！
我已经不再能将你辨认。
你爱的一切已不复存在，
你的烦恼也已消遁，

你失去了勤奋和安宁——
唉，你怎么落到这般窘境！

是那含苞欲放的春花，
是那美丽可爱的清姿，
是那忠诚善良的顾盼
拴住了你，用无穷的魅力？
一当我想从她身边飞走，
一当我想鼓起勇气逃离，
我又立刻会回到她的身边，
唉，腿不由心，身不由己。

那可爱而轻佻的少女
就用这根扯不断的魔线，
将我紧紧系在她的身旁，
尽管我十分地不情愿；
于是我只得按她的方式，

生活在她的魔圈中间。
一切都已面目全非啊!
爱情!爱情!快放我回返!

致白琳德①

你为何硬将我拖进,唉,
富贵豪华之地?
我这好青年不是挺幸福,
在清寂的夜里?

我将自己偷锁进小屋,
躺在月影之中,
如水的月光笼罩着我——

我沉沉地睡去。
我梦见黄金般的时光
和纯净的欢娱,
你的倩影已经铭刻在
我深深的胸际。

---

① 作于1775年年初。白琳德是当时德国安那克瑞翁诗派袭用的对心上人的代称。

难道你还要将我拴在
灯火辉煌的赌台?
难道你还要让我迎合
面目可憎的市侩?

如今我那妩媚的春花
已不开在野外;
天使啊,爱与善和你同在,
自然与你同在。

留下吧,请留在我身边[1]

留下吧,请留在我身边,
温柔的陌生人,甜蜜的爱情;
温柔而甜蜜的爱情啊,
请不要离开我的心灵!
啊,天空和大地如此
勃勃生机,焕然一新,
啊,我第一次感受到——
感受到这美好的人生!

---

[1] 写作年月难以确定,但从情调、风格判断,显然属于此一时期为丽莉写的情诗。

渴　慕

这从炽热的心房涌出的,
不会是最后一滴眼泪;
用不可言说的新的痛苦,
心儿为自己找到安慰。

啊,让我在这儿和那儿
时刻感受到永恒的爱情,
即使要让痛苦继续渗透
我的血管,我的神经。

但愿有那么一次,永恒的
爱情啊,我能被你充盈!
唉,人世间苦难如此深重,
如此绵绵无尽!

丽莉的动物园[①]

绝不会有一座动物园哟

---

① 作于1775年,此诗充分写出了诗人为爱情所羁绊、困扰的无奈、尴尬和痛苦。

像我丽莉的一样五色斑斓！
她在里边关着珍禽异兽，
怎么捉住的自己却不了然。
瞧呵，野兽们狂奔乱跳，
剪了羽翼的鸟儿奋力飞蹿，
这些可怜的王子啊，
永远受着爱的熬煎！[①]

"那仙女叫什么？丽莉？"——快别将她打听！
你们不认识她，才真该感谢上帝。

每当她走进园门，
手提着装饲料的小篮，
园内便稀里呼噜，叫声一片！
喊喊喳喳，叽叽嘎嘎，
高大的乔木，矮小的灌木，
全都像活了一般：
野兽成群地冲到她的脚下，
甚至池里的鱼儿也游过来，
急不可待地把头探出水面；

[①] 是年9月，法兰克福举办一年一度的盛大集市，各方商贾云集，丽莉家中也来了比平日更多的她的崇拜者，使作为未婚夫的诗人十分恼火。

于是她扬手抛撒饲料,
美目顾盼足以倾倒众神,
那些畜生野兽更不用谈。
霎时啄的啄、咬的咬、
吞的吞、咽的咽;
畜生们推推挤挤,彼此争夺,
你扯我咬,相互威胁,相互追赶,
一切一切都仅为一小片面包,
它尽管干硬,在美人手里
却无比可口,如仙食一般。

她唤道:琵琵!琵琵!
那目光啊,还有那声调,
足以把朱庇特的鹰诱下宝座,
把维纳斯那一对鸽子,
是的,甚至爱虚荣的孔雀,①
我敢起誓,诱到她跟前,
只要她们能老远听见她的呼喊。

就这样,从夜一般漆黑的森林,
一头愚蠢、笨拙的狗熊

---

① 孔雀是希腊神话中天后赫拉(即罗马神话中的朱诺)的神鸟。

被骗来听候她的差遣，
被编进了驯服的仆从队里，
受到其他动物一样的训练——
自然呐，仍旧有一点本性难改！
她看上去多么美呀！多么甜呀！
只要能浇一浇她的花儿，
我甘愿把热血洒尽流干。

"你们说：我！怎么会？谁喽？"
好好，先生们，直说吧：我就是那狗熊！
被一面编成石榴裙的网套住，
伏在她脚下，系着一根丝绳。
不过这一切是怎么发生的，
改日我再给诸位细讲；
今天我实在太气愤，太气愤。

嗨！那天我站在园子边上，
远远听见嘎嘎的叫声，
看见鸟群在扑打翅膀，
于是一转身，
呼哧呼哧
我朝后边跑去，
呼哧呼哧

我再跑了一段，
最后还是掉头朝着来的地方。

随后我突然狂奔起来，
鼻子重重地喘着粗气，
把内在的野性释放。
什么，你这傻瓜，只是只兔子！
唤声那么甜！小松鼠，来啃松子！
不习惯被别人奴役，
我高昂着刚毛丛生的颈项。
每一棵修了枝的小树
都讥讽地望着我！我只好
逃离剪得平平整整的草场。
山毛榉也对我嗤之以鼻！
我逃进最阴暗的灌木丛，
钻过密密枝叶，
跳越篱笆板墙。
跳啊，爬啊，终于跌倒，
奇怪！身体沉得像铅一样。
什么魔力钩住了我，
我拼命挣扎，终于浑身瘫软，
躺在精巧的人造瀑布旁，
痛哭流涕，在地上乱咬乱滚，

可是啊！听着我的怨愤的
只是园中的水泽女神瓷像。

突然，哦！一股甜蜜幸福的感觉
流贯我的四肢，我的全身：
是她，是丽莉在那边亭中歌唱！
又听到这悦耳的、动人的歌声，
周围的空气对我也变得温暖，也像有
百花怒放。哦！她是唱给我听吗？
我急奔向她，踩倒所有灌木，
密集的大树也吓得闪到两旁。
就这样——狗熊伏在了她的脚下。

她瞅着它说："一只大畜生！倒是怪好玩儿！
要说是熊呢嫌太温驯，
要说是狗呢又太野蛮；
这么脏，这么笨，毛这么蓬乱！"
她用脚在熊的背脊梁上蹭来蹭去，
使它觉得进了天堂一般。
它所有感官全兴奋得直痒痒，
她呢——平平静静，对它看都不看！
我亲吻她的鞋子，咬她的鞋后跟，
那么文雅地，尽一头熊之所能；

我慢慢站起来,悄悄靠到她
膝头前——碰上好日子,
她会随着我,用手轻轻挠我脑袋,
还使劲儿拍打我的身子——
我快活得嗷嗷呻唤。
随后她命令我,带着讥讽,口气蜜蜜甜:
"喏喏,要乖乖儿的!
把小爪子伸过来!
做个好仆从,像位骑士先生。"①
她嘻嘻哈哈就打发了我!
满怀希望的傻瓜却老是受骗;
可要是它想不好好尽责,
她会管它比过去更严。

不过呢,她也有一瓶发烧油膏,
世间没任何蜂蜜比她更甜;
当她被它的爱慕和忠诚感动,
就会用指尖儿沾一点点油膏,
涂抹在大笨熊贪婪的唇间,
随后便抛下孤单单的我,

我呢,却带着无形的锁链,

---

① 丽莉如当时追求时髦的上流男女一样,在这儿讲的是法语。

一次一次向着她奔去,
寻找她,恐吓她,又逃离她——
她就这么打发走倒霉的可怜虫,
不管它是快乐还是凄惨;
哈,有时候她把门朝我微微翕开,
斜着眼瞧我是否已打算滚蛋。

我!——神们啊,全仗你们
来把这可憎的魔法祛除;
还我自由,我衷心感激!
然而你们并不给我救助——
幸亏我没有白白锻炼四肢,
我感到,我发誓,我还强壮有力。

湖　　上①

鲜的营养,新的血液,
我从自由的天地汲取;
躺卧在自然的怀抱里,
何等温暖、惬意!
水波轻摇着船儿,

---

① 1775年5月,在与丽莉订婚后一个月,歌德便接受友人的邀请到瑞士旅游,试图摆脱丽莉的感情羁绊,离开令他讨厌的环境,到大自然中去。

和着荡桨的节拍,
湖岸奔上前迎接,
云山直插入天际。

眼睛,我的眼睛,你为何沉下?
可是金色美梦,它们又袭扰你?
去吧,梦,尽管你色美如金!
眼前啊也有爱,也充满生趣。

千万颗跳荡的星儿,
在湖波上面闪明,
四周耸峙的远山
正在柔雾里消隐,
晨风鼓动着羽翼,
港湾覆盖着绿荫,
湖水中一片金黄,
是成熟的果实倒影。

如果我,亲爱的丽莉,不爱你……[①]

如果我,亲爱的丽莉,不爱你,

---

① 歌德与友人站在瑞士与意大利交界的戈特哈特峰上,吟成了这首短诗,把自己想不爱丽莉又不能自已的矛盾心情宣泄无遗。

眼前的景象将给我多少欢愉!
可是,丽莉,要是我不爱你,
又怎能幸福,在这里和那里?

秋　　思①

绿叶啊,愿你更加
繁茂,沿着葡萄架
爬上我的窗户!
双生的草莓啊,
愿你更加饱满圆润,
更快地成熟!
太阳母亲临别的注望
给你们热力,
从晴空中送来的熏风
将你们吹拂,
月亮亲切而神奇的嘘息
使你们凉爽,
我眼中涌出的
永恒的爱之泪,唉,
将化作滋润你们的
盈盈露珠。

---

① 秋天,回到了丽莉身边的歌德面对明媚的秋光,敏感的心中反添了无限的惆怅。

慰　　藉

别擦去，别擦去
那永恒的爱之泪！
唉，只有在擦不干的泪眼中，
世界才显得荒凉、死寂！
别擦去，别擦去
那不幸的爱之泪！

可爱的丽莉，你曾一度……

可爱的丽莉，你曾一度
是我全部的欢愉，全部的歌，
唉，而今你成了我全部的
痛苦——但仍是我全部的歌。

致丽莉

——题于一册《施苔拉》①

在清幽的山谷，在积雪的高原，

---

① 《施苔拉》是歌德早期的一部爱情悲剧。

你的倩影时刻不离我身旁；
我看见它随着青云飘浮，
我感到它在我心中彷徨。
我感到这儿有一颗心吸引
另一颗心，用无穷的爱的力量，
我感到爱情想要逃避爱情，
那真是白费力气，毫无希望。

致我的金鸡心[1]

你这逝去的欢乐的纪念物，
我依然将你挂在我脖子上，
你可能延伸爱情的短暂时日？
可比心灵纽带维系得更久长？

我逃离了你的面前，丽莉，
但仍旧被你的魔带束缚，
越谷穿林，流连在异国他乡！
唉，丽莉的心不可能这么快
分离开，从我的这颗心上。

---

[1] 诗成于1775年12月，即在歌德与丽莉解除婚约，"逃到"魏玛以后不久。她曾赠给诗人一颗系在带子上的金鸡心，使他睹物思人，回忆起两人相爱的情景。

像鸟儿挣断了绳索

重新回到树林，

他拖着牢狱的疲惫，

还有身后的一截断绳，

可他不再是生来自由的鸟儿，

他曾经属于一个人。

致洛特馨①

有如许多的欢乐、忧愁

和烦恼，我意乱神迷，

却想起你，洛特馨，我俩都想起你；②

想起你在红霞映照的静静的黄昏，

把手亲切地伸给我们，

当你在林木葱郁的田野上，

在美好大自然的怀抱中，

向我们敞开轻掩的心扉，

表露一个可爱的灵魂的心迹。

我真幸运，没有将你看错，

---

① 洛特馨可能指诗人1775年5月游历瑞士时结识的一位少女。
② "我俩"似应为诗人的游伴。

一见之下,我立刻从心中
发出对你的呼唤,称你是
一个真诚而善良的少女。

静静地在小天地里长大,
我们突然被抛进了人世;
周围汹涌着千万重浪峰,
我们经受着种种的刺激,
有的喜欢,有的厌弃,
浮躁的心情时刻在摇曳;
我们感受着,已有的情感
却被那纷繁的世事荡涤。
是的,我知道有种种希望,
种种痛苦掠过我们心际。
洛特馨,谁了解我们的向往?
洛特馨,谁辨得我们的心迹?
啊,我们的心渴望理解,
渴望与一个凡人共休戚,
与她在一起亲密无间,
重新享受大自然的痛苦和乐趣。

于是眼儿徒然地四处寻觅。
却发现一切都已紧闭;

如此蹉跎了最美好的生命,
既无风暴,也无安谧;
昨天吸引你的,今天
令你讨厌,使你逃避。
你怎能对世界怀着好感,
它经常地蒙蔽欺骗你,
不管你痛苦或是幸福,
它都固执地不出声息?
瞧,精神只好返回自身,
心儿——也只得锁闭。
这时我发现你,奔向你。
啊,她确乎值得爱惜!
我呼唤,我祈求最纯洁的天福,
愿它经你的女友赐予你。

你们凋谢了,甜蜜的玫瑰……①

你们凋谢了,甜蜜的玫瑰,
我的爱不能将你们托负;
重开吧,为绝望的人儿,
他的心已破碎,无比痛苦。

---

① 选自歌德早年作的歌剧《艾尔文与艾尔米蕾》。

我悲伤地忆起逝去的日子，
天使啊，当我偎依着你，
在清晨去到我的花园中，
将待放的第一颗花蕾寻觅。

所有的花朵，所有的果实，
我都采来奉献在你脚下，
只因有你在我的面前，
希望便会在心中萌发。

你们凋谢了，甜蜜的玫瑰，
我的爱不能将你们托负；
重开吧，为绝望的人儿，
他的心已破碎，无比痛苦。

在魏玛头十年的诗作

　　为了改变生活环境，忘却自己和丽莉不幸的爱情，歌德接受刚执政的魏玛公爵卡尔·奥古斯特的邀请，于1775年10月前往魏玛。他原拟作短暂停留，不想却让"温柔的魔带"系住了，至死未能彻底摆脱。这所谓"温柔的魔带"，可以理解为魏玛崇尚文艺的良好气氛，可以理解为卡尔·奥古斯特的友谊和信任，可以理解为他与夏绿蒂·封·施泰因夫人的爱情……

　　魏玛的头十年，歌德花了不少时间、精力参政，企图把小小的魏玛公国变成数以百计的德意志小邦的样板。这显然偏离了他作为诗人的正道，是一次充满危险的"海上航行"，结果当然未达到目的，文学创作也受到影响。不过，收获仍然有，那就是他大大丰富了人生的阅历，思想开始变得成熟，也写了相当数量可以传之后世的诗歌，富于哲理的《神性》和《漫游者的夜歌》更是其中杰出的代表。

"丽达之歌"及其他[①]

羁　绊

在这个湫隘狭小的世界，
不知道是什么使我着迷，
用温柔的魔带将我紧系？
我忘记了，乐意地忘记了
我的命运之路多么奇特；
唉，我感到眼前和远方
都还有等待着我的事业。
呵，但愿做出正确的决断！
而今我充满活力，却别无
选择，只能在寂静的现在
对未来怀着美好的希冀！

---

① 丽达是歌德对封·施泰因夫人的昵称。在魏玛的前10年，歌德视这位比自己年长7岁的夫人为唯一的女友、情人和知己，写了不少情诗给她，其中的《对月》和《无休止的爱》都十分有名。这些诗后来被统称为《丽达之歌》。

狩猎者的夜歌[①]

无声地逡巡在荒野里,
我给猎枪填好了子弹,
蓦地,你那可爱而甜蜜的
倩影,又浮现在我眼前。

你也许正漫步在田野和
幽谷,心境宁静而悠闲,
唉,我这转瞬即逝的身影,
可曾再显现在你的面前?

从东到西,从北到南,
心中充满忧愁和厌倦,
我在人世上漂泊、流浪,
就因为必须离开你身畔。
可是只要我一想起你,
仿佛就看见天上的月亮,
我便感到安适和宁帖,

[①] 作于1775年冬天,诗中的"你"一说指丽莉,一说指魏玛宫廷里的封·施泰因夫人。

真不明白：为什么这样。

为何你给我们深邃的目光……[①]

为何你给我们深邃的目光，
让我们预见自己的未来，
即使沉溺幻想也不相信
我们今世的幸福和情爱？
命运啊，为何你让我们感到
彼此能看透对方的内心，
让我们透过奇异的纠葛，
窥探出我俩之间的真情？

唉，芸芸众生，忙忙碌碌，
很难对自己的心真正了解，
盲目地游荡，无望地驱驰，
糊里糊涂把痛苦忍耐；
可又欢呼雀跃，一旦幸运
如同朝霞，突然到来。
只有我们这对可怜的情侣

[①] 1776年4月14日，歌德此诗作为一封信寄给了封·施泰因夫人，诉说衷肠。在诗人看来，他俩是命定相爱，是前世姻缘今世续，没法以理智控制和改变。

被剥夺了盲目的幸福：
我们相爱，却彼此了解，
没法跌跌撞撞，永远兴冲冲
去追逐梦中虚幻的幸福，
在对方身上看出没有的存在。

幸福啊，沉溺于虚幻梦境的人！
幸福啊，视预感为不可信的人！
可惜每一次聚首每一次相见
都使我们的梦和预感更显真实。
说吧，命运将给我们带来什么？
说吧，它怎样紧紧拴住我和你？
唉，在前世我和你到底是
兄妹俩，抑或是一对夫妻？

你了解我秉性的一丝一毫，
听见我心弦的鸣响多清纯，
你能一眼看我个明明白白，
虽然我是个很难看透的人。
你给我滚烫的血液滴注清凉，
你给我迷乱的驱驰以指引，
在你天使一样的怀抱中，
我破碎的心胸重获安宁；

你奇妙而轻易地拴住了他,
骗去了他好些宝贵光阴。

满怀感激地躺在你脚边,
他度过无比欢乐幸福的时辰;
感到他的心与你的一起激动,
感到在你眼里他是个好人,
他所有的感官全豁然开朗,
他狂暴的血液也变得平静。

然而,一切一切仍抹不去
萦回在忐忑的心中的回忆,
真实的往昔内心时时可感,
新的现状叫他痛苦无比。
我俩活像已经丢掉了魂儿,
白昼再明亮也暮气沉沉。
幸好啊,命运尽管折磨我们,
却没有能力改变我们。

摘自给封·施泰因夫人的信[①]

描摹着纯洁、宁静的自然,

---

① 这几则致封·施泰因夫人的诗简均成于1776—1777年间。

唉，我的心又痛苦难捱，
活着我永远只是为了她啊，
为了她而活着我真不该。

*

此处的岩间长出花朵一丛，
我忠心地摘来献给你，
这永恒爱情的象征将会凋萎，
可我却永远永远爱你。

*

唉，命运给我沉重的压迫，
让我竭力变不可能为可能，
可爱的天使，因为你我没法活哟，
也为了你我才来此山间行。

*

哦，就像你对我一样，
我对你将始终如一！
不，真实的情况
我再不会怀疑。
唉，当你在时，

我感到不该爱你；
唉，你离开了，
我感到实在太爱你。

随《少年维特的烦恼》题赠封·施泰因夫人

多少年来我头脑的思虑，
还有心田的痛苦焦急，
还有梦中的雀跃欢欣，
而今都成了清醒的体验。

摘自给封·施泰因夫人的信[①]

我按照旧日的习惯，
常漫步心爱的草地；
沐浴着晨光和月华，
日间疲劳径行消去；
活在爱的澄澈和力量中，
与主为邻是何等地安逸，
他化作爱的深沉和伟力，
交织进罕有的本性里。

---

① 四则诗简都作于1777年。

*

你的问候我已经收悉,
爱情因而又千姿百态,
它给花朵色彩和芬芳,
还弥漫于清晨的空气,
日日夜夜嬉戏在草地和林苑,
常使我觉得它过分美丽。
它一天变一个新花样,
像蜜蜂嗡嗡着告诉我生的乐趣。
留下吧,春天,我还没能吻你!
天使啊,你像梦影,离去何急!
我们总是希望尊重你,珍惜你,
从你身上获得天赐的欢愉。

*

这系着天蓝色缎带的花束,
我给你带到舞会上,
当你对他人眉眼传情,
让他人领着走进舞场,
你该想起有所孤独的房子,
还有美丽的纽带也别遗忘。

*

可爱的树啊,告诉你们,
我种你们那会儿充满预感,
奇妙的梦境围着我起舞,
美丽的朝霞升起在天边。
唉,你们知道我多爱她,
爱那个同样爱我的女子,
她以自己更纯洁的激情
回报我最最纯洁的情感。

你们好似从我心里长出,
枝繁叶茂,直插蓝天;
须知我埋了许多欢乐和
痛苦,在你们的根下面。
请带来荫蔽,结满果实,
把新的欢乐赐给每一天:
让我咏叹它,歌唱它,享受它,
紧靠在我爱人的身边。

无休止的爱[①]

迎着风暴,

冒着雨雪,

穿过幽深的峡谷,

越过迷雾的原野,

永远向前,永远向前!

没有休止,没有停歇!

我宁肯忍受

痛苦的折磨,

也承受不了

如许的欢乐。

心与心相印,

无尽的恋慕,

唉,竟奇怪地

令我痛苦难过!

我该逃走吗?

---

① 1776年作于图林根森林边上的伊尔美瑙。它反映出热恋封·施泰因夫人的诗人感情已开始有所变化。

逃进森林里去吗?
一切都是枉然!

爱情啊,你这
无休止的幸福,
你这生命的王冕!

致丽达①

丽达,你有理由要求
你唯一的爱人完全属于你。
他呢,也完全是你的人。
须知离开你以来,
忙碌喧嚣的人生
于我好似变成了
一层薄薄的纱幕,透过它
我总在云端瞅见你的倩影;
它友善、忠诚地照临我,
像那些与北极光相辉映的
闪闪发亮的恒星。

---

① 丽达是封·施泰因夫人的代称。歌德于1781年将此诗简寄给了她。

是的,我纵然已将你远离……①

是的,纵然我已将你远离,
去到了天之涯、海之角,
强大的星辰仍将迫使我,
将我的命运和你相连系,
通过你我才认识了自己。
我的诗我的希望和渴慕
通通只为你和你的存在,
我的生命也全靠你维系。

是的,我肯定已离你很远很远……
——摘自给封·施泰因夫人的信
(同题别译)

是的,我肯定已离你很远很远,
我肯定已走到了地角天边,
要不是强有力的星辰制伏我,
使我的命运和你的紧紧相连,

---

① 1784年8月24日,歌德将此诗附在一封用法文写的信后边,从离魏玛有相当距离的布朗施维克寄给了施泰因夫人。

让我在你身上才认识了自己。

从此我的写作、渴慕和希冀
全然只冲着你，冲着你的存在，
我的生命只由你的生命维系。

唉，已经完全变了……

唉，已经完全变了，
你我之间的关系！
不，对于这个事实
我再也不会怀疑。

唉，当你在我眼前，
我感到不该爱你；
唉，当你离我去了，
我感到深深爱你。

永　　恒[①]

尘网罩着的人以神的名义

[①] 诗成于1784年，原系为叙事长诗《秘密》而作，后赠给封·施泰因夫人。

呼唤那至高无上的幸福，
须知它就是不动摇的忠诚，
就是没顾忌和猜疑的友情，
就是使智者独自思索的亮光，
它只为诗人的美丽遐想照明：
这一切的一切我全在她身上
发现和找到啦，在吉时良辰。

永　　恒（同题别译）

囿于尘网束缚的世人，他只能
以神的名义呼唤最高的幸福：
和谐而不动摇的忠诚，
披肝沥胆的深厚友情；
智者独思时窥见的亮光，
诗人遐想中闪现的光明——
这一切我都曾发现、获得，
她就是我美好时日的幸福化身。

我们从何而生？[①]

我们从何而生？

---

① 摘自1786年6月写给封·施泰因夫人的信。

从爱情。
我们因何失意?

没爱情。
靠什么解除困厄?
靠爱情。
怎样能获得爱情?
用爱情。
什么不让人长久哭泣?
是爱情。
你我怎能永远心连心?
凭爱情?

对　　月[①]

你又将迷蒙的青辉
洒遍这幽谷林丛,
你终于将我的灵魂
完全地解脱消融;

[①] 此诗初稿附在致施泰因夫人的信中,经作者两度修改,第三稿约成于1787年。诗中融合着对友人的感情与对大自然的热爱,成为歌德乃至整个德语诗歌最杰出的名篇之一。它富于音乐性,由舒伯特等谱写成了歌曲。

你将抚慰的目光
照临我的园庭,[①]
就像友人的青眼
关注我的命运。

我的心儿感觉着
乐时忧时的回响,
我在苦与乐之间
寂寞孤独地徜徉。

流吧,流吧,亲爱的河!
我再不会有欢愉,
嬉戏、亲吻、忠诚,
一切都已然逝去。

可我曾一度占有
那无比珍贵的至宝!
我再不能将它忘记,
因此才痛苦烦恼!

[①] 其时诗人住在魏玛公爵卡尔·奥古斯特赠送给他的别墅中。别墅在一大片绿野中,且紧邻着穿过密林的风光优美的伊尔姆河河谷。

喧响吧,流下山涧,
莫休止,别停息,
发出淙淙的鸣声,
和着我的歌曲。

不论是在冬夜里
你汹涌泛滥激涨,
还是在阳春时节
你迂回流进花畦。

幸福啊,谁能
离开尘世无所怨恨,
谁能拥着一位知己,
能和他共同分享

那人所不知的、
人所不解的乐趣,
做长夜的漫游,
在胸中的迷宫里。

自然诗、哲理诗及其他[①]

希　　望[②]

我双手每日的劳作啊，
请赐我完成它的无上幸福！
别让我，啊，别让我松劲懈怠！
不，这不是空虚的梦想：
今日它们还枝干光秃，
明天便会浓荫匝地，果实满树。

[①] 歌德从青年时代起即热爱自然，留心观察自然，1775年到魏玛从政以后管理矿山、林业和农业，接触自然的机会更多，也花了不少时间和精力于科学研究。这更巩固和发展了他早年阅读斯宾诺莎著作所形成的泛神论和自然神论的哲学思想。歌德几乎一生热衷于观察和研究自然，并有一些重要发现。对于宇宙、社会和人生的种种关系重大的问题，他更不倦地、潜心地进行思考，努力寻找答案。他的主要代表作《浮士德》《威廉·迈斯特的学习时代》和《少年维特的烦恼》等，无不富有哲理。他的许多自然诗和抒情诗也一样，因此歌德赢得了"诗国的哲人"的称号。

这里只是集中介绍他的部分自然诗和哲理诗。在他狂飙突进时期的诗作和《西东合集》中，同样有不少富于哲理的篇什。

[②] 1776年11月，歌德在自家的庭园中种了一棵菩提树。他希望此树枝繁叶茂，希望他的事业——这里多半指他在魏玛从政——取得成就。

忧　　虑

别老在这个圈子中
打转,反反复复!
请容许,啊,我行我素,
请将我的幸福赐给我吧!
我该逃遁?还是将它抓住?
喏,迟疑得已经够了。
忧虑啊,让我变得聪明吧,
要是你不肯给我幸福!

夜　　思

我同情你们,不幸的星辰,
你们虽然美丽而又晶莹,
乐于为迷途的船夫照亮道路,
可没谁报答你们,不论神或人:
你们不恋爱,也从不知道爱!
永恒的时光带领着你们
无休止地在广袤的空中行进。
你们又走完了几多旅程,
自从我沉湎在爱人的怀抱里,

忘记了星已白，夜已深。

冰上人生①

放心大胆地滑向冰面，
那儿没有勇敢的先行者
为你开路，你会发现

道路要你去为自己开辟！
别激动，我亲爱的心，
即使冰嚓嚓响，但不会破碎，
即使冰破碎了，你也不会碎！

心　　病②

让魔鬼把人类抓去吧！
我气得来发疯发狂！
因为我已痛下决心：
见任何人我都不想；

---

① 歌德年轻时正值滑冰运动在欧洲兴起，他很快就迷上了这项运动。在这首作于1775—1776年冬天的短诗中，他以滑冰讽喻人生。
② 约作于歌德到魏玛之初。原题名Hypochonder，意为臆想病患者。

我要把人类交给上帝
和魔鬼,管他有何下场!
可谁知一见到人的面容,
我立刻又把他喜欢上。

铭　　记

啊,人该存什么希望?
安安静静待着不更好么?
扎根故乡,安居乐业?
或者还不如四处游荡?
要他替自己造幢小屋?
要他头顶临时的篷帐?
要他甚至在大地震时,
去冒险露宿峭岩高岗?

没有一件事适合所有人。
如何行事,在哪儿下榻,
让每个人自己看着办吧;
须知没谁站着能不倒下。

提　　醒①

难道你总想要流浪远方？
瞧，美好生活就在近旁！
学会把握眼前的幸福吧，
须知幸福哪儿都能碰上！

王者的祈祷

哈，我是世界的主宰，
为我效力的高贵的人都爱我。
哈，我是世界的主宰，
我也爱为我效力的高贵的人。
在天的神灵呵，我求求你，
永远别让我失去高贵和爱心。

怯懦的思想……②

怯懦的思想，

---

① 这首警句式的短诗约成于1777—1778年间，为歌德日后大量类似作品的先导。诗题含让人回忆和提醒之意。
② 摘自歌德1777年所作的歌剧《莉拉》。

胆小的动摇,
畏葸的踟躅,
忧戚的怨诉,
不能使你自由,
免除你的痛苦。

不畏任何强暴,
始终保持骄傲,
永远昂首挺立,
显得强壮有力,
这样就会招来
诸神的臂助。

人的感情[①]

你们伟大的神灵啊,
你们高踞在宽广的天庭,
请将坚定的信念和无畏的
勇气,赐予我等凡人——
那宽广的高高的天空呵,
我们情愿让给仁慈的你们。

---

① 约作于1776年。

汉斯·萨克斯的文学使命[①]

——析一幅古代木刻

每逢礼拜天的清晨,
我们的师傅站在作坊里,
脱去了他肮脏的皮围裙,
换上假日穿的干净上衣,
蜡线、榔头、钳子搁置一旁,
锥子也藏进了工具箱底:
在这一个礼拜的第七天,
他不飞针走线,要休息休息。

温暖的春阳使他生出灵感,
宁静给予他新的工作热情:
他感觉头脑里有个小小世界
正在发育,正在生成;

[①] 汉斯·萨克斯(Hans Sachs, 1494—1576)是德国16世纪纽伦堡城里的一位鞋匠师傅。他善于吟诗作文,是代表当时兴起的市民文化的所谓工匠诗歌的主要歌者,也是德语诗歌最早和最杰出的代表之一。他一生创作了4000多首工匠诗歌,200多出供节日集会上演的戏剧(娱悦民众的滑稽剧居多),以及不少的故事、笑话。歌德对他极为推崇,一生受他的影响很大。这里所谓"析一幅古代木刻"只是借题发挥,旨在宣示自己对汉斯·萨克斯的认识以及诗人本身的文学观。

这世界终于变得实在、鲜活,
他渴望拿出来展示给世人。
他有双诚实而聪慧的眼睛,
他秉性也和蔼而殷勤,
能把许多事情看清看透,
能还给它们以本相原形;
他还有一条如簧的妙舌,
口似悬河,善于辞令。
因此他深得众缪斯喜爱,
她们要选他做工匠诗人。

这时走进来一位年轻妇女,
胸脯丰满,体态圆匀,
双脚显得有力而又稳健,
端庄大度地朝前行进,
不拖拖沓沓,不扭腰晃臀,
也不东张西望,飞眼撩人。
她手里握着把尺子,
腰间的系带确乃黄金,
头上戴着麦穗编的花冠,
眼似白昼,炯炯有神:
人们称她作勤劳、诚实,
有时也叫她大度、公正。

进屋来她致以殷勤的问候,
对这一切,他却十分平静:
好像啊他在很久很久以前,
已见过这善良美丽的妇人。

她说道:"从芸芸众生中,
我单独挑选你一个人,
让你具有清明的知觉,
不会干任何糊涂事情。
他人盲目地熙来攘往,
你要坚定地把目标认清,
他人可怜地相互抱怨,
你要诙谐地念你的诗文;
你要以荣誉和正义为重,
心地永远朴实而单纯;
对虔诚与德行要诚心赞颂,
对邪恶要敢于直呼其名。
不美化什么,掩饰什么,
也不削弱或编造任何事情!
你要观察面前的世界,
用丢勒大画师的眼睛;[①]

[①] 丢勒(Albrecht Duerer, 1471—1528),与汉斯·萨克斯同时代的德国大画家,也出生和活动于纽伦堡。

要有坚强的生命和勇气,
要有胸中的尺度和坚韧!
让自然护神牵着你的手,
领着你游历世界各国,
让你观察全部的人生,
纵览奇异的人间万象:
他们奔波求索,苦心经营,
你推我攘,你抢我争,
如此纷纷扰扰,光怪陆离,
活像乱冲乱窜的蚂蚁一群!
目睹着这一切的一切,
你仿佛在观看一面魔镜。
可你要为世人记录下来,
看能否使他们变得聪明。"
说完她给他推开一扇窗户,
指他看街上的芸芸众生,
看蓝天下形形色色的活动,
这一切全得写进他的诗文。

正当亲爱的师傅面对自然,
内心里充满喜悦欢欣,
诸位却见工场的另一边
悄悄溜进来一个老妇人:

人们叫她昔斯托里亚,
密托洛奇亚,法布拉;①
她消瘦干瘪,弯腰驼背,
但不失气派地高贵可钦。
她气喘吁吁,步履踉跄,
拖着块大木板蹒跚前行;
上面刻着正在布道的上帝,
宽袍大袖,衣多褶裥,
还有亚当、夏娃、乐园和蛇,
还有所多玛和蛾摩拉的末日,
还有那十二个贵妇人,
都通通映在这宝镜里面;
还有血腥的暴行和凶杀,
还有十二个暴君的丑恶嘴脸,
以及种种的教训、智慧连同
牵着山羊的圣彼得对世道的
不满,还有上帝的引导,
诸君也全部可以看见。
还刻出了他们宽大的袍服
连同镶边和后襟,以及上面

---

① 昔斯托里亚(Historia)——历史;密托洛奇亚(Mytholigia)——神话;法布拉(Fabula)——寓言。

附着的世俗的道德和罪愆。①

我们的师傅看着这一切,
他禁不住心花怒放,
因为正好能派上用场。
他从画中大量吸取
良好的范例和教益,
迅速而忠实地写出来,
就像曾亲眼看见一样。
他完全被木刻迷住了,
看得来真个目不转睛,
冷不防这时从他身后
传来拨浪鼓和铃铛声。
他转身瞧见一个小丑,
正冲着他在羊蹦猴跳,
还扮出种种可笑嘴脸,
不断逗乐、插科打诨。
小丑身后拖着条绳子,
绳子上拴着傻瓜一大群,
有高有矮,有肥有瘦,
有的弯腰驼背,有的身板

---

① 以上均为萨克斯取材于《圣经》的剧作的情节。

笔挺,全都既刁滑又愚蠢。

他挥动长长的牛尾鞭,
赶得傻瓜们像一群猢狲:
他挨个儿将他们戏弄,
让他们洗澡,为他们开刀
取虫,好一番瞎折腾,①
傻瓜们却依然无所悔恨。
师傅瞻前顾后,东瞅西瞧,
差点儿没扭折了脖颈,
他该如何修辞造句,才能
描摹出这乱糟糟的一切?
他该如何始终鼓起勇气,
将这一切述说,歌吟?
这当儿,穿过工场的天窗,
冉冉飘来一朵祥云,
云上站着神圣的缪斯,
神态端庄如圣母的化身。
她用真理之光将他包裹,
使他心中越来越光明;
她说:"我来给你启迪,

---

① 事出自萨克斯的滑稽剧《愚人浴》和《愚人手术》。

让我祝福你不懈益进!
愿藏在你胸中的圣火
熊熊地燃烧起来吧!
为使你干劲永不衰竭,
使你生命力始终旺盛,
我特意挑选了补品香膏,
来滋养保持你的秉性,
使你的心灵幸福而快乐,
像待放花蕾为露水沁浸。"

说着缪斯给他指点,
领他悄悄走出后门,
但见篱笆围绕着小园,
溪畔有一片接骨木林,
可爱的少女静坐林边,
她垂着头,低着眼,
等候在一棵苹果树下,
将摘来的玫瑰放在怀中,
用鲜艳的花叶编结花环,
那么专注,那么熟练,
忘记了周围所有的事情。
她为谁编这花环啊?
她如此沉静地坐着,

满怀希冀，心潮起伏；
她胸中充满了预感，
却不知期待着什么人；
她心猿意马，思绪万千，
一会儿禁不住长叹一声。

"你为什么愁眉不展啊？
可爱的姑娘，使你焦心的
原是充满欢乐幸福的爱情，
你准备把它献给一位男子，
让他通过你青眼的顾盼
澄清命运的迷乱惶惑，
他须通过你快乐的亲吻，
去获取他自己的新生。
一旦搂住你窈窕的躯体，
他的万般疲劳都会消除；
一经你的藕臂的拥抱，
他就会恢复活力和生命。
你呢也将尝到青春的甜蜜，
也将恢复你调皮的本性，
将和他嬉戏，和他打闹，
一会儿逗他，一会儿咬他，
如此这般，爱情永远年轻，

诗人也永远不觉冷清。"

须知他高高飘浮在云端,
生活得幸福而安静,
后世把常青的橡叶冠
戴在了诗人的头顶;
愚民通通被赶进了蛙池,
谁叫他们不把大师承认![1]

几滴神酒[2]

弥涅瓦从天上弄下来
满满一盏神酒,
为加惠她宠爱的
普罗米修斯,
并赐福他的人类,
把高雅艺术的激情
注入他们的心头。
智慧女神步履匆匆,
怕的是让宙斯瞧见,

---

[1] 在古罗马诗人奥维德的《变形记》里,月神和狩猎女神狄安娜把轻侮她的吕刻亚的农民变成青蛙,赶进了沼泽。

[2] 约成于1781年。

不小心晃动金盏,
给绿色的大地
洒上了几滴神酒。

蜜蜂们急忙上前,
努力吸吮大地;
蝴蝶赶紧飞来,
也抢到神酒一滴;
就连丑陋的蜘蛛
也爬来猛吮猛吸。①

它们和其他小虫儿
可真正大饱了口福!
因为它们和人类分享了
从事艺术的最高幸福。

致约翰尼斯·塞孔杜斯的在天之灵②

亲爱的、神圣的、伟大的亲吻者啊,

---

① 似讽刺某些歌德讨厌的文学艺术家。
② 约翰尼斯·塞孔杜斯(Ioannes Secundus, 1511—1536)是尼德兰诗人,以拉丁文组诗《吻》享誉全欧,被认为是北欧诸国最富于文艺复兴时期的时代精神的作品。歌德在1776年读了他的《吻》大为赞赏,写下了这首诗和下一首《爱的需要》。

你在幸福的时刻呼吸那么急促，
那么气喘吁吁，几乎算得我的榜样！
如果不向你，我该向谁怨诉？
你的诗歌像一只温暖的药垫，
塞在我心口上，让疲于俗务、
痉挛悸动的心，得到苏缓。
唉，对你说吧，我的唇在流血，
痛得要命，它裂了破了哦。
我的唇，它尝够了爱的甜蜜，
在幸福的时刻总十分丰满，
就像一道黄金的天门啊，
欢愉从中出出进进，呢呢喃喃。
它竟破了！不是被咬的，
不是我那沉醉于爱的人儿咬的，
虽然她不知餍足，想把我整个人
吻下去，吞下去，她真叫能！
也不是因为在她的香嘘之后，
我的唇受到了不洁的空气沾染。

唉，唇破了，只因孤寂凄冷的我
遭遇了刺骨的秋风霜剑。
而今在我可爱的炉火上，
我将葡萄汁和蜂蜜调和。

它本该温暖我,却令我失望!
因为这葡萄酒里绝无一滴
以毒攻毒、能治百病的爱的琼浆。

爱的需要①

谁听我的?唉,我该向谁诉说?
有谁听了,又真会怜悯我?
唉!我的唇裂了,这享受过、
也献出过许多欢乐的唇
裂了,它真个痛煞我哟。
可它并非受了伤,并非
因为我那亲爱的用力过猛,
并非她轻轻儿咬我一口,
为了有更实在的欢乐感觉。
不,我温柔的唇裂开了,
是阵阵狂风挟裹着寒霜,
如刀似剑地刺我、割我。

而今在我的炉火上调和着
上好的葡萄汁与蜂蜜,

---

① 此为前一首诗的修订稿,在描写男女之爱方面已有所节制。

我想要用它把痛楚缓和。
唉！这又有什么用呵，要是
没渗进一丁点儿爱的灵药？

无　　题①

无所不在的神们将一切赐予
自己钟爱的人，毫无保留，
赐给他们一切欢乐，无穷尽的欢乐，
赐给他们一切痛苦，无穷尽的痛苦，
毫无保留。

墓　　铭②

少年时孤僻而倔强，
青年时狂妄而固执，
壮年时敢作又敢为，
老年时轻率而怪僻！
要这样，你的碑上便可刻着：
一个真正的人在此安息！

---

① 此诗出自1777年7月17日歌德致女友施托尔伯格伯爵夫人的信中。

② 歌德为自己戏拟的这则墓铭也在一定程度上反映出他的人生观，同时为他的自况，和后边的《父亲给我强健的体魄……》一起读更有意思。

漫游者的夜歌

（之一，1776年）

你从天国中来，

消解人世的万般痛苦，

谁感受着双倍的困厄，

就给谁双倍的慰抚！

唉，我已经倦于驱驰！

苦与乐全不在乎！

甘美的和平啊，

来吧，快来我心中长驻！

漫游者的夜歌

（之二，1780年）[①]

一切的峰顶

沉静，

一切的树梢

[①] 这两首同题诗以第二首最为脍炙人口。歌德于1780年9月6日登伊美尔瑙县境内的基克尔汉峰，于日暮时分将此诗题在一幢牧人小屋上。30多年后，诗人于1813年8月29日再到峰顶，用铅笔加深已经暗淡的笔迹。又过了20年，即将82岁高龄的老诗人重游此山，发现当年题诗犹在，抚今思昔，不禁泫然泪下。

全不见
一丝儿风影;
林中鸟儿们静默无声。
等着吧,你也快
得到安宁。

水上精灵之歌①

人的灵魂
就像水:
它来自天空,
又回到天空,
然后再
落向大地,
循环始终。

从高高的
峭壁泻下
一道清流,
转瞬间散作

---

① 1779年9月—1780年1月,歌德又一次到瑞士旅行,在劳特布鲁嫩附近观赏了高达300米的施陶巴赫大瀑布。面对着飞流直下、水花四溅、雾气升腾的动人自然景观,诗人遐想联翩,对人的灵魂和命运等问题做了富有哲理和诗意的思考。

缥缈的水雾,
降至平岩,
被轻轻负着,
如柔曼的纱幕,
淅淅沥沥,
飘进山谷。

有嶙峋乱石
阻挡去路,
便飞沫激溅,
冲破层层阻拦,
坠落渊薮。

沿平缓河床
悄悄流进幽谷,
化作平湖一片,
让满天星斗
把芳颜细睹。

风是水波
可爱的情郎,
从湖底掀起
汹涌的波浪。

人的灵魂,
你多像水!
人的命运,
你多像风!

百变情郎

我真愿变成一条鱼,
一条活泼泼的鱼;
如果你前来垂钓,
我一定让你钓到。
我真愿变成一条鱼,
一条活泼泼的鱼。

我真愿变成一匹马,
它配被你骑在胯下。
我真愿是辆马车,
让你乘坐舒适快捷。
我真愿变成一匹马,
它配被你骑在胯下。

我真愿变成块金子,
时刻听候你支使;

一等你采购成功，
我又跑回你手中。
我真愿变成块金子，
时刻听候你支使。

我愿自己永远忠诚，
愿爱人永远年轻；
我愿向她做出保证，
一辈子不外出旅行。
我愿自己永远忠诚，
愿爱人永远年轻。

我愿自己是个老叟，
情变冷，脸打皱；
即使你不肯搭理我，
我也不感到难过。
我愿自己是个老叟，
情变冷，脸打皱。

我愿马上变作猴子，
十分滑稽、调皮；
你要是有什么烦恼，
我就来把你逗笑。

我愿马上变作猴子,
十分滑稽、调皮。

我愿像绵羊般驯良,
像雄师般勇猛刚强;
我愿有山猫的锐眼,
有狐狸的狡诈阴险。
我愿像绵羊般驯良,
像雄师般勇猛刚强。

不管我如何千变万化,
通通都为让你笑纳;
请你千万把我收留,
我的赠品胜似王侯。
不管我如何千变万化,
通通都为让你笑纳。

然而我依然是我啊,
你就只管收下吧!
要是你还嫌不够好,
那就让人另雕另凿。
然而我依然是我啊,
你就只管收下吧!

我的女神[1]

哪一位神灵
该获得最高的奖赏?
我不愿和谁争论,
但我要把它
赏给永远活泼的、
永远新鲜的、
朱庇特的最奇特的女儿,
他的掌上明珠——
幻想女神。

须知他把
一切奇思异想——
通常给自己保留的
奇思异想——
通通赐予了她,
非常地喜欢
这个傻姑娘。

---

[1] 此诗附在1780年9月15日致封·施泰因夫人的信中。它强调了幻想这种品质对于文艺创作乃至整个人生的重要,也在一定程度上表现了诗人对自己眼下单调刻板的官吏生活的不满。

姑娘爱头戴玫瑰花冠,
手持百合花茎,
踏访百花盛开的山谷,
指挥群鸟歌唱,
并且撮起樱唇,
蜜蜂似的从花间
吸取清露的营养。

要不她就
秀发飘飘,
目光沉郁,
乘风飞驰着
将峭壁环绕,
身上的色彩
如晨曦晚霞
变化万千,
目光如同明月
把凡间照耀。

让我们大家
都来赞美天父,
赞美这高贵的老人!
是他让一位美丽的

永葆青春的女神
来到凡间，
好陪伴我们。

须知他只让她
和我们结合，
并用天绳系紧，
还命令她
与我们共甘苦，
做一个好妻子，
永远忠贞。

然而在这
繁衍兴旺的
生育过盛的大地，
其他可怜的种族
全都浑浑噩噩，
沉溺于眼前的
有限生命的
享乐和痛苦，
在必需和匮乏的
重轭面前
低头屈服。

而我们，庆幸吧，
他却赐予了
他最宠爱的，
也最能干的女儿！
要好好疼她呀，
好好爱她呀，
要让她享受
主妇的尊荣。

还有，那老岳母——
智慧女神生性敏感，
也千万不要
伤她自尊心！

对了，我同样认识
她沉静端庄的姐姐，
她也是我的朋友：
哦，愿她伴随我，
直至生命之光
离开我的一刻，
她就是希望女神——
高贵的鼓舞者，抚慰者！

人的局限[1]

当白发苍苍的
神圣的天父
从容地伸出手,
从雷声滚滚的云端
将赐福的电光
洒向大地,我便亲吻他那
袍裾的镶边,
胸中充满童稚的
忠诚和恐惧。

须知任何人
都不可与神
较量、攀比。
人纵然上了天,
头触到了
天上的星星,
颤抖的脚却无处站立,

---

[1] 约作于1781年,宜与《普罗米修斯》《神性》等同类题材的诗结合起来研读,这样就能比较全面地了解歌德的世界观和人生观。

还要任云和风
戏弄、侮欺。

他要是用
粗壮有力的腿,
踏在坚实的
稳固的大地,
他又如此渺小,
连与橡树或葡萄架
都争不了高低。

神何以
区别于人?
后浪推前浪,
永无止息,
洪流滚滚:
我们被浪托起,
我们被浪吞噬,
我们在浪中沉溺。

一个小小的圈儿
限定了我们的生命,
人一代一代

永远延续,
串上他们的生命之链,
无穷无尽。

神　　性[①]

愿人类高贵、善良、
乐于助人!
因为只有这
使他区别于
我们知道的
所有生灵。

让我们祝福
未曾认识的
预感中的神灵吧!
愿人类酷肖他们,
人的榜样教我们
相信神的存在!

---

① 作于1783年,虽题名《神性》,实则赞颂的是人和人性的伟大,思想内容与前一首《人的局限》相互补充,形成对照。

须知大自然
没有知觉：
太阳同样照着
好人与坏人；
罪人与善人头上，
同样闪亮着
月亮和星星。

风暴、雷霆，
洪水、冰雹，
都恣意肆虐，
匆匆地攫住
这个和那个，
不加区分。

还有那幸福
也在人间摸索，
时而抓住男孩
纯洁的卷发，
时而摸到老者
罪恶的秃顶。

遵循永恒而伟大的

铁一样的法则，
我们大家都必须
走完自己的
生命的环形。

只有人能够
变不能为可能：
他能区别、
选择和裁判，
他能将永恒
赋予一瞬。

只有人能够
奖励善人，
惩罚恶人，
治病救命，
将一切迷途彷徨者
结成有用的一群。

而我们尊敬
不死的神灵，
就像他们也是人，
也在大范围内做着

优秀的人经常做
或乐意做的事情。

愿人类高贵、善良、
乐于助人!
愿他不倦地
造福行善,
成为我们预感中的
神的榜样!

献　　诗[①]

清晨来临,它的脚步吓跑了
温柔地拥抱着我的轻梦,
醒来后,走出宁静的小屋,
我兴致勃勃地登上了山头;
一步一步,我都赏心悦目:
道旁开满了朝露盈盈的鲜花;
新的一天欣欣然降临大地,

[①] 诗成于1784年8月,原拟作为叙事长诗《秘密》(未完成)的序诗,后于1787年和1815年两度被置于歌德作品集的卷首。诗中宣示了歌德对于人生和文学的重要观点。

使万物振奋，万物又给我鼓舞。①

我正往上走，从草场的河畔
缓缓地飘过来一缕缕朝雾，
它变幻流转，将我缠绕包裹，
然后鼓翼围着我的头飞舞。
我再没法欣赏眼前的美景，
四周已被灰白色纱幕遮住；
霎时间，我叫云裹得严严实实，
只看见身边一片蒙眬模糊。

突然间，好似云开雾散了，
冲出重围的朝阳分外明亮。
在这儿，它冉冉沉下，
在那儿，它又朝山林升起。
真希望向它发出第一声问候啊！
真希望它在晦暗之后更加美丽！
然而空中的争战远未结束，
我罩在耀眼的光中，愕然而立。

---

① 其时诗人正前往哈尔茨山旅游，因马车出事而滞留临近萨雷河谷的丁格尔施得特镇，故有此优美奇异的山野之晨的描写。

不一会儿,内心的渴望使我
鼓起了勇气,睁开了双眼,
但我只敢很快地扫视四周,
因为一切似乎都在喷吐火焰。
这时候,由云彩托负着,
一位神女翩翩飞来我面前,
她望着我,流连在半空中,
美丽端庄是我毕生未见。

"你不认识我么?"她问道,
语气里流露出诚恳和爱怜,
"我曾多次给你的创伤涂抹
纯净药膏,你竟不识我容颜?
你该认识我啊,你曾迫切地
想与我结合,永远心心相连。
当你还是个孩子,我不就见你
含着热泪,急切地把我期盼?"
"是啊!"我喊道,高兴得
跪倒在地,"我早感觉到你:
你曾安抚我,每当狂热的激情
将我年轻的身心渗透、侵袭。
在炎热的夏天,你展开神翼,
给我的额头以凉爽的荫蔽。

你把世间最宝贵的礼物赐给我,
一切幸福我只愿从你手里获取!

"我不呼唤你,虽然常听别人
动辄将你呼唤,谁都称你是他的,
谁都以为敢于用眼将你正视;
然而你的照射,他们无不畏惧。
啊,迷误之时我曾有许多游伴,
如今认识你,我几乎形只影单;
我这福分,我只能一人独享,
你的光辉,我必须独自掩藏。"

她嫣然笑道:"少给你们显圣,
你瞧,是多么明智,多么必要!
你不过刚能识破最拙劣的骗术,
不过刚能把童稚的愿望克制住,
就自以为已经成了一个超人,
就忘记去履行男子汉的责任!
你究竟和其他人有多少区别?
虚心待人吧,要有自知之明!"

"请原谅,我是好意,"我喊道。
"难道我会白白受你的启示?

奋发的欲望已活跃在我血液中,
我完全了解你的赏赐的价值。
对他人我始终心存高尚、善良,
我不能,也不愿再以它作抵偿!
如果我不是要给弟兄们领路,
我又何苦急匆匆地将路寻访?"

我说话时,高贵的女神望着我,
目光中充满了同情和宽容,
从她的眼里我已可看清,
我哪儿做对了,哪儿出了错。
她面带微笑,我感到宽慰,
精神为之一爽,心里好高兴;
于是怀着真诚的信赖走向她,
渴望亲近我高贵的女神。

这时候,她伸出一只手来,
去抓四周的薄雾和絮云,
云雾呢也任她抓在手中,
任她撕扯,致使雾散天清。
于是我又能够放眼山谷,
抬头仰望澄澈晴朗的天空,
只见她手持最纯洁的云纱,

让它舒卷缭绕,皱褶千层。

"我了解你,了解你的弱点,
知道你有炽热而善良的本性!"
女神说,我一直听她往下讲。
"收下这我早想给你的馈赠!
以宁静的心态收下这礼物,
幸运者事事如意,处处顺心:
它就是用晓雾和朝阳织成的、
由真理之手传递的诗的纱巾。"

"倘使你和你的朋友在正午
感到闷热,把它抛向空中吧!
你们周围立刻会晚风习习,
它会带给你们凉爽和芳馨。
尘世的忧忌随之销声匿迹,
墓穴也将变成天国的云寝,
生之狂澜将全归柔顺平和,
白昼晴朗,夜晚同样光明。"[1]

来吧,朋友,当人生旅途中

---

[1] 诗人未具体点出这位女神的名字,但从诗的内容看应为诗神缪斯。

你们的负荷太沉,越来越沉,
当有新的幸福装饰你的路途,
用金色的果实,用花的清芬,
来吧,让我们携手走向明天!
让我们幸福地完成生之旅程。
即使子孙们将来把我们哀悼,
也让他们乐享我们爱的余荫。

父亲给我强健的体魄……[①]

父亲给我强健的体魄,
还有立身行事的谨严;
母亲给我快活的天性,
还有喜欢把故事杜撰。
曾祖父生来爱好美色,
他的幽灵也忽隐忽现;
曾祖母爱好金银首饰,
这同样流贯我的血管。

---

① 这首颇为幽默的自况诗确乎比较全面和如实地写出了诗人的里里外外,优点缺点,并分析了他们的家庭原因,值得注意。

所有因素形成一个
不可分割的整体，
你能说什么是此人的
本性使然？

古典时期的诗作

1786年，已从政10年之久的歌德身心俱已疲惫不堪，也厌倦了庸俗无聊的宫廷生活，遂前往青年时代即十分向往的意大利，像欧洲所有的作家、艺术家一样去寻找自己的精神文化之根。他在罗马、佛罗伦萨、那不勒斯等历史文化名城流连忘返，一住将近两年，踏访古希腊、古罗马和文艺复兴的文化遗迹，观赏、学习古代大师们的艺术杰作，与来自欧洲各国的艺术家频繁交往，天长日久深受意大利古典文艺精神的熏陶和影响。他在意大利和回国后完成的剧作与诗歌都富于古典精神。

1794年，歌德和另一位德国大诗人席勒建立了友谊，两人在魏玛亲密合作达10年之久，不但个人的创作取得丰硕成果，还开创了德国文学的古典时期。

《威廉·迈斯特》插曲[1]

迷娘曲[2]

（之一）

你知道吗，那柠檬花开的地方，

茂密的绿叶中，橙子金黄，

蓝天上送来宜人的和风，

桃金娘静立，月桂梢头高昂，

---

[1] 歌德于动身前往意大利的前一年便写成了长篇小说片段《威廉·迈斯特的戏剧使命》，可一直到1796年才在席勒的鼓励、督促下写完小说的第一部即《威廉·迈斯特的学习时代》；其第二部《威廉·迈斯特的漫游时代》更是在歌德八十高龄时方告完成。在小说的片段和第一部中，有一些流落异乡的艺人。他们唱的歌曲都非常优美、深沉、动人，完全可以摘出来与歌德最成功的抒情诗放在一起。特别是其中的《迷娘曲》（之一），在格调上有个十分突出的特点，就是它从民歌吸取了丰富的营养，非常富于音乐性和节奏感，堪称歌德抒情诗中的杰作和精品。

[2] 迷娘是歌德长篇小说《威廉·迈斯特的学习时代》中的意大利少女。她这首怀念故国的歌，不仅唱出了意大利的文化、历史，也唱出了诗人自己对这个阳光灿烂的南方古国的思恋。

你可知道那地方?
　　　　　前往,前往,
我愿跟随你,爱人啊,随你前往!

你可知道那所房子,圆柱成行,
厅堂辉煌,居室宽敞明亮,
大理石立像凝望着我:
人们把你怎么了,可怜的姑娘?
你可知道那所房子?
　　　　　前往,前往,
我愿跟随你,恩人啊,随你前往!
你知道吗,那云径和山冈?
驴儿在雾中觅路前进,
岩洞里有古老龙种的行藏,
危崖欲坠,瀑布奔忙,
你可知道那座山冈?
　　　　　前往,前往,
我愿跟随你,父亲啊,随你前往!

迷娘曲

(之二)

只有懂得相思的人,

才了解我的苦难!
形只影单,失去了
一切欢乐,
我仰望苍穹,
向远方送去思念。
唉,那知我爱我者,
他远在天边。
我五内俱焚,
头晕目眩。
只有懂得相思的人,
才了解我的苦难!

迷娘曲
(之三)

别让我讲,让我沉默,
我有义务保守秘密,
我本想向你倾诉衷肠,
只是命运它不愿意。

时候到了,日出会驱散
黑夜,天空会豁然明朗;
坚硬的岩石会敞开胸怀,

让深藏的泉水流到地上。

谁不愿躺在友人怀中,
倾吐他胸中痛苦积郁;
只是誓言迫使我缄默,
唯神能将我嘴唇开启。

迷娘曲
（之四）

让我保持这形象直至逝去；
请别把我的洁白衣裙脱下！
我将会匆匆离开这尘世，
去到地底下坚实的家。

在那儿我将得到一点儿安谧，
然后把清亮的眼睛张开，
在这儿我留下纯洁的躯体，
还有花冠，还有腰带。

天国里的那些个形象，
他们不管是男还是女，
都既无服饰，也无衣裳

包裹已经净化的身体。

尽管生活轻松而愉快,
我却感觉到深深的痛苦;
由于苦闷我未老先衰——
请帮我把青春永远恢复!

琴师之歌①

(之一)

谁不曾和泪咽过面包,
谁不曾坐在床头饮泣,
熬过一个个痛苦长夜,
他就不谙你们的伟力。

神啊,你们领我们到人间,
你们让可怜虫犯下罪行,
然后让他受心灵的折磨:
造孽者都要受现世报应。

---

① 琴师是《威廉·迈斯特的学习时代》中一个弹竖琴的意大利老人。他受命运捉弄,无意中犯了乱伦罪,因而流浪异国,痛苦终生。

琴师之歌

（之二）

谁要是自甘寂寞，唉，
他立刻会变得孤独！
谁都在生活，谁都在爱，
那就让他独自承受痛苦。
好，让我独自承受我的痛苦！

只有当什么时候
我能真的一人独处，
我才不会感到孤独。

像情人悄悄走来偷听
他的女友是否孤独，
忧愁也日夜袭扰我，
使寂寞的我难以忍受，
使寂寞的我无比痛苦。
唉，只有等到那一天，
当我独自躺在墓穴中，
它才会让我真正孤独！

琴师之歌

（之三）

我要走到一家家门前，
不声不响地低头站立；
善心的人递给我食物，
于是我继续向前走去。
眼见我这可怜的模样，
谁都会自觉幸福如意；
他甚至洒下几滴泪水，
我却不解他为何哭泣。

菲莉涅[①]之歌

不要用悲哀的音调
歌唱这夜的孤寂！
它的存在，美人儿啊，
正为了你们能欢聚。

像女人附属于男人，

---

① 菲莉涅是《威廉·迈斯特的学习时代》中的一个女杂技演员。

成为他最美的一半，
夜也是一半的人生，
而且还更加美丽。

你们怎么能喜欢白昼，
它只会中断欢娱？
它除去打发时光，
再没有任何能力。

可是当夜幕降临，
灯光朦胧而又甜蜜，
人们便聚首在一起，
唇间流泻出情话和笑语；
就连那轻狂的少年
也一改来去匆匆的旧习，
为了博取小小的恩宠，
在游戏场中流连不去；

当夜莺为热恋的人们
唱起了动听的歌曲，
让囚徒和不幸者听着
倍感到凄凉、孤寂；

这时,你们心儿激动,
听不见时钟的敲击,
那十二响沉稳的钟声
将把宁静和安谧带给你!

因此在长长的白昼,
亲爱的朋友,你要牢记:
任何白昼总有它的烦恼,
任何夜晚总有它的欢娱。

罗马哀歌①

(20首)

1

石像,快告诉我,巍峨的宫殿,请对我说!
街道,别不作声!守护神,为何沉默?

---

① 《罗马哀歌》作于1788年秋至1790年春,共20首。所谓"哀歌"(Elegie)只是一种起源于古希腊、罗马的诗体,单行六步,双行五步,不要求押韵,内容不一定涉及悲哀、哀悼等。歌德的《罗马哀歌》更告诉我们,在阳光充足、风景旖旎、古迹遍地和人物俊美的意大利及"世界之都"罗马,诗人生活得多么充实、自在、幸福。他在那儿既获得了新的爱情,又找回了他作为诗人和艺术家的自我,拿歌德自己的话来说就是他"在意大利获得了新生"。从内容到格调,组诗《罗马哀歌》的色调鲜明而浓郁。读着它,恰似从遥远的南欧古国向我们吹来一股扑面的熏风。

是的，永恒的罗马，在你神圣的城垣中，①
　　一切都有灵性；只是对我全都默然无语。
呵，谁能悄悄告诉我，在哪扇窗前我将会
　　看见那美人，她会使我振奋而又焦渴？
我还想不出那条道路，沿着它来来去去，
　　走向她又离开她，宝贵的光阴被我蹉跎。
我仍在观赏教堂、宫室、废墟以及柱廊，
　　像一个审慎的男子理智地享受旅行之乐。
然而一切都快过去：将只剩下一座庙堂，
　　阿摩的庙堂，唯有它会接待我这虔诚者。
呵，罗马，你诚然大如一个世界，可是没有
　　爱情，世界不成世界，罗马不叫罗马。

2

随你们拜访谁去！我终于有了自己的乐园！
　　美丽的夫人，还有上流社会的先生们，
你们只管去问候你们的舅子老表、叔叔婶婶，
　　让可悲的游戏②，紧接着应有如仪的寒暄。
还有你们其他的人，你们常常令我几乎绝望，
　　请你们也呼朋引类，成群结队地出游去吧。

---

① 罗马自古便有"永恒之城"的美称。
② "可悲的游戏"指歌德历来讨厌的玩牌赌博。

你们反复弹奏着政治老调,无聊而又无味,
　　我这漫游者走遍欧洲,仍被它猛赶穷追。

就像从前旅行的英国人总听见马布鲁之歌,①
　　不管从巴黎到里窝那,从里窝那到罗马,
还是再去那不勒斯,还是扬帆去斯米尔那,
　　一进港湾,仍旧是马布鲁之歌在迎接他!

我也曾经一样,无论走到何处仍旧听见你们
　　在把民众谩骂,把国王的顾问们谩骂。
现在你们休想很快再找到我,因为阿摩——
　　我的恩主——他赐给我了一个避难所。
我藏身在他的羽翼下;我那亲爱的②生就了
　　罗马人脾气,对狂暴的高卢人③毫不惧怕;
她从来不打听有什么新闻,一门心思全在
　　她属意的男人身上,什么都主动满足他。
这个无拘无束的、健壮的外国人她挺喜欢,

---

① 可能指当时流行于整个欧洲的一首讽刺英国名将马布鲁公爵(John Churchill, Duke of Marlborough, 1650—1722)的歌曲。
② 歌德在意大利时曾与一位他称作"浮士蒂娜"的罗马女郎相恋。
③ 歌德对进行暴力革命的法国人有反感,故以"狂暴的高卢人"相称。

他常给她讲家乡的积雪、木屋和群山。①
她使他胸中燃起熊熊爱火,自己也被爱火
　　引燃;她爱他不像罗马人太计较金钱。
眼下她吃得更好,想穿什么她都有得穿;
　　而且随时可召来马车,送她去听歌剧。
姑娘和母亲都喜欢她们这北方来的客人;
　　这蛮子呢,也把罗马的酥胸整个占据。

3

别后悔你这么快就委身于我,亲爱的!
　　相信我,我心中决不把你轻贱鄙弃。
阿摩之箭啊神效多多:有的擦伤皮肉,
　　却让毒性潜入心中,叫它经年不愈。
可有的饰着羽毛,箭头刚刚磨得锋利,
　　能射进人的骨髓,引燃他的血液。
在英雄时代,男神和女神们相亲相爱,
　　总是一见便爱上,爱上便如愿以偿。
你难道以为,爱情女神曾再三思量,
　　当她在伊达林中与安克赛斯成就好事?②

---

① 地处中北欧的德国比较寒冷,冬天总有南国意大利少见的积雪。桁架式木屋也是德国建筑艺术的一大特色。

② 爱情女神阿芙洛狄忒与特洛伊城的年轻牧人安克赛斯幽会于伊达山林,生下英雄埃涅阿斯。

倘若塞勒涅没赶紧吻那睡梦中的美少年，

  心怀嫉妒的厄俄斯就会很快把他唤醒。①

赫洛在盛大的集会上邂逅勒安德洛斯，

  热恋的他便夜夜投身大海把她寻觅。②

瑞阿·西尔维亚公主下台伯河去汲水，

  立刻让爱上她的战神马尔斯掳去。

如此便生下战神之子——由一头母狼

  哺育的双胞胎！罗马便将世界统治。③

4

我们恋人都很虔诚，对神灵全心存尊敬，

  盼望所有的男神女神全都向着我们。

因此我们就像你们，罗马的征服者啊！

  你们广建庙堂，接待全世界的神灵，

用玄武岩把埃及人的神塑得暗黑而威严，

  用大理石把希腊人的神雕得白净迷人。

---

① 月神塞勒涅爱上英俊的牧人恩底弥翁，夜夜到拉特摩斯山洞中吻睡梦里的他；曙光女神厄俄斯心怀嫉妒。

② 赫洛是爱神阿芙洛狄忒的女祭司，与勒安德洛斯一见钟情。他夜夜泅水渡海与她相会，后遇风浪溺死；赫洛遂投海殉情。

③ 公主作为维纳斯（阿芙洛狄忒）神庙的祭司必须保持独身，故抛弃了双生子瑞穆斯和罗穆路斯。后罗穆路斯创建了罗马，罗马也因他而得名。

然而我们也不会得罪这些永生的至尊者，
　　如果只把珍贵的圣香献给一位女神。
是的，我们乐于承认：我们所有的祈祷，
　　我们的日课，全为表示对她的虔信。
狡黠、快活而严肃地为她举行秘密祭礼，
　　我们所有的信徒全都应该沉默无声。
在自身的恶行招来复仇女神的追逐之前，
　　我们宁肯去忍受宙斯的严厉审判，
让他把我们绑在车轮上和岩石上受苦，①
　　也绝不愿放弃那称心如意的美事。
这位女神，她叫机会；你们该结识她！
　　她会经常以不同形象对你们现身。
她可能是普洛透斯和忒提斯生的女儿，②
　　后者诡计多端，曾将不少英雄蒙蔽。
而今她女儿也一样欺骗不谙世事的傻瓜；
　　你睡时她来挑逗，你一醒她便远遁；
她只肯委身那个敏捷并且主动的男子，
　　对他温柔、娇媚、淘气而又驯顺。

---

① 伊克西翁自夸是天后赫拉的情人，普罗米修斯偷天火赈济人类，一个被宙斯捆在永远转动的火轮上，一个被锁在高加索山的山岩，受巨鹰啄心之苦。

② 半神普洛透斯为海神波赛冬之子，忒提斯为海洋女神，他俩均可变成各种形象。

她也曾对我现身,变成一个褐发女郎;
  她秀发浓密,低低地垂在额头上,
短短的发卷环绕着她细而匀称的脖子,
  头顶未辫起来,呈蓬松自然造型。
我呢立刻认出了她,将她牢牢地抓住;
  她也马上温柔地回应我的拥抱接吻。
我曾何等的幸福哟!——然而时过境迁,
  被罗马卷发缠绕的日子已成过去。①

5

在古国的土地上,我感到欢欣而又快乐,
  往昔和现代一齐和我对话,声音洪亮、
优美;我遵从劝告,手不释卷地披览
  古哲的典籍,每一天都有新的获得。
然而夜里,阿摩却让我忙于另外的功课,
  纵然我只得到一半学问,却加倍地快活。
当我偷觑爱人的胸脯,抚摩着她的丰臀,
  难道这不是新的学问,不是新的收获?
我才真正懂得大理石像;我比较、思索,
  观看的眼有了触觉,抚摩的手有了视觉。

---

① 其时诗人已回到魏玛,那褐色卷发的女子主要指"浮士蒂娜",虽其身上也能见到与他同居的制花女工克莉斯蒂娜·乌尔庇郁斯的影子。

纵然心爱的人抢走了我白昼的几多光阴,
　　她却用夜里的美好时辰加倍补偿我。
我们并不只顾亲吻,我们也理智地交谈;
　　一旦她酣然睡去,我便会久久地思索。
常常还在她怀抱里我就已经诗兴勃发,
　　用我的手指在她的背上轻轻地叩出
六步体的节拍。她在酣睡中呼吸多轻匀,
　　温暖的气息一直流进我深深的心窝。
阿摩挑亮了快熄的灯,让我忆起在古代
　　他曾为三位诗人将同样的好事做过。①

6

"狠心的人哟,你竟想这样伤我的心!?
　　难道贵国的情郎说话都如此凶狠?
要是众人来责骂我,我必须甘心忍受!
　　我难道错了吗?唉,错在有了你!
这些衣裙喽,它们是嫉妒的邻女的把柄,
　　证明我不甘寂寞,不再哭故去的人。
你不是毫无顾忌,常常踏着月光到来,
　　身披黑色斗篷,头发盘结在后颈?

---

① 指古罗马诗人卡图鲁斯、提布鲁斯和普罗佩尔提乌斯,他们三人都写过献给爱人的情感热烈的诗篇,而且常被后世的人合在一起出版。

你不是闹着玩儿似的自选了教士装扮？
　　要爱一位主教——好，主教就是你。
在圣城罗马，说来不可信，但我起誓：
　　从来还没哪个教士享有我的拥抱。
我贫穷又年轻啊，并且是出名的美人！
　　法尔科内常常盯着我的秀目发呆，
皮条客阿尔巴尼用大把钞票将我勾引，①
　　要我去奥斯提亚，要我去四泉山。②
可姑娘我从不去。那些红袜子紫袜子，③
　　他们总叫我打心眼儿里讨厌痛恨。
因为母亲虽说不在乎，父亲却常告诫：
　　'到头来上当受骗还是你们姑娘们'。
我呢，最后也真受骗啦！你只是假装
　　生我的气，因为你存心离我远遁。
滚吧！你们不配妇女们爱！心房底下
　　我们既孕育孩子，同时怀着忠诚；
可你们男人倒好，你们只想拥抱女人，
　　好把爱随精力、情欲一道抖干净！"

---

　① 诗中的法尔科内和阿尔巴尼只是两个常用的意大利姓氏，并不一定确指某人。
　② 奥斯提亚在流经罗马的台伯河的出海处；四泉山为罗马游览胜地，在奎里纳尔山。
　③ 枢机主教穿红袜子，一般主教和高级教士穿紫袜子。

说着,我亲爱的从椅子上抱起小宝宝,
　　亲吻他,搂他在怀里,泪如雨下。
我羞愧地坐着,恨自己竟听信了仇人,
　　听信他们对这可爱的人儿的污蔑!
正像用水泼洒烈火,一下将烈火遮盖,
　　火只会暗淡一时,并且烟雾腾腾;
可它马上会驱散烟幛,重新明亮起来,
　　燃起熊熊的大火,燃得更加炽烈。①

7

呵,在罗马我感到多快乐,每当想起从前,
　　当那北国灰蒙蒙的日子将我紧紧包裹,
暗淡的天穹沉重地低垂在我的头顶上面,
　　人没精打采,周围的世界也无形、无色。
心怀不满,我窥探着一条条黑色的道路,
　　自我反省,我静静地坠入了苦思冥索。
而今,四周明亮的以太②光耀着我的额头,
　　日神福玻斯召唤出了万千形象与彩色。
夜晚星光灿烂,四野回荡着甜美的歌声,
　　月色照着我,比北方的日光更加暖和。

---

① 此诗似乎反映了诗人和"浮士蒂娜"之间的一次误会。
② 以太即太空,天空,空气。

我这个凡人多么幸福!难道我是在梦境?
　　天父朱庇特,你的神宫可也接待贵客?
唉,我躺卧尘埃,伸出双手向你乞求!
　　呵,朱庇特,宾客的护神,请收留我!
我不能告诉你,我怎样来到了你的身旁:
　　是赫柏①抓住了浪游者,带他进了殿堂。
你不曾命令美人儿,从下界选拔一位英雄?
　　她出了差错?请原谅,我却因错得福!
还有你的女儿福图娜②她也一样!她也是
　　一时兴起,赐我一位姑娘,作为礼物。
你是真正的神灵吗?呵,那就别把客人
　　从你的奥林匹斯驱逐出,让他回尘世!
"诗人啊,你向何处攀登!"请原谅我!
　　那高高的卡皮托里尼③不是你的又一座
奥林匹斯?容我留下吧,朱庇特,赫尔美斯④
　　将领我经过开斯提⑤墓碑,悄悄去见
冥王奥尔库斯。

----

① 赫柏为罗马神话中的青春女神。
② 福图娜为幸福女神。
③ 卡皮托里尼是罗马的圣山,上有朱庇特神庙。
④ 赫尔美斯系罗马神话中的神使,兼司送灵魂入冥土之职。
⑤ 开斯提是罗马护民官,其墓旁为德国新教徒公墓。

8

你告诉我,亲爱的,你在孩提时代
　　不讨人喜欢,母亲也把你嫌弃,
直到你静静长成少女——我相信是如此,
　　并乐于把你想象成一个特别的孩子。
葡萄架上的花确实也没有漂亮的姿色,
　　可一旦果实成熟,人和神同样喜悦。

9

秋天里,乡下的火炉燃得惬意又明亮,
　　火苗迅速朝上蹿,木柴噼啪作响。
今晚我更加兴奋,因为不等柴捆用尽,
　　不等它们变成木炭、化作灰烬,
我亲爱的姑娘就会到来,就会使柴火
　　烧得更旺,秋夜就会像节日一样
暖意融融。次日一早她离开爱的寝床,
　　会重新把火苗从余烬中很快唤醒。
要知道唤醒尚未完全化成灰烬的欢乐,
　　是阿摩给这殷勤女郎的特殊本领。

10

只有亚历山大、恺撒、亨利和腓特列①
　　心甘情愿送给我他们的一半荣誉,
我才肯把香床借给君王们一人享受一夜;
　　但可怜虫们已被奥尔库斯紧紧攥在手里。
活着的人啊,趁冥河之水还没沾湿你的
　　逃奔的脚,你要抓紧在温柔乡行乐。

11

美惠女神啊,诗人只要能够把几页诗稿
　　献上你纯洁的祭坛,再加几朵玫瑰,
他就心满意足。要让艺术家感觉到快乐,
　　他置身其中的工作室就得是座万神庙——
朱庇特把神圣的头垂着,朱诺却抬得很高;
　　福玻斯大步走来,头上的卷发颤颤摇摇;
密涅瓦冷眼俯瞰人世,赫尔美斯步履轻盈,
　　目光转到了一边,真是既调皮又和气。

---

① 亨利指法国国王亨利四世;腓特列指普鲁士国王弗里德利希二世。他们和前面的亚历山大、恺撒一样,都曾是自己国家历史上煊赫一时的君王。

然而库忒拉秋波盈盈,仰望着在睡梦中

  软瘫的巴库斯,像大理石内部还是湿的。①

她乐于回味他的拥抱,好似在问巴库斯:

  "要不要叫咱们的宝贝儿来帮一帮你?"

12

亲爱的,可听见弗拉明尼街②传来的欢声?

  是割麦人,又踏上返乡的遥远旅程。

他们已经为罗马人完成了今年的收获。

  罗马人不屑于编穗冠,把刻瑞斯③奉敬。

伟大的女神赐给人金色的麦子代替橡实,

  人有了美味食粮,却不再祭祀女神。

让我们俩来秘密地举行这欢乐的祭礼吧!

  对于相爱的人来说,两人胜似一大群。

你也许啥时候听说过那个神秘的仪式,

  当初随征服者从厄琉西斯④传到罗马城?

---

① 库忒拉是爱神维纳斯的别名。巴库斯为酒神和生育繁殖之神。他俩生的儿子即普里阿普斯,也是繁殖之神。

② 弗拉明尼街位于罗马民众门外,歌德的寓所就在其附近。

③ 刻瑞斯为罗马神话中的谷物女神,即希腊神话中的得墨忒耳。

④ 厄琉西斯位于雅典西北。该地有一座著名的得墨忒耳神庙,每年秋收时节都举行秘密的祭礼,表示对谷物女神的感恩之意。

是希腊人创立了它，甚至在罗马也总是
　　希腊人在叫："快来欢度这神圣之夜！"
异教徒们远远避开了；新入教者战战兢兢
　　等在那儿，身穿的白袍是纯洁的象征。
随后他步履蹒跚地穿过一群群怪异的形象，
　　如同一个梦游者，内心迷茫而又吃惊：
须知地上到处蛇群盘绕，一些少女远远地
　　走来，手捧着饰有麦穗的密封的小箱。
祭司神秘莫测地比比画画，嘀嘀咕咕地
　　念诵经文，新门徒焦急地等待着启迪。
经过了许多的尝试和许多的考验，终于
　　给他揭开那神圣的群体的神秘含义。
这秘密不过就是伟大的女神得墨忒耳
　　也曾高高兴兴地委身于一位英雄，
把她那不朽的女性之身的可爱的秘密
　　献给了伊阿西翁，克里特魁梧的君王。①
那时克里特岛真幸福！女神的婚床堆满了
　　麦穗，茂盛的庄稼生长在广阔大地。
其余各处却忍受着饥荒；人们只顾享受
　　爱的欢愉，不再对刻瑞斯表示敬意。
倾听着这个故事，新入教者好生惊讶，

---

① 得墨忒耳与伊阿西翁相爱，在克里特岛野合生下财富之神普路托斯。

他示意亲爱的：你可明白其中的含义？
那边桃金娘树荫下有一个神圣的所在，
 咱俩可以尽情欢乐，对世界无碍。

13

阿摩狡猾成性，谁相信他就会受骗上当！
 他虚伪地对我说："这次你只管相信我。
我对你诚心诚意：我看出你把你的生命
 和诗歌都献给了我，因此对你非常感激。
瞧，眼下我跟你一直来到罗马，就是想
 帮你做些个好事，在这异国的领地。
旅行者人人都抱怨，主人的接待不像样；
 但谁要有我阿摩举荐，他定称心如意。
你带着惊异，观赏这些古建筑的废墟，
 心领神会地在这神圣的地域中徜徉。
那些我经常光临他们工作室的艺术家，
 他们创造的杰作的遗迹更为你敬仰。
还有这些雕像是我亲手塑造！对不起，
 这次我没吹牛；你得承认我没乱讲。
如今你已懒于侍奉我，你的创造中
 哪儿还有美的形象，还有色还有光？
你想再开始创作吗，朋友？那么听着，

希腊人的学校还在,门经年不曾关上。
我,你的老师永远年轻,也爱年轻人。
　　振作起来!听我的!我讨厌少年老成!
古典之所以新鲜,因为表现了幸福的人生!
　　你乐享生命,生命中也会有古之情韵!
诗歌的素材从何摘取呢?它我定会给你,
　　而高雅的格调呢,只有爱情能教会你。"
善辩的阿摩滔滔不绝,谁人能和他争论?
　　而且遗憾啊,我已习惯服从他的命令。——
现在倒好,他兑现诺言,给我诗歌素材,
　　唉!却抢去了我的时间、精力还有思想;
一对恋人只知道眉来眼去,握手接吻,
　　还有没完没了地甜言蜜语,卿卿我我。
结果窃窃私语变得来废话连篇,结结巴巴:
　　如此不合格律,我的颂歌能不寂灭沉沦!
你,奥洛拉,我一向视你为众缪斯的好友!
　　你,曙光女神,你也被轻浮的阿摩骗啦?
如今,你变成了他的女友出现在我面前,
　　把酣睡在他祭坛边的我唤醒,迎接又一个
快乐日子。我感到胸前撒满秀发!一颗可爱的
　　小脑袋枕在我护着爱人玉颈的臂弯上。
多么可心的醒来啊!你们——宁静的好时光,
　　请为我把这一夜欢爱的纪念碑久久保存!——

她在轻睡中动了,翻身睡到了大床的外边,
　　脸虽转了过去,手却仍然留在我的手里。
深挚忠诚的爱情和渴慕使我们永远相连,
　　只有情欲需要保留些花样翻新的特权。
一捏她的手腕,但见那双天仙般的美目
　　睁了开来。——呵别!让我再好好看看!
闭着吧!你们睁开会使我迷乱、陶醉,
　　会过早地夺走我静静地观察的美感。
这躯体啊,多壮硕!这线条啊,多婉转!
　　阿里亚德涅的睡姿要这么美,忒修斯,[①]
你还逃走?先吻吻这嘴唇再离开吧,忒修斯!
　　瞧着她的眼睛!她醒啦!你永远休想
逃离她身边。

14

给我点起灯来,孩子!——"天还亮着哩。
　　您白白浪费油和灯芯。何必把百叶窗紧闭!
太阳落下了屋脊,却还不曾隐没到山后去!
　　还有半个钟头,入夜的钟声才会响起。"——

[①] 克里特岛国王弥诺斯之女阿里亚德涅救出陷在迷宫中的希腊英雄忒修斯,并随他逃走。然而到了纳克索斯,忒修斯趁她熟睡离开了她。歌德以此典故说明自己的处境,曲笔写出他的情人的美。

蠢东西！照我吩咐去做！我等我的姑娘到来。
小灯啊，你这夜的使者，请先给我慰藉！

15

我永远不会追随罗马皇帝去遥远的不列颠，
　而要高高兴兴让弗洛鲁斯拖进小酒店！
须知比起这南国又多又繁忙的跳蚤来，
　那北方忧郁潮湿的雾气更令我讨厌。①
打今儿起，小酒馆啊，我更是喜欢你们，
　奥斯特里亚，罗马人把你们叫得真甜；②
要知道啊，今天你们让我见到了心上人儿，
　她常瞒过陪她的叔叔，以遂她的心愿。
眼前这张桌子，亲亲热热地围坐着德国人；
　姑娘则挨着她母亲，落座在我的对面，
一次又一次挪动凳子，却显得规规矩矩，
　让我看到她的后颈，只侧过来半个脸儿。

---

① 罗马王哈德里安巡幸途中遇诗人弗洛鲁斯。后者赠诗云：我不愿做皇帝巡游不列颠，忍受斯基提亚的严霜。哈德里安答诗曰：我不愿做弗洛鲁斯，在酒馆里流连，在饭店中闲荡，做跳蚤们的口粮。歌德巧用此典以说明自己对在罗马的闲散生活的喜爱。

② 意大利语"酒店"Osteria一词的词根为Oste（殷勤好客者）。此处指诗人旅居罗马常去的Osteria Campanella。它位于蒙特沙维罗街，后为纪念他被人称作"歌德酒店"。

按照罗马女人的习惯她朗声交谈和敬酒,
　　在斟酒时瞟着我,不小心把杯子碰翻。
葡萄酒流过木桌子,她伸出纤纤的手指
　　在桌面上画出一个一个湿湿的圆圈。
圈儿里隐藏着连在一起的我和她的名字;
　　我贪婪地盯着她的纤指,她定已发现。
临了儿她敏捷地画出一个罗马数字"V",
　　又在前边加一"I"。等我看见了,
她立刻抹去它们,仍旧是用圆圈套圆圈。
　　然而这美妙的"IV"已映入我的眼中。
我仍不动声色,可却咬破了发烫的嘴唇,
　　一半由于狡猾和开心,一半由于贪馋。
到夜晚还有这么久哟!还得等四个钟头!
　　高挂的红日啊,为看罗马你久久留连!
比它更伟大者你不曾见过,也不会见到,
　　你的祭司贺拉斯早已狂喜地做出预言。①
可今儿个你呀别磨磨蹭蹭,请行行好吧,
　　请早一些把你的目光转下这七丘山!②
为成全一位诗人,请缩短这些美好时辰;

---

① 贺拉斯在《世纪之歌》中有言:"化育万物的太阳,你看不见什么比罗马城更加伟大。"
② 古代罗马建造在七座山丘之上,故有"七山之城"的别称。

虽说画家幸福的目光始终将它们眷恋;①
快抓紧时间,再看看这些高大的门墙,
  看看这些拱顶、柱廊及其方尖的顶饰,
然后就跃入海中,以便明天一大早起来,
  重新领略千百年来神已赏给你的乐趣,
欣赏这片久已长满了芦苇的潮湿的海滩,
  欣赏这些树影森森、阴凉宜人的高地。
一开始没多少房舍,后来突然人烟鼎盛,
  你发现原来是有许多幸福的盗贼聚居。②
他们把一切宝贝全都集中到了这个地方,
  再去巡视其余各处在你已没有意义。
在这里你目睹一个世界诞生又变成废墟,
  也目睹一个更大的世界从废墟中崛起!
为了能久久地看见你照临的这座城市,
  愿帕耳岑③精心织我的生命线,别性急。
然而姑娘画的美妙时辰,它匆匆赶来啦!——
  真幸福,我已听见它!不,真的已三点!
亲爱的缪斯啊,你们又耽误我这么长时间,
  害得我一直渴想却不能亲近我的姑娘。

---

① 歌德在罗马曾大量作画。此处的"画家"当指诗人自己。
② 指古罗马人一次借节庆聚会劫持萨比尼的女客人,以补充本族女性配偶之不足。
③ 帕耳岑(Parzen),希腊神话中司命运的女神。

再见了！我要赶快去，不怕得罪你们：

　　你们再傲慢啊，对阿摩还总得谦让。

16

"为什么哟，亲爱的，今天你没上葡萄园来？

　　我不答应你了吗，在山上独自把你等待。"——

我已来过啦，我的好人儿；可我瞅见你叔叔，

　　他正忙乎在葡萄树间，身子左摇摇右摆摆。

我赶紧悄悄离开！——"哦，你真大错特错了哟！

　　那吓走你的，它只是个稻草人呀！是我们

用破衣服和芦苇秆，好不容易才扎成；我自己

　　也卖力地帮忙扎呀扎呀，却反把自己祸害。"——

可不是吗，老头子他遂了心愿；他到底吓跑

　　那潜入园中来偷他侄女的鸟儿中的大坏蛋。

17

有些个声音令我讨厌，可我最恨的始终是

　　犬吠：它们汪汪汪汪，快把我耳膜撕碎。

只有一只狗，一只我邻居养的小狗叫起来，

　　我听在耳里常觉得心中高兴而又舒坦。

因为有一次，我的美人儿偷偷来与我幽会，

它对她汪汪叫,险些把我俩的秘密揭穿。
现在一听它叫,我总会想:肯定是她来啦!
要不我也把与她相聚的欢乐重温回味。

18

还有一件事最令我头疼,还有一件事
  我始终厌恶,一想起就浑身发怵。
朋友们啊,我愿如实向你们交代:
  夜里我守着空床,真是太觉孤独。
可更讨厌是在爱情的路上遇见蛇蝎,
  是在欢爱的玫瑰花下发现鸩毒;①
是在销魂之夜的最美妙的一刹那,
  低垂的头畔响起忧愁的悄悄话。
正因此浮士蒂娜令我满足,她乐于
  伴我同眠,总忠诚地给忠诚报答。
急躁的青年喜欢有增添魅力的阻碍;
  我却希望已到手的珍宝长久存在。
多么幸福啊!我俩无忧无虑地亲吻,
  彼此交流着嘘息,交流着生命。

---

① 此诗表现了人类爱情生活中的某些矛盾和问题。其时欧洲性病已相当流行,为渴望自由而充分地享受爱的幸福的歌德所深惧和痛恶。

这样地欢度长夜，心房紧贴着心房，
　　我俩静静听那屋外雨急风又狂。
直到晨光熹微，时神送来新的花朵，
　　装点我们的白昼，令它喜气洋洋。
赐我这种幸福吧，尊敬的公民们[①]哦！
　　我也求神让世人都把这至宝安享！

19

很难啊，我们要想保持自己好的声名；
　　我知道，法玛[②]她和我主子阿摩不对劲。
你们可明白，她和他缘何结下了冤仇？
　　这是一些陈年旧事，让我讲给你听。
女神一向很有权威，却遭大伙儿厌恶，
　　原因是颐指气使，她总爱充当首领；
诸神在所有宴会上总听见她的大嗓门儿，
　　所有无论大神小神，都恨她得要命。
曾经有那么一次，她狂妄地当众自夸，
　　说朱庇特勇武的儿子已完全服了她。
"咱把赫拉克勒斯带给你，诸神之父，"

[①] "公民们"（Quirten）系古代罗马享有完全的市民权的人的称号；此处用以戏称罗马人。

[②] 法玛为谣言和名声女神。

她洋洋得意道,"可他已脱胎换骨。
他呀不再是你和阿尔克墨涅生的那德性;^①
由于敬重我,他变成了人间的天神。
他仰望奥林匹斯,你以为是在看你强壮的
　膝盖——对不起!那只是他在瞻仰我,
这最高贵的英雄迈开强健的双脚追随我,
　一路顺利,穿越还无人涉足的太空;
我呢也一次次主动迎上去,还在他完成
　英雄业绩之前,便预先给予他赞颂。^②
你要将我许配他;这阿玛宗女人的征服者^③
　应该也是我的,我乐于称他作丈夫!"
众神缄默无言;谁也不愿意刺激这夸口婆,
　免得她发起怒来,又生出些坏心眼。
可法玛没留神阿摩;他偷偷溜到了一旁,
　只略施伎俩,那英雄便拜倒美神脚边。
眼下他打扮他俩:把狮子皮披在她肩头,
　再吃力地拖过木棒,靠在女神肩上;
随后在英雄蓬乱的发间,点缀一些花朵,

---

① 宙斯变成忒拜国王,与其王后阿尔克墨涅结合生下了赫拉克勒斯。
② 赫拉克勒斯应提任斯国王欧律斯透斯的要求,完成了十二件冒险业绩。
③ 赫拉克勒斯的第九个冒险为:战胜阿玛宗女人国的女王希波吕忒,使她献出腰带。

给他穿上裙子,把他变成个纺线婆。①
打扮好滑稽的一对儿,阿摩又跑遍神山,
　　欢呼雀跃:"奇迹发生喽!发生喽!
天上人间,在永恒的轨道不倦运行的太阳,
　　这样的奇迹呀它也从来没有见过。"
众神匆匆跑去,都相信了这轻浮的男孩;
　　他说得一本正经,连法玛也赶紧跟上。
那汉子饱受羞辱,你们想,谁最高兴?
　　朱诺呗。她望着阿摩,脸上笑吟吟。
法玛站在一边,羞惭、狼狈而又失望!
　　一开始她笑道:"众神,这只是面具!
我太了解我的英雄!这只是些戏子在
　　耍弄咱们!"可很快看出他竟是真的!——
当理智之网及时罩住那相互搂抱的一对,
　　当它把两个享乐的情侣紧紧缠在一起,
武尔康虽发现在网眼下和那壮汉搂着的
　　是他的妻子,然而一点儿没有生气。②
更开心的是墨丘利和巴库斯两个年轻神!
　　他们不能不承认:"躺在如此迷人的

---

① 赫拉克勒斯为赎罪到吕狄亚女王宫中当奴隶并被招赘。一次女王披起他的狮皮,却让他穿上围裙纺线,以示羞辱。

② 火神和锻冶之神武尔康是美神维纳斯的丈夫,曾用一面细密的大网罩住与战神马尔斯私通的妻子示众。诗人用典时把马尔斯改成了大力神赫拉克勒斯。

胸脯上,单只想一想也是很美的事情。"[①]
　　他们请求:"别放,武尔康!让再看看!"
老乌龟果真拽得更牢,把傻劲使了出来。——
　　可法玛呢,她满怀怨毒地匆匆溜掉了。
打这时起,她和阿摩结下仇,永远难解。
　　她选中一个英雄,他马上就会跟去。
谁对她衷心敬仰,他就会格外当心谁,
　　越是有德行的,他越抓住死死不放。
谁企图从他手里逃脱,他叫谁更加遭殃。
　　他介绍姑娘;谁要是瞧不起她们,
就定吃苦头,被他那带毒的神箭射伤;
　　他激起男人争斗,满足禽兽欲望。
谁羞于与他为伍谁先倒霉;他将给
　　伪善者抛撒罪恶和灾难掩着的苦果。
而同时呢,法玛也四处监视他探听他,
　　只要发现他接近你,立刻当你仇人,
用严厉的目光和轻蔑的表情,将你恐吓;
　　阿摩常光顾的房子就会有很坏的名声。
我的情况正是这样,已经吃过好些苦头;
　　法玛女神心怀妒忌,正打探我的秘密。

[①] 墨丘利为神使,巴库斯为酒神。他俩在罗马神话中自然都是活泼调皮的角色。

须知有个古老法则，我默默地表示尊重：

国君扯皮希腊人遭殃；天神打架凡人倒霉。①

20

好男儿自然应该刚强、勇敢、自由不羁，

可他更加需要的哦，是能够严守秘密。

缄默，你这城邦的征服者！你这万民之王！

高贵的女神啊，你带领我安度一生，

我遭遇了何等样的幸运！缪斯她戏弄我，

阿摩他调皮捣蛋，都让开口打破沉默。

唉，要掩盖君王们的耻辱竟已如此困难！

国王的金冠也罢，佛律癸亚人的高帽也罢，

全没能把弥达斯的长耳遮住：近侍发现了它，

立刻为保守这个秘密而心情紧张又痛苦。

为了丢掉思想负担，他把秘密埋进了地里；

可是大地也一样隐藏不住这样的秘密，

长出来丛丛芦苇，在风中发出嘎嘎的絮语：

"弥达斯！弥达斯国王的耳朵好长哟喂！"②

---

① 前半句为歌德借用贺拉斯的诗句："不管国君们干什么蠢事，遭殃的总是希腊人。"后半句系译者根据全篇内容并结合我国的民间俗语戏拟、发挥。

② 佛律癸亚国王弥达斯充当畜牧神潘恩和阿波罗演奏乐器比赛的裁判，偏袒前者，后者大怒，把他的耳朵变得长长的如同驴子一样。歌德整首诗都取意于这个故事并反用之，读来很是有趣。

如今我更加为难，要保守一个美丽的秘密；
　　唉，心里满满的，要闭紧嘴巴谈何容易！
不能把它泄漏给任何女友：她会骂我的；
　　不能对任何男友说：他没准儿会妒忌。
对林苑，对鸣响的礁石倾诉我的幸福欢欣吧，
　　不，我毕竟不年轻啦，我已经不够孤独。
只有六音步和五音步的哀歌啊，我要告诉你：
　　她使我白天多么欢欣，夜晚多么幸福。
许多的男人追求她，对她布下一个个圈套，
　　有些大胆而又放肆，有些隐蔽而又狡猾；
但她总聪明地避开他们，步履轻盈地走来，
　　她知道，心上的人正将她焦急地等待。
慢慢升起，月亮，她来了，别让邻居发现！
　　吹响树叶吧，轻风，免得她的足音被听见。
而你们却要茁壮生长、开花结果，亲爱的歌，
　　你们要沐着轻柔的爱的和风摇荡，摇荡，
把一对幸福爱侣的美好秘密对罗马的公民们
　　披露传扬，像弥达斯的那些芦苇一样。①

---

　　① 结尾的四句诗可以说道出了整个《罗马哀歌》的成因和创作动机：向世人倾诉诗人自己在罗马与"浮士蒂娜"相恋的"美好秘密"。

威尼斯警句[①]

（43首）

一

异教徒把石棺与骨灰盒装饰得富有生趣：[②]
　　羊人旋转欢舞，和他们配对儿的是
一群狂歌的酒神信女；生着羊蹄的乐师
　　拼命吹响声音嘎哑、刺耳的大喇叭；
鼓儿咚咚，锣儿喤喤；大理石动啦活啦！
　　群鸟纷飞，衔在口里的果实真有味！

[①] 1790年3月，歌德奉奥古斯特公爵之命到意大利威尼斯迎候老公爵夫人，一直住到6月。其间，他写了《威尼斯警句》103首，这里选译其中一部分。所谓警句（Epigramm）也是源于古希腊的一种诗体，最初多为在建筑物和艺术品上的题词或者墓碑上的铭刻，故讲究短小精悍，言简意赅。公元6世纪以后逐渐成为独立的诗歌样式，抒情、言志、咏事、状物都无不可，只是仍保持言简意赅、意蕴深沉的特点。歌德非常喜欢这种诗体，特别是在阅历渐长，进入对于人生有了更多感悟的中年以后。他的许多警句都充满哲人的智慧。

[②] 歌德十分喜爱古希腊的石棺。因为棺壁浮雕刻画的不是一般想象的死亡的悲哀、阴暗；恰恰相反，是充满生趣甚至有些放荡的酒神节的游行队伍。

你们不怕吵闹的人群,阿摩更趁机放火,
　　在这杂乱扰攘的队伍里他如鱼得水。
就这样,充沛的生命力战胜死亡,仿佛
　　静静墓穴中的灰烬都在乐享着生趣。
如今诗人也把他的诗卷装饰得富有生气,
　　为了将来用它包裹自己的石室幽居。

二

从未见过天空如此蔚蓝,太阳如此灿烂;
　　茂密的常春藤垂挂石上,美似花环。
果农们辛勤劳作,在白杨树上系葡萄蔓;
　　一阵阵和风,吹送自维吉尔的摇篮——[①]
此情此景,缪斯很快来做伴;断断续续,
　　像旅人喜欢那样,我们开始了倾谈。

三

我总是把心上人贪婪地搂在怀中,
　　我总是使我的心紧贴她的酥胸,

[①] 指维吉尔在上意大利的出生地(曼图亚城附近的安代斯)。

我总是把我的头颅枕在她的膝上,
　　我总把她可爱的嘴和眼仰望。
有人骂我:"窝囊废!糟蹋时光!"
　　唉,我告诉你我现在的情况:
可悲啊我背离了生活唯一的欢乐,
　　已二十天,我在马车里颠簸。
一路上车夫捣蛋,侍者卖乖讨好,
　　搬运夫时刻骗人,谎话不少。
想避开他们,驿站长会拉住我说:
　　车夫都是老爷,外加税务所!
"我不明白你!你自相矛盾!看来
　　你还沉迷在安乐窝,像里纳尔多。"①
唉!我自己可太明白喽:我是呀
　　身在旅途,魂在爱人的怀中躺着。

四

这是我来过的意大利。大道依旧尘土飞扬;
　　外乡人仍然被诈骗,不管他如何抗拒。
德意志的忠诚,你在哪儿都将它白白找寻;

---

① 指16世纪意大利诗人塔索(Torquato Tasso, 1544—1595)的叙事诗《里纳尔多》的主人公。他迷恋魔女阿尔米达不能自拔,被用来比作不能忘情于"浮士蒂娜"的诗人歌德自己。

这里只有忙忙碌碌,没有秩序和纪律。
谁都只顾关心自身,怀疑他人,爱慕虚荣,
　　就连国家的首脑也同样只是关心自己。
国土虽美,可,唉,浮士蒂娜已无处寻觅。
　　这已经不是我怀着悲痛告别的意大利。

六

每当看见朝圣者,我便禁不住流下眼泪。
　　一个虚幻的想象哦,竟能赐福人类!

八

我把这贡朵拉比作轻轻晃动的摇篮,
　　上面的顶篷像一具宽大的灵柩。①
可不!我们在摇篮和灵柩间摇摇荡荡,
　　无忧无虑,在运河上将一生过完。

九

　　教廷大使走在总督身边,神情煞是庄严;

---

① 贡朵拉是水都威尼斯造型别致的小游艇,尖溜的首和尾向上翘起,顶篷多蒙着黑布。

他们去埋葬基督,由总督封住石棺。
总督在想什么咱不知道,可大使肯定在
　　暗自发笑,笑一本正经的仪式场面。①

十

民众干吗奔走街头,大声呼号?他们要吃饭,
　　要生养子女,还好歹得把他们肚子填满。
旅行者啊,你要记住这情景并回家去照着做,
　　世界上没谁有别的办法,要活只此一途。

十五

狂信者多的是门徒,他能够打动民心,
　　理智的传道者反只有个别人肯听。
描绘奇迹的圣画一多半都只是劣等品,
　　精神艺术精湛之作不为大众承认。

十六

只顾自身利益的人随他称王称霸好啦!

---

① 为纪念耶稣受难日,威尼斯每年按惯例举行送耶稣遗体(一个木刻的耶稣受难十字架)去圣马可教堂安葬的游行,并由总督亲自封棺。

若要挑选，我们只挑顾我们的人。

二十一

朝圣者奔波劳碌，能找到那位圣者么？
　　能听见看见那个广行奇迹的人么？
不，时光已把他带走，你只找到残骸，
　　留存的只是他的头颅和几块遗骨。
我们来意大利巡游的人也都是朝圣者：
　　我们欣然朝拜的也只是残肢碎骨。①

二十二

朱庇特·普路维乌斯，今天你才像个善神！
　　因为一眨眼间，你给了大家许多馈赠：
你给了威尼斯水喝，你使田野上禾苗返青，
　　你还让我这个本本增加了几首小诗文。②

二十八

要问我希望得到怎样的姑娘？告诉你们，

---

① 应指古希腊罗马遗留下来的残损艺术品。
② 主神朱庇特也管下雨。雨中的水都当另有一番景象，引发了歌德的诗兴。

我已如愿以偿。我想有她已经足够。
我曾经漫步海滨捡拾贝壳,在其中一个
　发现了珍珠,并把它在心中珍藏好。

二十九

我尝试过许多种创作,画素描、刻铜板、
　作油画,还有黏土也真捏掉了不少,
然而没常性,什么也没学到,也没做到;
　只有一种天赋我发展得来炉火纯青:
用德语写作。就这样,我这不幸的诗人
　糟蹋生命和艺术,用最拙劣的材料。

三十四　A

你们不是常常自称诗人的朋友吗,众神啊!
　那满足他的需要!他所需一般,样数
可是不少:一幢舒适住宅,还要喝足吃饱;
　德国人和你们一样善于品酒,知道么。
还得有合体的衣服穿,还得有朋友把天聊;
　而且夜来总把那可心的人儿搂在怀抱。
首先,我只对你们提出这五个自然的要求。
　除此再给我语言,新的旧的我都需要,

好让我去阅读了解各国人民的活动和历史；
　　给我纯真感觉，体察他们的艺术创造。
让我再享有民众威望，对达官贵人的影响，
　　或者还有为人处世的其他方面的诀窍。
好啦——我感谢你们，诸神，我早就是个
　　幸福的人：多数的东西你们都给我了。

三十四　B

在日耳曼的君主中，我的君主的确很小；
　　他的国土狭窄；他的能力也平平常常。
然而，要是每一位君主都能像他一个样
　　致力内政外交，德国人就可将太平享。
请问你为何要称颂他，要赞扬他的业绩？
　　看起来是他用贿赂，换取了你的感激。
不错，他给了我其他大君侯难得给的一切，
　　给了我宠幸、闲暇、田庄、林园和住宅。
我不需要感谢其他任何人，只想感谢他；
　　我这个诗人需要挺多，却不善于获取。
欧洲称赞我，可给了我什么？什么也没有！[①]
　　为我的诗歌，我付出了多么沉重的代价！

---

① 以下六句写歌德的书信体小说《少年维特的烦恼》风靡一时的情况。

德国人模仿我,法国人读我以至入迷,
　英国啊,你殷勤地接待这憔悴的客人。
可对我又有何益呢,就连中国人也用
　颤抖的手,把维特和绿蒂绘上了镜屏?
从来没有皇帝过问我,没有国王关心我,
　只有他啊,是我的奥古斯都和麦卿。①

三十五

一个人的生命算得了什么?可成千上万人可以
　将他评说,说他做过什么,以及他怎样做。
一首诗更微不足道;可成千上万人可以欣赏它,
　或指责它。朋友,你就只管生活和作诗吧!

五十

所有的自由使徒,他们一个个总是叫我厌恶;
　到头来谁都为所欲为,只想把私愿满足。
真想给大众自由,就该大起胆子为大众服务。
　你想知道这有多么危险?那就试一试吧!

---

① 奥古斯都是罗马皇帝屋大维的尊号。他提倡文艺,是诗人贺拉斯和维吉尔的保护人。麦卿即屋大维的亲信麦凯纳斯,也以倡导文艺和保护文艺著称;歌德在诗中颂扬魏玛大公卡尔·奥古斯特,把他与这两位历史人物相比。

五十二

耽于幻想的人年满三十岁全会被钉上十字架;
　　一认清世界,受蒙骗者立刻会变成坏蛋。

五十三

法兰西的悲惨命运,值得大人先生们考虑!
　　可百姓民众实在应该考虑得更多一些。
大人物打倒了,然而谁又来帮助民众抵御
　　民众?否则一些民众将把另一些奴役。

五十四

我经历了许多疯狂的时代,自己也没少
　　发傻发狂,就像时代要求我那样。

五十五

"说什么我们错啦?对老百姓就是得骗。
　　瞧他们行事有多么笨拙,有多么野蛮!"
所有被蒙蔽欺骗的人总是又笨拙又粗野哦,

要使他们恢复人性,你们得诚实一点儿。

五十六

君主们总是把尊容铸在镀银的铜板上,
  百姓们当它真银,长期受骗上当。
狂想家把精神的印记铃上谎言和呓语,
  谁没试金石,也会当它们是金子。

五十八

大人先生们早就醉心讲法国人的语言,
  谁不会讲,谁就将丢面子失身份。
而今老百姓全都狂热地学起法国话来,[①]
  别恼火,你原本希望如此,大人!

五十九

"别太放肆啦,警句!"为什么?咱们
  只是标题呗,书内容还是世界自己。

---

① 18世纪德国宫廷和上流社会以说法语为时髦。此句指法国大革命的影响传到德国民众中,引起了统治阶级的恐慌。

六十五

神、人、世界是什么,难道真成了
　　　　　　　　　千古之谜?
不!只因为没谁乐意倾听,所以它
　　　　　　　　　永远神秘。

六十六

我是个很有耐心的人。遵从神的安排,
　多数讨厌的事物我都能默默忍耐。
少数东西叫我受不了,就像蛇和毒汁,
　它们是烟草、臭虫、大蒜味和十字[①]。

七十二

"如果我是个需要什么就有什么的主妇,
　我也乐于忠诚地拥抱亲吻我的丈夫。"
一个威尼斯妓女给我唱这支通俗的歌子;
　可更加虔诚的祈祷我从来不曾见识。

---

① 指象征基督教信仰的十字架。

七十四

我是变得放肆了；可并不奇怪。你们天神
　　同样知道，对有些事我也忠实和虔诚。

七十五

命运对我究竟怎样？提这个问题似乎鲁莽：
　　多数情况下，它对许多人都不怎么样。
如果不是语言难得来叫人简直没法儿对付，
　　把我变成诗人，它该已实现这个愿望。

七十六

"难道你没见过高雅的人们？你的小书
　　净写些骗子、民众乃至更次的贱民。"
高雅的人们我曾见过，别人称他们高雅，
　　只因他们引不起你哪怕一点点诗兴。

七十七

"为什么你老为植物学、为光学伤透脑筋？
　　难道更美妙的不是去打动那温柔的心？"

唉，温柔的心自有那些平庸之辈去打动。
自然啊，我唯一的幸福就是与你亲近！

八十五

你唤起爱情和渴慕，令我感觉欲火中烧。
亲爱的啊，还要唤起我的信任才好。

八十六

哈！阿摩，我了解你，太了解你！是你
擎着你的火炬，在黑暗中为我们引路。
可你很快将我们领入歧途；而正当我们
需要你的火炬，唉，虚伪的火熄灭了。

八十八

要是真心实意，你就别再迟疑，快给我幸福！
想闹着玩儿吗？亲爱的，玩儿得已经够啦！

九十一

想从前，呵，我是多么注意一年的四季，

为春天来到高兴，为秋天逝去惋惜！
可如今对我已无夏无冬，自从我幸福地
　得到阿摩庇护，周围弥漫春的气息。

九十二

说吧，你过得怎样？——我生活！即使
　人能活几百岁，我仍希望永远这么活。

九十六

大海光洁明亮，闪动着粼粼的波浪，
　船儿乘着和风，扬帆驶向远方。
我心满意足；然而不久却转过头去，
　焦渴的目光投向积雪的高山上。
南国的珍宝如此之多！可是北方有
　一块大磁石，吸力我没法抵挡。

九十八

在我追求她的时候，这姑娘穷得衣不蔽体；
　当初我爱裸体的她，现在更爱她的裸体。

九十九

我常误入歧途,终于又回到正路,可是
　　从不幸福;如今这姑娘给了我幸福!
就算它还是假象,你们也请可怜可怜我,
　　聪明的众神啊,保留它直至我入冥土。

一〇一

"我脖子肿了哟!"我的好人儿说,声调
　　很恐惧。——别急,宝贝儿!我告诉你:
是维纳斯的手摩了你,悄悄向你发出预示,
　　她要把你的娇躯,唉!变得不像样子。
她将很快毁掉你苗条的身材,纤巧的乳房;
　　你就会全身臃肿,根本穿不上新衣裳。
只管放心吧!落花正好对园丁提前宣告:
　　可爱的果实在长大成熟,秋天快到了。[①]

[①] 诗成于1789年。同年12月25日,歌德喜得长子尤利乌斯·奥古斯特·瓦尔特。

一〇二

真喜煞人啊,当你把心上人紧搂在怀里,
　　她怦怦的心跳初次向你承认她的爱。
更加可喜喽,当新生命噗噗搏动的心音,
　　被你从养育它的可爱躯体里感觉出来!
它呀,这性急的小家伙,已在尝试蹦跳;
　　已在不停敲门,渴望到人世上来了。
再等几天哟!时光女神严格按命运安排,
　　将带领你走完生之旅的大路和小道。
生长中的宝贝儿啊,不管未来有何遭遇——
　　是爱创造了你,爱也一定会属于你!

一〇三

我曾抛下所有的友人,在尼普顿的城市[①]
　　流连忘返,把许许多多光阴消磨掉。
对所有经历见闻,我都佐以甜蜜的回忆
　　和希望;它俩是世间最美的调料。

---

① 尼普顿是罗马神话里的海神;尼普顿的城市指濒临大海的威尼斯。

其他警句

（13首）

寂　静[①]

居住在岩头和林中的善良的仙女，
　你们要满足人人内心的渴求！
要给悲伤者慰藉，给狐疑者引导，
　要让钟情者终于把幸福拥有！
诸神把不肯给人的东西全给你们：
　你们该安慰、帮助信赖你们的人。

给农夫[②]

浅平的犁沟松松地覆盖着金色的种子，
　好人啊，你的遗骨也终会埋进沟里！
愉快地耕耘和播种吧！这儿将长出食粮，
　即使在墓畔，同样有希望一席之地。

[①] 此诗作于1782年，后刻在魏玛公园内的大理石壁上，至今犹存。
[②] 约成于1785年。

安那克瑞翁之墓①

这儿有蔷薇花盛开,有青藤将月桂缠绕,
  有斑鸠咕咕啼鸣,有蟋蟀唧唧欢叫——
这是谁的墓啊,众神用生机和绿意装饰,
  使它如此美妙?是安那克瑞翁安息之地。
幸福的诗人在此享受春天、夏天和秋天,
  这座小丘最后还保护他不受冬的侵扰。

沙 漏

厄洛斯,你在这里!为何两手各拿一只沙漏!②
  你这轻浮的神,难道要用两种方法计时?
"对于远离的情侣,时光从这一只慢慢流走,
  对于相聚的情人,它从另一只匆匆逝去。"

警 告

别吵醒阿摩!这可爱的男孩还睡着呐;

---

① 此诗约作于1785年。
② 厄洛斯是希腊神话里的小爱神。

抓紧时间，去完成你每天的工作！
劳碌的母亲就是如此精明地利用时间，
就是趁婴儿快醒而未醒时赶着做。

教 训

狄俄格涅斯蹲在木桶中静静地晒太阳，①
卡那奴斯高高兴兴地把自己火葬，②
对于菲利普急躁的儿子是多好的教训啊，
可他不能吸取，因为他是人中之王。

涅墨西斯③

女神赤裸着身子，她青春焕发地从天而降，
来到祭司和哲人面前；她垂下了目光。
随后祭司抓起香炉，把透明的纱衣虔诚地
裹在她身上，于是我们才敢把她瞻仰。

---

① 亚历山大去拜访希腊哲人狄俄格涅斯，赶上他正蹲在木桶中晒太阳，问他有何要求。哲人回答：只请你站开一点儿，别挡住我的阳光。亚历山大转身说：我要不是亚历山大，我倒情愿做狄俄格涅斯。

② 印度哲人卡那奴斯随亚历山大远征印度，不愿年老体衰慢慢病死，自己安排了在活着时火葬。

③ 涅墨西斯是希腊神话里的报应女神。

沙恭达罗[①]

如果我想得到春天的鲜花,秋天的硕果,
　　如果我想美丽而欣喜,满足而快乐,
如果我想要用一个圣名同时呼唤天和地,
　　我就呼唤包容一切的你,沙恭达罗!

罗马的中国人[②]

在罗马我遇见一个中国人;在他看来,
　　古代和近代的建筑全都繁冗而蠢笨。
"可怜的人啊!"他叹道,"但愿他们
　　明白,细细的木柱同样撑得起屋顶,
只要心思敏锐,善于观察,就能够欣赏
　　椽子薄板建筑及其雕刻和五色贴金。"
此君让我看见某些幻想家的身影,他把
　　自己轻飘的空想和坚实持久的自然

---

① 1789年,印度诗人迦梨陀娑的诗剧《沙恭达罗》经威廉·琼斯译成英文出版,后又由富尔斯特转译成德文,为歌德所读到并且十分欣赏。

② 作于1796年8月。诗中的"幻想家"系针对同时代的作家让·保尔,同时表现了诗人自己的审美观:主张自然凝重的古典风格,讨厌受中国明代建筑影响的洛可可风。

相提并论;把货真价实的壮汉叫作病夫,
　　以为可称健康的唯有他这一位病人。

瑞士阿尔卑斯山[①]

你的头昨天可不还是青褐色的么,就像
　　她的卷发,那在远方召唤我的爱人;
一夜风雪,围绕着你的头颅吹刮、飘洒,
　　今儿个一早你便有了银灰色的峰顶。
青春与衰老,唉,被生之链拉得这么近!
　　昨天与今天,联结成了流动的梦影。

题写于纪念册

别摘去你胸前的玫瑰,须知它还会开放
　　在你的脸颊上,开放在你的心田里。

为儿子的纪念册题小诗二首

自行发现是件美事;但愉快地认识和珍惜
　　别人的发现,难道你不认为同样惬意?

[①] 1797年10月1日,旅途中作于瑞士乌里。

*

牢牢把握这些高贵的形象！它们散处各方，
　像大自然分布于无边宇宙的灿烂星光。

谁是最幸福的人？

谁是最幸福的人？别人的功绩他乐于承认，
　别人成功了他像自己成功了一样高兴。

抒情诗[①]

风景画家阿摩

清晨我坐在峭岩顶上，

[①] 歌德在与席勒结交和合作的10年中创作力达到了一个新的高峰，完成了《浮士德》第一部、《威廉·迈斯特的学习时代》和诗剧《托夸多·塔索》等一系列重要代表作，抒情诗数量却不多。但是这些诗能说明歌德的一个重要精神特征，即他总是不断更新自己，使自己变得年轻。令人惊讶的是，在早已进入中年和创作深受古典诗风熏陶之后，他重又采用青年时代使用过的体裁，甚至包括《塞森海姆之歌》以前的洛可可体和牧歌体，情调也那么缠绵悱恻，好似诗人又回到了青年时代，经历着第二次青春。所不同的是这一时期的作品中少了欢呼雀跃，多了伤逝感时的悲哀，也不乏渐入老境的智慧的彻悟。艺术上虽仍有早期抒情诗音韵优美、节奏铿锵的特点，但语言使用更自如、自由，情感也更加含蓄、委婉，于平淡质朴中更见深邃、成熟。

用双眼凝视着雾幛；
它像块灰色打底的画布，
把上下左右全部遮挡。

一个男孩来到我身旁，
问："亲爱的朋友，干吗
盯着空空的画布发痴？
难道你已经永远失去
描图作画的所有兴致？"

我望着男孩心中暗想：
一个小不点儿竟想充大师！

"你要老是闷着啥事不干，"
男孩说，"就不会有任何收获：
瞧着，我马上给你画一幅画，
教给你该怎么样完成杰作。"

说着他伸出他的一根食指，
这食指红得像玫瑰一般美丽；
在那块张挂在面前的巨毯上，
他的手指游动，如同画笔：

他在上方画了一轮旭日，
让灿烂阳光直射我眼里；
他给朵朵白云镶上金边，
让强烈的光线穿透云翳；
随后他又画清葱的树木，
画柔嫩的树梢，画背景
层叠的山峦，隐约缥缈；
下方呢他没忘记该有水，
画出来蜿蜒的小河一条，
让它哗哗冲击高耸岩岸，
让它在日光中熠熠闪耀。

啊，那河岸上百花盛开，
啊，那草地里溢彩流光，
金黄、银白、绛紫、油绿，
活像骤然打开了百宝箱！
顶上的天空画得澄澈清明，
如黛的群山似远去的波影——
我完全着了迷，时而看画，
时而看画家，像刚刚出生。

"对吧，"他说，"我向你
证明了，我是一位绘画大师；

只不过最困难的还在后头哩。"

说完他又伸出他的指尖儿
小心翼翼地去画那座树林；
紧挨林边，在光洁的大地
给旭日以强烈反射的地方，
他又画上了一个姿容姣好、
衣着精美的最可爱的姑娘：
褐色的秀发下露出鲜艳的
脸庞，这脸庞也红似玫瑰，
和创造她的画家手指一样。

"噢，孩子！"我叫道，
"哪位大师曾收你做学徒？
你成功画出了所有一切，
如此自然，如此神速！"

我正说着，可瞧，起风了，
树梢开始在微风中摇晃，
河水翻卷起细细的浪花，
俏丽的姑娘也纱裙飞扬。
本已吃惊的我更加惊惶：
那姑娘竟然活啦，竟然

慢慢慢慢地，走向我和
我老师坐着的那个地方。

这时候一切都活了，动了，
树林，河流，鲜花，纱裙，
还有小脚的最俏丽的姑娘；
面对此情此景，你以为我会
像岩石一样静坐在岩头上？

轻浮、固执的丘比特①

丘比特，你这轻浮、固执的男孩！
你求我让你在我床上睡几小时，
可你却一天天、一夜夜地耍赖！
而今竟大模大样成了家中主宰！

从自己宽大的床上我被赶走了；
我这会儿坐在地上，长夜难捱；
你为所欲为，把炉火烧得很旺很旺，
灼伤了我，耗尽了我冬季用的木柴。

---

① 诗成于1787年冬，后插入《意大利游记》。

你移动我的床,把它弄到别的地方;
我寻找它,变得像瞎了、疯了一样。
你笨拙地弄得震天价响,我担心啊,
为了让你、躲你,我的心将会逃亡。

探　　访①

今天我想偷偷去看我心上人,
可是她的家已经锁上了大门。
幸好啊我口袋里边藏着钥匙!
我用它打开门儿,轻轻轻轻!

在客厅里我没有把姑娘找着,
在起居室同样不见她的踪影,
终于,我轻轻推开了卧室,
发现姑娘和衣躺在沙发上,
睡着了,模样儿煞是可人。

她是在做女红时睡着了的,
编织活儿连同打毛衣的针

---

① 1788年作于魏玛。其时诗人刚爱上出身寒微的克里斯蒂娜·乌尔皮乌斯;诗中反映了他的矛盾心情。

还静躺在她叠着的小手里；
我坐到她身旁，不知是否
该唤醒她，心中好生犹豫。

我不禁把她欣赏，但见：
和平宁静安息在她眼帘上，
嘴唇间静静地流露着忠贞，
青春洋溢在可爱的脸庞，
一颗善良无邪的心儿啊
在胸中不住地起伏跳荡。
她的四肢放松而又舒展，
就像是涂抹过神油一样。

我怡然坐在那儿将她观察，
仿佛有一些看不见的绳索，
紧紧把唤醒她的欲望捆绑。

你可爱的人儿唷，我心想，
这揭去一切伪装的沉睡
会不会损害你，暴露你，
破坏情人对你的美好印象？

你温柔的双眼闭紧了，

只要睁开就令我销魂；
你甜蜜的嘴唇翕动着，
既不为讲话也不为亲吻；
你往常紧搂着我的手臂
松弛了，不再是根魔绳；
你迷人的纤手，这撒娇的
好伙伴，也全无动静。
如果我对你的看法错了，
如果我爱你是自欺欺人，
那我现在定会发现，因为
阿摩不再遮住我的眼睛。

我久久坐着，品味着
她的美质和我的爱情；
酣睡的她令我如此喜欢，
我真没勇气把她唤醒。

轻轻地，我把两个甜橙和
两朵玫瑰放在她的小桌上；
随即悄悄地推开了房门。

我的好人儿，她一睁眼，
立刻会瞅见这鲜艳的赠品，

会奇怪房门儿都紧闭着,
怎么会进来送礼的友人。

今夜我要再见我的天使,
她定会格外高兴,会给
我爱的奉献双倍的回应。

清晨的哀怨[①]

轻浮的、可恼又可爱的姑娘啊,
告诉我,我到底有什么过错,
竟然使你违背自己的诺言,
让我一个人独自忍受折磨?

昨晚上你可不还亲亲热热
握着我的手,悄声告诉我:
"明天天亮前我一定来,
亲爱的,请把门给我留着。"

我于是虚虚地掩着房门,
事先还认真检查了门枢:

---

① 作于1788年,其时诗人正与克里斯蒂娜·乌尔皮乌斯热恋。

它不吱吱嘎嘎，我真是快活。

这等待的一夜啊多么难过！
我不能入眠，数着一时一刻：
即使有时打上一会儿盹儿，
我的心儿却自始至终醒着，
总是从微睡轻眠中唤起我。

是的，当时我曾祝福黑暗，
感谢它静静地把一切包裹，
我为万籁俱寂而由衷喜悦，
并一次次倾听寂静的远方，
看是否有什么响动可捕捉。

"她要是想的如我之所想，
她的感觉要是如我的感觉，
那她就不会等到早晨到来，
她此刻就已经动身奔向我。"

每当一只小猫从阁楼跑过，
每当一只老鼠在窸窸窣窣，
或者房里传来不知啥响声，
我总希望这就是你的足音，

我总相信听见你脚步轻挪。

我就这么躺着,一直躺着,
直至到处传来响声,有了动静,
眼看东方已渐渐露出曙色。

"是她的门响?我的门响!"
我手撑着床铺坐起了身,
注视着半明不暗的房门,
看它是不是就会有动静。
两扇门儿依旧虚虚掩着,
连接着的门枢悄然无声。

天色越来越亮,越来越明,
已听得见邻人开门的声音;
他赶着离开家去挣面包,
不久大路上便车声辚辚。
这当儿城门也大打开了,
市集上已开始熙来攘往,
送来一片乱糟糟的市声。

这时候楼内也有人在走动,
在上楼下楼,在出出进进,

只听门儿吱嘎,脚步踢嗒;
可我还不能放弃我的希望,
一如我不能放弃美好人生。

终于,当讨厌透顶的太阳
照到了我的窗户和墙壁,
我才跳下床来奔向花园,
为了用早晨空气的清凉
平息抚慰我灼热的渴慕,
还暗存着碰上你的希望。
可是啊你既不在凉亭中,
也不在菩提树的林荫道上。

放肆而快活[①]

我的心厌恶爱情的折磨,厌恶
软绵绵的怨诉、甜滋滋的痛苦;
我只醉心于强有力的表现,
只爱火热的目光,粗暴的亲吻。
能接受夹着难堪的欢乐洗礼,
做一只可怜的狗又怕什么!

---

① 约作于1788年。

别再难为这青春的心胸啊,
姑娘,要给它所有的欢乐!

科夫塔之歌①

来!听从我的指导,
利用你年少的时光,
及时学会为人之道:
那幸运的大天平上,
指针总在摆总在摇;
你总是上升或下降,
或成功并统治他人,
或失败并受制于人,
要么倒霉要么胜利,
不当铁锤就当铁砧。

海的寂静②

水中,深沉的寂静,
大海一动也不动,

---

① 原系1787年为未完成的歌剧《神秘大师》所作的插曲。科夫塔是剧中一个秘密会社的首领。
② 约成于1795年。

船夫环视光滑的
海面，忧心忡忡。
一片可怕的死寂，
哪儿都没有一丝风！
在苍茫无际的远方，
也波不兴，浪不涌。

幸运的航行[1]

雾幕撕开了，
天空多明亮；
埃罗斯[2]解开
谨慎的绳索，
风呼呼吹响。

船夫已行动，
起航，快起航！
波浪劈开来，
船儿奔远方；
看，陆地在望！

---

① 成诗时间与《海的寂静》相近。
② 埃罗斯为希腊神话里的风神。

爱人的近旁[①]

我想起你,每当太阳从大海上
　　辉煌照耀;
我想起你,每当月亮在泉水中
　　抖动彩笔。

我看到你,每当在大路的远方
　　扬起灰尘;
每当深夜,浪游者在山间小路
　　哆嗦战栗。
我听见你,每当大海掀起狂涛,
　　发出咆哮;
在沉静的林苑中,我常去倾听
　　万籁俱寂。

我伴着你,即使你在天涯海角,

---

① 与歌德同时代的女诗人弗莉德丽克·布伦(1765—1835)曾作过一首名为《我想念你》的诗,由泽尔特谱曲后于1795年4月传到了歌德耳里,给他留下了十分深刻的印象,令他诗兴大发,遂以同样的主题和格律作此《爱人的近旁》。它不但超过了布伦很快便失去影响的原诗,而且在贝多芬等许多音乐家为其谱曲后广为流传,成为歌德最脍炙人口的抒情诗之一。

犹如身边!
太阳西沉,星星将很快照耀我。
呵,愿你也在这里!

诀　　别[①]

背弃誓言十分容易,
履行盟约实在太难,
只可惜没有任何许诺
不是我们自己的心愿。

你仍在唱古老的魔歌,
引诱一颗尚未平静的心,
让它重登爱的愚人船,
经受加倍的颠簸和风险。

你干吗对我躲躲藏藏!
看着我,别逃避我的视线!
迟早我会发现你的隐秘,
你不如趁早收回你的诺言。

---

① 作于1797年歌德偕妻子回故乡法兰克福小住之时。诗中回顾了他与旧日的爱人丽莉·薛纳曼的关系。

我该做的都已经做了,
你不必为我再觉遗憾;
只是请你原谅你的朋友,
他要离开你,恢复内心的安闲。

致莉娜[①]

爱人啊,这些诗歌有一天
会再送到你手里。
在钢琴前坐下吧,
你的友人曾在钢琴旁站立。

让琴键发出激越的鸣响,
然后把目光投进诗集;
只是别读!要不断地唱!
它的每一页都是你的。

唉,黑字白纸,书里的歌
望着我,神情多忧郁,
从你口里唱出来,它们
更加神圣,令人痛彻心脾。

---

① 约作于1799年。

致迷娘[①]

日神驾驭着金车
越过大河和深谷;
他清晨开始运行,
唉,在我深深的心中,
如在你深深的心中,
又唤起新的痛苦。

一个梦接一个梦,
夜晚我也不安宁,
梦中的景象多凄楚,
我感到在我的心里,
那痛苦正悄悄变成
一种强大的暴力。

有许多美好年辰,
我见海上驶来船只
全都能到达港口;
可是,唉,只有痛苦

[①] 原系为长篇小说《威廉·迈斯特的学习时代》作的插曲,后未收入。

不肯随海潮离去,
要长驻在我的心头。

从柜中找出漂亮衣裙,
我必须穿上去到人前,
因为今天是个节日;
只可惜没人知晓,
我的心已经被痛苦
撕扯得破碎支离。

我忍不住暗自哭泣,
在脸上却经常显得
和蔼、健康又红润;
我也许早已经死了,
要是痛苦也足以——
唉,致我的心死命。

缪斯之子①

穿过田野和森林,

---

① 约成于1799年。值得注意的是诗中的"我"——缪斯之子是一位音乐家,而不像歌德青年时代写艺术家的那些诗里总是画家或诗人。

口吹着我的歌曲,
走完一程又一程!
我踏着歌的节拍,
我和着诗的音律,
身与心齐步前进。

我急切地想见到
园中的第一朵花,
树上的第一片叶。
我的歌欢迎它们,
即使冬天又来到,
我仍要歌唱春梦。

我对着远方歌唱,
唱遍野银花开放,
冬天是多么美丽!
即使冬花也谢了,
在种满树的山冈
又会有新的乐趣。

我见一群年轻人
会聚在菩提树下,
马上给他们鼓励。

迟钝的青年吹号，
笨拙的姑娘舞蹈，
应和着我的歌曲。

你让我脚生双翼，
驱使我穿山越谷，
远远地离开家门。
亲爱的仁慈的神啊，
何时才在你怀中，
我重新获得安宁。

致亲爱的读者[①]

诗人不喜欢沉默，
乐于将自身示人。
毁或誉随它去吧！
谁忏悔愿用散文；[②]
在诗神静静的林苑，
我们常吐露心声。

---

① 诗成于1799年，次年作为《诗歌集》的序诗公之于世。
② 歌德常把自己的文学创作喻之为求得心灵解脱的"忏悔"。

迷误也吧，追求也吧，

痛苦也吧，生存也吧，

在诗里仅鲜花一束；

老迈就如同青春，

失误就如同德行，

在诗里全得到归宿。①

自然与艺术②

自然与艺术像在相互逃避，

可是想不到却经常地碰面；

我心中对它们也不再反感，

它俩已对我有同样的魅力。

要紧的是付出真诚的努力！

只有我们抓紧有限的光阴，

投身艺术创造，以整个身心，

自然便又炽烧，在我们心里。

---

① 上述《诗歌集》是歌德30年生活、思想和创作的总结。

② 约作于1800年。艺术与自然，自由与法则，这看似矛盾的两个方面实际上可以也应该和谐统一，协调一致。歌德的思想从来如此；在眼前这首十四行诗中，他把这一思想做了辩证而又精辟的阐述。

我看一切的创造莫不如此：
放荡不羁的精神妄图实现
纯粹的崇高，只能白费其力。
兢兢业业，方能够成就大事；
限制乃大师展身手的条件，
能给我们自由的唯有规律。

早　　春①

欢乐的日子，
你们快来临？
送给我太阳，
青山和绿林？

小溪流淌得
加倍地忙碌。
还是那草地？
还是那山谷？②

蔚蓝的天空！

---

① 诗成于1801年春天。它抒发了春天到来时诗人心中的喜悦和希望，节奏和音调令人想起20年前的《五月歌》，但没有那么欢快、热烈。

② 这两句含蓄地表现了诗人对往昔的追怀。

空气多清新！
金色的鱼儿
悠游在湖心。

林中喧闹着
五色的鸣禽；
天国的妙乐
在其中回应。

绿色原野上
百花争吐艳，
蜂儿采花蜜，
嗡嗡复嘤嘤。

空气中传来
轻柔的颤动，
花香沁心脾，
催人入梦境。

一会儿吹来
更强劲的风，
可是转瞬间
消失在莽林。

它却会回到
我的心胸中,
缪斯啊,请帮我
消受这幸运!

告诉我昨天
出了啥事情?
我的姊妹们呵,
爱人已来临! ①

泪里的慰藉

人人都兴高采烈,
怎么你如此忧戚?
你的眼睛告诉我,
真的,你曾哭泣。

"我确曾独自哭泣,
为了自己的痛苦,
我让眼泪尽情流淌,
减轻了心中的凄楚。"

---

① 实际生活中并没有"爱人已来临",只表明了诗人对新的爱情的向往。

快乐的朋友召唤你,
呵,快投入大家的怀抱!
不论你失去了什么,
也该让我们知道。

"你们欢笑喧闹,却不知:
可怜人怎样受折磨。
不,我什么也没有失去,
因为我什么也不曾有过。"

那么你快振作起来,
趁你还没有上年纪。
你血气方刚,应该有
争取的力量和勇气。

"不,我不能争取,
那目标离我太遥远。
它在空中缥缥缈缈,
像美丽的星儿眨着眼。"

我们不想摘取星辰,
只欣赏它们的美丽,
在每一个晴朗的夜晚

仰望它们,怀着欣喜。

"在一些美好的日子,
我也曾欣喜地仰望;
让我痛哭终宵吧,
只要我还能够哭泣。"

无常中的永恒[①]

把握住早年的幸福,
唉,哪怕只一个时辰!
转眼间西风拂来,
便会是花雨纷纷。
那赐我阴凉的绿叶,
我怎能为它欢欣?
秋来它很快枯黄,
让狂风刮得漫天飘零。

如果你想摘取果实,
就快将你的一份采摘!

---

① 作于1803年。人生易逝,但思想、精神和表现它们的形式永存,艺术永存。在歌德众多反映其世界观和人生观的哲理诗中,这是较著名的一首。

这一些刚开始成熟,
那一些已长出芽来;
每一场骤雨过后,
你可爱的山谷都会把
容颜改,在同一条河里,
唉,你不可能游第二次。

还有你自己!在你面前
矗立着城垣和宫殿,
坚固如磐石,可是你
看它们的目光不断改变。

曾经热烈亲吻的唇,
它如今已一去不返,
曾经攀登峭壁的脚,
不再和羚羊比试勇敢。

还有那举止温柔的、
乐于为善的手,
还有那四肢和躯体,
也全都不似往昔。
在那儿用你的名字
呼唤的一切事物,

已如漂来的一朵浪花，
匆匆地汇入元素里。

让开端连着结束，
融合成一个整体！
要赶在其他物体前，
飞快超越你自己！
感谢缪斯，她恩赐给我们
两件永恒的珍宝，
那就是你胸中的思想
以及你心里的形式。

幸福的夫妻①

我们的热烈乞求
换来了这场春雨，
爱妻啊，你瞧天福
正弥漫我们的田地。
目力所及的远方，
是一片蔚蓝的迷蒙；

---

① 约作于1802年，其时诗人虽尚未与克里斯蒂娜·乌尔皮乌斯正式结为夫妇，却已享受到了夫妇的幸福和天伦之乐。1828年12月16日，歌德曾告诉爱克曼，他"一直喜欢这首诗"。

这里仍徜徉着爱情,
这里是幸福的栖居。

一对儿白色的鸽子,
瞧,正向那儿飞去;
阳光照耀凉亭周围,
紫罗兰鲜艳又茂密。
在那儿我们曾编结
最早的一束鲜花;
在那儿我们的爱火
第一次熊熊燃起。

自打那一天我俩
欣然回答"愿意",
牧师从祭坛目送我们
随其他情侣匆匆归去,
从此天空便升起了
新的太阳、新的月亮,
从此世界便被征服,
成了我们生存的天地。

我们牢牢的同心结上,
打着成千上万封印;

无论是牧场边的丛莽,
还是山冈上的树林,
无论是洞窟和残垣,
还是深涧和悬崖绝顶,
甚至就连湖边的芦苇,
都有阿摩的爱火炽盛。

漫步人生,心满意足,
我们原想就咱们两人;
哪知命运另有安排,
瞧吧,转眼我们变成
三个、四个、五个、六个;
他们围在餐桌旁坐定,
一个个慢慢长大起来,
看着看着高过了我们。

那边美丽的平野上,
白杨夹岸的小溪环绕,
一幢新盖的楼房显得
如此舒适而又漂亮。
是何人在此建下了
这么可爱的安乐窝?
难道不是咱们能干的

弗里兹和他的小新娘?

那边深深的山涧中,
蜿蜒流着一条小河,
水花四溅涌出谷口,
推动山下边的水磨;
人说那儿的磨坊姑娘,
一个赛过一个漂亮;
然而她们终究要出嫁,
咱们的儿子早已等着。

还有围绕着教堂墓地,
绿影婆娑,树木繁密,
那儿有一株古老松树,
孤零零对着蓝天摇曳;
我们早早逝去的先人
就在这个地方安息,
他们领我们把目光
从人世间转向天宇。

武器的闪光像潮水,
漫过山冈,涌到跟前;
带给我们和平的军队

正从远方的战场凯旋。
是谁身披勋章绶带，
骄傲地走在队伍前面？
他很像咱们的孩子！
真的是卡尔转回家园。

宾客中最殷勤的一位，
受到新娘亲自款待；
在庆祝和平的节日，
她与心上人喜结连理。
为在婚礼上翩翩起舞，
人们争先恐后地赶来；
这时你也用花冠打扮
那三个最年幼的小孩。

一阵阵的笛声箫声
唤起人对往昔的回忆，
我俩也曾风华正茂，
歌舞在欢乐的人群里。
岁月在慢慢地逝去，
我已感到无比的欢欣！
我们将陪着儿子孙子，
到教堂去接受洗礼。

五月之歌[①]

在小麦和黑麦之间,
在篱笆和荆棘之间,
在树林和草地之间,
告诉我啊,哪儿有
我的小心肝?!
在家里找不着
我的好人儿;

宝贝儿她一定
跑到了外面。
五月里已经是
叶绿花又艳;
她到郊外春游,
心中多舒坦。

在河岸的岩石旁边,
在她当初给我亲吻,

[①] 约成于1810年,表现了诗人对春天和爱情的向往。由于节奏鲜明、变换有致,此诗受到同时代众多作曲家的青睐。

给我初吻的草丛间,
有什么已被我瞧见!
是她藏在里面?

花的问候①

用亲手采摘的花束,
我向你致意千百遍!
为摘花我弯下身去,
啊,同样有千百遍;
我把它紧贴在心上,
更何止是百遍千遍!

瑞士民谣②

我坐在
小山顶上,
看见了
几只小鸟;
它们歌唱,

---

① 作于1810年8月。
② 诗成时间不详。系一首瑞士民谣的仿作。

它们蹦跳,
它们把巢儿
营造。

我站在
花园当中,
看见了
一群蜜蜂;
它们嘤嘤,
它们嗡嗡,
它们把蜂房
建造。

我走过
那片草地,
看见了
一些蝴蝶,
它们吮蜜,
它们飞舞,
那情景真叫
美丽。

这时候

汉斯走来，
我欣然
让他了解
自然之秘；
我们欢笑，
我们向它们
学习。

现　　形①

一切预示着你的出现！
辉煌的太阳既已升起，
你会接踵到来，我但愿。

只要你走进花园里面，
你就是玫瑰中的玫瑰，
百合中的百合，好鲜艳。

倘使你翩翩跳起舞来，
日月星辰将随之起舞，
将跟着你、围着你旋转。

---

① 1812年12月在一次家庭聚会上，女友恩格尔斯演奏吉他大受欢迎，歌德随手撕下面前桌上的半张废信笺，即兴写成此诗。

夜晚！但愿真是夜晚！
这时月光尽管美丽迷人，
让你一比却变得暗淡。

你是如此迷人又美丽，
无论百花还是星星月亮，
都只倾心，哦，太阳你。

我的太阳啊！愿你做
我辉煌日子的创造者，
给我永恒的生命活力。

发　　现[①]

在一片树林中，
我信步往前行，
无意寻找什么，
全然漫不经心。

我见一朵小花
开放在树之荫，

---

① 诗成于1813年，附在歌德从伊尔美瑙寄给妻子克莉斯蒂娜的信中。它回顾了25年前两人在魏玛公园中相识的情景。

美丽如同明眸
晶莹好似星星。

我欲将花采摘，
花儿发出怨声：
难道将我摘去，
任我枯萎凋零？

我将花儿刨出，
连带所有的根，
把它带回家中，
移进美丽园庭。

如今它生长在
一个青幽环境，
依旧枝繁叶密，
依旧花朵茂盛。

天生一对儿①

一朵铃铛花

---

① 1814年4月22日，歌德寄此诗给友人泽尔特，写作的时间当在此前不久。其成因可能和前边的《发现》一样。

早早冲出大地,
开放在原野上,
鲜艳又美丽;
飞来一只蜂儿,
轻轻吸吮花蜜——
它俩生来就为
你爱我我爱你。

给心上人

手拉着手,唇吻着唇!
亲爱的姑娘,你要忠诚!
再见了,他还要驶过
重重礁石,你心爱的人!
可是风暴过后,当他
又一次向着港口致敬,
让神们惩罚他吧,如果
他抛弃你,独享人生。

勇敢进取等于成功一半,
我的工作一半已经完成!
星星像太阳一样照着我,
懦夫夜里才看不见光明。

我要无所事事在你身旁,
定会感到压抑和苦闷;
在这广袤无际的大海上,
我拼命工作,为你一人。

我已经发现一道幽谷,
我俩将在此携手同行,
看一条小河向那下游
缓缓流去,在黄昏时分。
草地上长着这么多白杨!
林苑中有这么多榉树!
啊,在白杨和榉树后面,
该还有所小小的房屋。

第一次失恋①

唉,谁能唤回那美好的时日,
唤回那初恋的日子,
唉,谁能唤会那甜蜜岁月的
哪怕仅仅一个小时!

---

① 此诗系一部未完成歌剧的插曲。

孤独地，我滋养着我的创伤，
永远带着新的怨尤，
痛苦地将已失去的幸福追忆。

啊，谁能唤回那甜蜜的时光，
唤回那美好的日子。

致远去的爱人

我真的就这样失去你了吗？
呵，美人，你已与我远离？
在我已经听惯你的耳中啊，
还响着你的声音，你的话语。

像漂泊者在清晨抬头仰望，
望不穿那漫天迷茫的云气，
每当在他头顶的碧空深处，
高飞的百灵唱起它的歌曲。

我的目光也同样战战兢兢，
逡巡在丛莽、树林和野地，
亲爱的，回到我身边来吧，
我所有的歌啊都在呼唤你！

夜　　歌[①]

在你软和的床铺上，
请从梦中将我聆听！
聆听着我的琴声
安睡吧！你还想啥事情？

聆听着我的琴声，
满天的星星祝福
那永恒的感情；
安睡吧！你还想啥事情？

那永恒的感情
高高托起我，使我
远离扰攘的凡尘；
安睡吧！你还想啥事情？

远离扰攘的凡尘，
只可惜太遥远了啊，
我感到如此冷清；

[①] 诗成于1802年，根据意大利民歌改作。

安睡吧!你还想啥事情?

我感到如此冷清,
你请在梦中聆听。
啊,在软和的床铺上
安睡吧!你还想啥事情?

冷酷的牧羊女

在晴朗的春天早晨,
牧羊女边走边唱,
她年轻美丽又快活,
歌声在田野里荡漾,
　　　　索拉拉!勒拉拉!

蒂尔西斯[①]想亲她的嘴,
要送给她三只小羊,
她狡狯地望了他一眼,
照旧地欢笑和歌唱,
　　　　索拉拉!勒拉拉!

---

① 蒂尔西斯,牧人的名字。

另一个要送她丝带,
第三个要送她一颗心,
她却对一切都无所谓,
管你羔羊、丝带还是心,
　　　索拉拉,勒拉拉!

钟情的牧羊女

在明亮的晚霞中,
我静静走过树林,
达蒙①坐着吹牧笛,
山岩发出共鸣,
　　　索拉拉!

他拉我坐在身旁,
给我温柔甜蜜的吻,
我说:再吹吧!他又
吹起笛儿,我那好人,
　　　索拉拉!

如今我失去了安宁,

---

① 达蒙,男人名字。

快乐也无踪无影,
在耳畔永远回荡着
那亲切美妙的笛音,
　　　索拉拉！勒拉拉！

回　　味

当葡萄重新饱满、成熟,
桶里的美酒便开始激荡;
当玫瑰重新炽烈地燃烧,
不知道我的心又将怎样。

泪珠儿顺脸颊滚滚流下,
我任随它们尽情地流淌;
只是有一种无名的渴慕,
我感觉燃烧在我的胸膛。

直到我终于明白过来,
我才不得不对自己讲:
曾经有过美好的日子,
多里斯[①]已将我深深爱上。

---

① 多里斯,假拟的人名。

牧羊人的哀歌

在那高高的山顶,
我曾无数次伫立,
身子斜倚着牧杖,
低头俯瞰着谷底。

羊群由小狗守护,
我跟着羊群走去。
转眼已来到山下,
自己也不知怎的。

美丽鲜艳的花朵
开满面前的草地。
我顺手采下鲜花,
却不知给谁送去。

我站在大树底下,
躲避那疾风骤雨。
对面房门仍锁着,
美梦一场哦,可惜。

真的有一道彩虹
飞架在对面屋脊!
可她已离开家门,
去到遥远的异地。

她已经远走他乡,
不定还过海漂洋。
羊儿呵,一切都过去了!
叫牧羊人痛断肠。

成　　长

春晨,你随我奔向田野、牧场,
当你还是个乖巧小女孩的时候。①
"可爱的小女孩,善良又温柔,
我要像父亲那样,为她造幸福的小房!"

当你开始观察周围的世界,
你的快乐就是为家人操心。
"多好的姊妹!我真叫幸运:

---

① "你"指歌德的老友、耶拿书商弗洛曼的养女米娜·赫尔茨丽普。1807年12月,年近六旬的诗人与这位16岁的妙龄少女重逢,并对她产生了无望的恋情。由此便有了他著名的小说《亲和力》和一些十四行诗。

啊,我与她可以相互信赖!"

一切都限制不了美的成长;
我心中已汹涌着爱的狂澜。
我要拥抱你,为减轻苦愁?

唉,不,你只能是我的女王:
你亭立在我面前,那么傲岸;
只要你投来一瞥,我便低头。

离　　别

吻过千百遍仍不觉厌倦,
临了还得以一个吻分手。
离别的苦涩味已然尝够,
才感到狠心抛弃的河岸

以及那住宅、山丘、溪流,
在我眼里永远是欢乐之源,
如今仅剩一片悦目的蔚蓝
和远逝的光影为我消愁。

极目远望唯见大海茫茫,

心头又涌起热烈的渴慕；
无心将失去的欢乐寻觅。

突然天空像是大放光芒；
我仿佛并不曾失去什么，
仍将曾享有的握在手里。

西东合集

1814年拿破仑战败,欧洲出现封建复辟,歌德对在此前后出现的社会动乱和历史倒退十分反感,于是做了新的"逃亡",在精神上"逃向纯净的东方"。他积极阅读和学习东方文学,特别是阿拉伯文学和中国文学。这使他滞塞多时的诗泉又喷涌起来,产生了他老年乃至整个一生最辉煌的诗集《西东合集》(主要创作于1814—1815年,共计12篇,本书选译的只是其很少一部分诗篇)。《西东合集》的产生还有一个重要契机,就是65岁的老诗人歌德与30岁的才女玛丽安娜·维勒美尔的相恋。这是歌德多恋的一生中少有的幸福际遇,虽说两人相处短暂,却是心心相印,因此写成的情诗特别优美动人。总体而言,《西东合集》以东方阿拉伯的形式表现了西方诗人的精神思想,将西方和东方的诗歌艺术、文化风貌、哲理智慧融合在了一起。表现手法的突出特点为:1.阿拉伯式的近乎狂热的激情,神秘虔诚的宗教气氛;2.语言夸张而又幽默、机智;3.大量使用比喻和典故,等等。

歌者篇

送走了二十年的韶光,①
命运的赐予俱已饱尝;
年复一年啊无比美满,
俨然巴梅克时代一样。②

希吉拉③

北方、西方、南方分崩离析,
宝座破碎,王国战栗。
逃走吧,逃向纯净的东方,
去呼吸宗法社会的清新空气!

---

① 指作者1786年去意大利旅行和1806年耶拿战役爆发之间的20年。在这20年里,歌德不但找回了作为诗人的自我,还获得了克莉斯蒂娜·乌尔皮乌斯的爱情和席勒的友谊,完成了《浮士德》第一部等重要作品,确实可以说充实而又美满。
② 指波斯历史上著名的巴梅克家族在巴格达得势的年代,即约792—809年。
③ 希吉拉(Hegire),阿拉伯语,意为"逃亡""出走"。

让爱情、美酒、歌唱陪伴你，
为恢复青春，将吉赛泉①饮汲。
在那纯朴而正义的国度，
我要深入一代代人心底，
去探寻本源古老的奥秘，

在那里还能获得上天的训示，
从真主口中，用世俗的言语，②
不会疑惑不解，搔破头皮。

在那儿长者受到尊重，
没有人愿将他人奴役。
我乐于听从对青年的训诫：
信仰要广阔，思想要狭窄。
那儿语言的作用十分重要，
因为是实际说出的言语。

我要混迹在牧人中，
去绿洲上恢复生机，
随骆驼商队漫游四方，

---

① 吉赛泉，阿拉伯传说中的生命之泉，饮者可返老还童。
② 伊斯兰教教义诠释的方式较易为信众所理解。

做披巾、咖啡和麝香交易；
我要踏遍每一条小道，
从沙漠去到通都大邑。

为了唤醒沉睡的星辰，
为了令强人胆寒心悸，
向导高高坐在驼背上，
放声歌唱，如痴如迷；
这时，哈菲兹，你的诗抚慰我，
将险峻山道化作平地。

在温泉中，在酒肆里，
神圣的哈菲兹，我都会想起你，
每当可爱的人儿掀开面纱，
从卷发中散发出龙涎香[①]的气息。
是啊，诗人表白爱的窃窃私语
天园处子听见也会心生情欲。[②]

不管你们对他心怀嫉妒，
或者甚至破坏他的兴致，

---

① 龙涎香（Ambra），一种阿拉伯香料。
② 天园处子（Houri），伊斯兰教信仰中的天园中永远的处女。

你们要知道,诗人的话语
将围绕着天国之门飘荡,
为了求得他自己的永生,
它们会永远轻轻将门叩击。

幸福的保证

红玉髓制作的吉祥物,①
带给信士平安和幸福;
刻在缟玛瑙上的铭文,
亲吻它用圣洁的嘴唇!
它将把一切灾祸祛除,
保护你以及你的居处:
倘使上边镌刻的铭语
唤出真主纯洁的圣名,
将激起你爱和行动的热情。
对于这一类的吉祥物,
妇女的信念尤为诚笃。

护身符的作用也一样,

---

① 在阿拉伯,吉祥物(Talisman)多用红玉髓和缟玛瑙一类所谓"半宝石"(次等天然宝石)刻制。

只是铭文写在纸条上；
可因此也就从容自在，
不像宝石上拥挤狭窄，
虔诚的灵魂获得恩典，
可以把长的铭语挑选。
男人们把纸护符带上，
恰似身披着圣衣一样。

然而铭文一点也不神秘，
它讲啥是啥，清楚明晰，
欣然让你知晓其中奥妙，
你会说：我乐意念它！乐意！

可阿布拉克萨斯[①]我难得使用！
阴郁的妄想制造出丑怪，
丑怪多半会把神圣取代，
由它在这儿起驱邪作用。
我要是告诉你们荒诞的事物，
就等于给你们阿布拉克萨斯护符。

---

① 阿布拉克萨斯（Abraxas）是古代诺斯底（Gnostic）教派的驱邪符咒。

印章戒指体积过分狭小，①
很难镌刻上崇高的思想；
不过你将获得一件至宝，
它刻的铭文你无从想象。

自由精神

请让我得意地骑在马上！
你们只管守住茅屋和篷帐！
我却高高兴兴驰向远方，
只有星星对我的头巾闪亮。

真主为你们排好了星座，
在陆上海上把向导充当；
让你们不断地仰望夜空，
忘情地欣赏美丽的星光。

护　　符

东方是真主的属地！
西方是真主的属地！

---

① 刻上铭文符的戒指同样可作护身符。

北方和南方也都一样
安息在他宁静的手上。

他是唯一公正的神,
乐意给人人以公正。
赞美他,用他一百个
圣名中的这个!阿们。①

迷误将使我陷入困惑;
可你会祛除我的迷惑。
当我行动和吟诵诗章,
请指示我前进的方向。

我的思虑虽难逃尘俗,
仍能获得高尚的益处。
精神不会随尘土飘散,
奋发向上,内省沉潜。

有两种恩惠寓于呼吸:
吸入空气,吐出空气;

---

① 安拉一百个圣名中的第二十九个为"最公正者"。阿们(Amen)源出希伯来语,意为"但愿如此",作为祝福语在基督教的经文中广泛使用,亦出现在伊斯兰教的《古兰经》中。

吐出舒畅，吸入压抑，
生命就如此奇妙调济。
感谢真主，他将你压迫，
感谢真主，他使你解脱。

四重恩典

为使阿拉伯人兴致冲冲
远游四方，走北闯南，
安拉赐给他们恩典四重，
确保他们能一路平安。

第一赐给他们的是头缠，
赛过所有帝王的冠冕；
第二赐给他们的是篷帐，
不管何处都可以住上。

还赐给他们防身的长刀，
威力胜过堡垒和城壕；
还赐给他们动人的歌声，
妙龄少女个个喜欢听。

我纵情歌唱，唱得她的

披巾上花朵纷纷飘落,
她清楚自己所受的损失,
却仍旧温柔而又快活。

我也会给你们殷勤献上
丰美的鲜花以及水果,
你们如还希望获得教益,
我给你们最新的一个。

自　　供

难以隐藏的是什么?是火!
白天,暴露出它来的有烟,
夜晚,则有烈焰这个妖魔。
同样难以掩藏的还有爱情,
哪怕静悄悄地深埋在心里,
却稍不留神就变成了秋波。
然而,最难藏的要算是诗,
像灯似的,不能用斗盖着。①
要是这诗人刚刚把它吟就,

---

① 典出《圣经·新约·马太福音》第5章第15节:"人点灯,不放在斗底下,是放在灯台上。""放在斗底下"意即藏而不露。

那他还整个身心为诗渗透；
要是已漂漂亮亮写在纸上，
他就希望全世界同样欣赏。
他会高声地对每个人朗诵，
不管是令人欣喜或是悲痛。

要　　素

一首真正的诗要具有
多少要素，作为养料？
为了大众也乐于感受，
为了大师能欣赏叫好。

说到我们歌唱的主题，
最重要的莫过于爱情；
要让它渗透在诗歌里，
最好音调还悦耳动人。

再就是杯盘当当叮叮，
美酒像红玉般亮晶晶；
要知道对情侣和饮者，
须用最美的花环招引。

兵器撞击声也少不了，
还时不时得鼓号齐鸣；
让幸运之火熊熊燃烧，
得胜的英雄变成神圣。

最后诗人同样不能不
对一些东西怀有憎恨；
凡是丑陋可恶的事物，
就不能让它与美并存。

一个诗人他只要善于
融合这四种基本要素，
他就永远会像哈菲兹，
愉悦民众给民众鼓舞。

创造并赋予生气

汉斯·亚当本是一块泥土，[①]
多亏上帝把它塑成人形；
只可惜他从母亲的肚腹，

---

① 此诗借用《圣经·旧约·创世记》中上帝造人的故事，并加以谐谑化，在人类始祖的称谓"亚当"前面，再添上了一个德国男人最常用的名字"汉斯"。

还带来许多的冥顽不灵。
于是以罗欣将卓越的精气
吹进汉斯·亚当的鼻腔,①
他开始一个一个打喷嚏,
看上去不再是呆模傻样。

尽管有了头颅四肢身体,
亚当仍旧一半像是土块,
直到挪亚给咱们这呆子,
把生命真源——大酒杯找来。②

土块一沾着杯中的酒浆,
立刻感觉浑身充满劲头,
恰似面团发起酵来一样,
它也开始四处活动行走。

是啊,哈菲兹,你优美的
歌声,你神圣的榜样,
在杯盏声中率领我们

---

① 以罗欣(Elohim)为希伯来语,即上帝。他在这里做了《创世记》中耶和华上帝在造人时所做的事。
② 据《圣经》记载,挪亚是第一个葡萄种植者。

奔向咱造物主的殿堂。①

现　　象[②]

当福玻斯和雨云
交媾、拥抱，
五彩的虹霓就会
把大地照耀。

我看见雾中升起
同样的弧形；
它虽然颜色苍白，
却仍属天庭。

所以，快活的老人，
你也别灰心；
尽管你头发花白，
还是会有爱情。

---

① 这一节诗画龙点睛，以幽默调侃的笔调结束了一曲"酒的颂歌"。
② 1814年7月25日清晨，歌德动身到自己度过青年时代的地方旅行之际，望见天空中出现一道白色的虹霓，心里便产生出幸福的预感。

美　　景①

那边是什么五色斑斓,
让云天和高山紧相连?
是晨雾张起纱的帏幔,
模糊了我锐利的双眼。

是不是阿拉伯的大臣,
为宠姬们将帐篷搭建?
是不是他为迎娶新人,
铺上了喜庆的花毡毯?

红白相间,斑斓耀眼,
如此美景我见所未见,
哈菲兹啊,你的设拉子②
怎么搬到了北国荒原?

是的,是多彩的罂粟
在此和睦地繁衍蔓生,

---

① 在途经埃尔福特郊外时,歌德眼前出现一片鲜花盛开的原野,在朦胧的晨光中,他恍若置身美丽神奇的东方世界,于是作成此诗。
② 设拉子城是哈菲兹的故乡,城中有许多玫瑰园,并以此闻名于世。

好像将战神嘲讽挖苦,
让原野充满宁静和平。

愿聪明人永远像这样
培育利用美丽的花卉,
让太阳也像今天这样,
在我的路上灿烂光辉!

矛　盾

左边,在溪水之旁,
丘比特把牧笛吹响,
右边,在原野之上,
玛福斯①把军号吹响,
牧笛声美妙又婉转,
我不禁侧耳向左方,
可美妙笛声被遮掩,
军号的声音更高亢。
迎着战神的怒吼,
牧笛吹得更有力,
听得我发疯发狂——

---

① 玛福斯是罗马神话中的战神马尔斯的古称。

未必有什么稀奇?
笛声越来越嘹亮,
号声越来越高亢,
我迷茫,我性急——
这未必值得惊异?

抚今思昔

玫瑰百合朝露盈盈,
在近旁的园中怒放;
峭壁山崖树影森森,
高高耸峙在它后方;
参天巨树环抱之中,
骑士古堡雄踞崖巅;
峰脊逶迤犹如弯弓,
一直向着幽谷伸延。①

花香馥郁一似当年,
当我们还苦于爱情,

---

① 1814年7月26日,歌德途经图林根州的埃森纳赫,在城郊看到了雄峙山头的著名古迹瓦特堡,陶醉于周围一带的自然美景。全诗开头提到的玫瑰和百合,分别为人间和天国的爱情象征。

我萨泰里琴的琴弦,[①]
正与晨曦比赛光明。
密林深处吹响猎号,
一声一声圆润洪亮,
满足我等胸中需要,
激励我们振奋我们。

茂密林木生生不息,
可作为你们的榜样,
你们曾享受的东西,
让他人也一起分享。
如此谁都不怪我们,
责备我们独享欢乐,
于是整个生命旅程,
我们定然充实快活。

唱到此处我再回过头
去亲近我们的哈菲兹,
与这享乐者共同享受
今天一天的圆满充实。[②]

---

① 诗人回忆起40年前常陪年轻的卡尔·奥古斯特公爵来此打猎和游览,不禁抚今思昔,吟成此诗。萨泰里琴(Psalter)为西洋古三角琴。
② 歌德在早上开始写的这首诗,到傍晚得以完成。

诗歌与雕塑[①]

尽管希腊人将黏土
捏成众多形象,
对自己双手的孩子
尽情赞美欣赏;

我们却乐于将手
伸进幼发拉底河,
在流动的元素中
来来回回地徜徉。

我如此消解内心之火,
歌啊,你便开始鸣响;
诗人纯洁的手掬水,
水也会凝聚成球一样。

自　　信

人想要恢复健康,

[①] 此诗形象地说明东方阿拉伯和以希腊、罗马为代表的西方对诗艺的不同理解。

到底该依靠什么？
歌想要人人爱听，
音调得圆润柔和。

扫除一切的障碍！
别怀阴郁的追求！
诗人首先得生活，
为舒展收敛歌喉。

如此让生之强音
响彻我们的灵魂！
诗人会自行慰解，
纵使他心神不宁。

粗鲁而能干

作诗就该当心高气傲，
谁也别因此将我责怪！
你们尽可以热血沸腾，
并像我一样欢乐开怀。

既然时刻都存在磨难，
我正饱尝痛苦的滋味，

又怎能够再温文尔雅，
甚至比你们更加谦卑。

文雅谦恭确实挺美妙，
当姑娘像盛开的花朵，
她爱的是温柔的追求，
对粗鲁男人能躲就躲。

文雅谦恭同样是好事，
当智者鼓动如簧巧舌，
指点我诱导我，要我
信奉时间和永恒之说。

作诗本应该心高气傲！
我就是喜欢自行其是。
血气方刚的男友女伴，
请尽管来进入我的诗！

没穿法衣的教士们啊，
别再冲着我唠唠叨叨！
你们尽管可以毁了我，
却没法叫我不再高傲！

你们一个劲儿说空话,
害得我避之唯恐不及,
翻来覆去仍是老一套,
我的耳朵已经磨掉皮。

一旦诗人之磨转动开,
就别再试图让它停住:
谁要对我们有所了解,
他定将我们原宥宽恕。

处处生机

尘埃啊本是一种元素,①
你能熟练地将它驾驭,
哈菲兹,当你讨好你的爱人,
唱起美妙动人的歌曲,

你唱她门槛上的尘埃,
说它比地毯更加宝贵,
哪怕地毯上绣着金花,

---

① 尘埃本是土的微粒,所以也是元素之一。土和水相结合便能滋长出生机。歌德在诗中更赋予了尘埃这个意象多重意义,很值得玩味。

供马茂德①的宠臣坐诡。

门前刮来一阵阵清风,
尘埃像浮云似的飘去,
那气息在你赛过麝香,
玫瑰油也不比它馥郁。

长年云遮雾罩的北国,
它已使我将尘埃久违,
可在温暖宜人的南方,②
有足够尘埃将我包围。

然而你那可爱的门扉
对我已经沉寂了多时!
狂风暴雨啊,救救我,
让我吮吸馥郁的新绿!

倘若这时候沉雷滚滚,
整个天穹被电光照明,
风中的狂野尘埃就会

---

① 马茂德(Mahmud)亦译马赫穆德,为阿拉伯君主常用的名字。
② 一般认为"南方"指意大利。但根据此诗的内容或成诗的地点来判断,也不妨说"南方"指哈菲兹生活的波斯或者歌德当时旅居的温泉城威斯巴登。

跌落地上,变得湿润。

随即产生蓬勃的生机,
造化之功神圣而神秘,
大千世界,尘寰之中,
处处春光,片片新绿。

幸福的渴望①

别告诉他人,只告诉智者,
因为众人会热讽冷嘲:
我要赞美那样的生灵,
它渴望在火焰中死掉。

在爱之夜的清凉里,
你被创造,你也创造,
当静静的烛火吐放光明,
你又被奇异的感觉袭扰。

你不愿继续被包裹

---

① 这首诗表现了歌德"死与变"的不断更新自己、超越自己的一贯思想,只是借用了阿拉伯诗人哈菲兹诗中的飞蛾扑火这个意象,带上了东方的智慧色彩。

在那黑暗的阴影内，
新的渴望吸引着你
去完成高一级的交配。

你全然不惧路途遥远，
翩翩飞来，如醉如痴。
渴求光明的飞蛾啊，
你终于被火焰吞噬。

什么时候你还不解
这"死与变"的道理，
你就只是个忧郁的过客，
在这黑暗的尘世。

★

既然芦苇曾超群出众，
使尘世生活甜蜜，
那就让我的鹅毛管中
流出可爱的诗句！ ①

---

① 古代波斯人以芦苇作笔；在钢笔流行以前，欧洲人则用削尖的鹅毛管蘸墨水书写。

哈菲兹篇

姑且把语言称作新娘,
精神因此就是新郎;
这样的结合你已熟识,
当你给哈菲兹赞赏。

诗　　人

告诉我,莫哈默德·舍姆瑟丁,[①]
为什么他们称你为哈菲兹,
你那些高贵的国民?

哈菲兹

我向你致敬,
这就来回答你的垂询。

[①] 哈菲兹(Hafiz)原系一种尊称,意即"能把《古兰经》倒背如流的人"。哈菲兹的本名为穆罕默德·舍姆斯·阿丁(Muhammed Schems ad Din)在诗中被歌德改作了莫哈默德·舍姆瑟丁(Mohamed Schemseddin),意即"信仰的太阳"。

凭借着良好的记忆力，
我牢记《古兰经》的圣训，
原原本本，始终如一，
立身行事也特别虔诚，
不受日常庸务的滋扰，
一如那些恰当地珍视
先知金言和种子的人：
所以我有了这个别名。

诗　　人

因此我觉得，哈菲兹，
我再不愿离开你身旁；
须知和别人看法一致，
就会变得和别人一样。
是的，我像你到了极点，
我也努力接受和吸取
我们《圣经》的高贵形象，
就好像主的遗像印在
那最宝贵的汗巾上面，①

---

① 相传耶稣基督在走向刑场的途中，一个名叫维罗尼卡的耶路撒冷妇女曾用丝巾替他揩汗，结果丝巾上竟神奇地留下了基督的圣像。

它使我胸中充满活力,
能克服重重阻挠、非难,
信仰永远坚定、新鲜。

控 诉[①]

你们可知道魔鬼藏在沙漠里,
藏在岩壁间,等着把谁暗算?

还有,他们如何一瞅准时机,
就把什么人强拉进地狱里面?
都是那些撒谎者,那些无赖。

可诗人他为什么无所畏惧,
竟然与这种家伙结交往来!

他可知道他在与什么人交往,
可知道他立身行事一贯癫狂?
他被固执任性的爱驱赶着,
迷失在广袤无垠的荒漠,

---

① 《控诉》和紧接着的《判决》《德国人心怀感激》构成一个形同三部曲的组诗,只是其第一首产生的时间却在最后。

在风一刮就散去的沙上面,
书写他悲叹哀怨的诗歌;
说些什么,自己也不明白,
说了什么,也不会真去做。

然而民间却一直传诵他的诗,
尽管内容与《古兰经》南辕北辙。
请问诸位通晓法典的行家里手,
请问诸位虔诚睿智的博士教授,
究竟什么是忠诚的穆斯林的职责。

特别是哈菲兹经常叫人烦心,
米尔扎同样也摧毁人的精神,①
请问,到底什么行,什么不行?

判　　决

哈菲兹的诗章,亘古不灭,
行行将确凿的真理表现;
可这儿那儿也有细枝末节,
越出了法典的界限规范。

---

① 确有两位波斯诗人叫米尔扎(Mirza),此处泛指诗人。

你想行事稳妥，就必须会
分辨蛇毒和解毒的药物——
当然啦，既能高高兴兴地
享受高尚行径的纯粹之乐，
又能三思而行，有所不为，
免遭随之而来的永劫之祸，
更是万无一失的上佳之策。
可怜的埃布苏德[①]如此落笔，
愿真主宽恕他所有的罪过。

德国人心怀感激

神圣的埃布苏德，你判得有理！
诗人希望有你这样的圣者：
要知道他需要继承的正是
越出法典规范的细枝末节，
以便在痛苦中仍旧乐乐呵呵，
立身行事照旧地豪放不羁。
蛇毒和解毒药在诗人想必
彼此难分，蛇毒不致人死命，

---

① 埃布苏德（Ebusuud，1490—1574）是君士坦丁堡有名的法官。他对哈菲兹歌颂现世欢乐的诗作违犯教义的控告的裁决，可谓开明又聪明。

解毒药也就不能将人治愈；
要知道真正的人生不过是
行事永远天真无邪，即使
有害吧也仅仅损害他自己。
如此这般，老诗人①就可望
像个洁白无瑕的小小少年，
被天女们殷勤地迎进天堂。
神圣的埃布苏德，你判得有理！

判　　决

穆夫提诵读米斯里的诗，②
一首一首，自始至终，
然后把它扔进了火中，
这部美妙动人的诗集。

高贵的法官言道：任何人
言论信仰如米斯里必被烧死——
唯有他例外，可免受火刑：
须知安拉把天赋给了诗人。

---

① 此处的"老诗人"和诗题中的"德国人"都系歌德的自称。
② 穆夫提（Mufti）为伊斯兰教的宗教法学家和经典诠释者；米斯里（Misri, 1617或1618—1699），诗人兼一个被指责为传播异端邪说的教派的创立者。

尽管滥用才华，堕入歧途，
他终究盼望皈依安拉真主。

无　　限

你不会结束，这是你的伟大，
你没有开端，这是你的造化，
你的诗歌像星空般循环回转，
开端和接尾放射同样的光华，
那处于中间地位的，显然，
在开端已存在，在结尾仍留下。

你是真正的诗人之泉，
涌出一个个欢乐的波浪。
你是时刻准备接吻的唇，
是发自肺腑的甜美歌唱，
你是永远渴望痛饮的喉，
是善良而又坦荡的心肠。

让整个世界尽管沉沦吧，
哈菲兹，我要同你竞争，
只有你与我是孪生兄弟，
让我们共享痛苦与欢欣！

像你一样地爱，一样地饮，
将成为我的骄傲和生命。

吟唱吧，歌，以你火热的感情！
因为你更古老，也更新颖。

模　　仿

我渴望把握你的韵律，
就连那重复①我也欢喜，
先立意然后遣词造句；
不让同一个音再次响起，
除非要表现特殊的含义，
天之骄子啊，就像你！

一颗火星能烧掉一座京城——②
当它蔓延开来，烈焰腾腾，
火先生出风，风再助火威，
即使熄灭也向星空中消遁——
就这样，你用永恒的烈焰，

---

①　此处的"重复"指流行于阿拉伯的加扎勒诗体（Gasel或Ghasel）中的偶句，总是以相同的字词结束。

②　歌德此时大概想到了1812年9月焚毁俄国京城莫斯科的那场大火。

重新鼓舞一颗德意志的心。

★

固定的格律自然讨人喜欢,
天才圣手多半也乐此不疲;
然而很快它就会令人厌烦,

没有血肉,只是一些面具;
要是不认真寻找新的韵律,
不努力把僵死的形式抛弃,
卓越的精神也难讨人欢喜。

公开的秘密

他们称你为神秘之舌,
神圣的哈菲兹,
那些咬文嚼字的学究,
他们不懂言语的价值。

你使他们觉得神秘,
因为他们心存妄想:
想用你那纯洁的名字,

去卖他们掺水的酒浆。

因为他们不理解你，
你确乎纯洁得神秘，
你不虔诚却享极乐！
他们不信你有此能力。

示　　意

我责怪的人，他们倒也有理：
须知，词语真不是简单东西——
这件事想必不用我多言。
词语是把扇子！扇骨之间，
有一双美眸在往外偷觑。
折扇不过是薄薄的纱巾，
纵然能将她的面孔遮掩，
却没法使姑娘不露形迹，
因为她最美莫过一双媚眼，
与我四目相视，明如闪电。

致哈菲兹

你知道众人希望什么，

对此已经深有所感：
不论是草民还是王者，
我们全都渴慕羁绊。

它使人感觉既苦且甜，
谁曾对它进行反抗？
尽管有人把脖子折断，
其他人却依旧癫狂。

原谅我，大师，你知道，
我经常是多么放肆，——
每当她吸引我的目光，
如窈窕悦目的柏枝。

她轻移着纤纤的秀脚，
似根须与大地亲昵；
她的眼波如云絮缥缈，
东风吹拂是她呼吸。

种种预感将我们催逼，
面对她浓密的卷发，
褐色的柔丝盘绕堆积，
在风中诉说着情话。

这时候，她前额敞亮，
你的心潮随之平复，
但听歌声真切而欢畅，
足以将你灵魂安抚。

她还把芳唇轻翕慢阖，
既可爱又令人销魂，
你因此突然获得解脱，
甘受新的锁链囚禁。

呼吸因此一去不复返，
灵魂向着灵魂奔去，
阵阵体香幸福地弥漫，
如流云消逝无痕迹。

然而当欲火过于炽烈，
你便伸手端起酒盏：
于是乎侍者往来奔走，
一次一次将酒斟满。

他目光烁烁，心潮激荡，
希望获得你的教益，
美酒既使你神清气爽，

该能道出生之奥义。

广阔世界为他展开了,
内心幸福而又安宁,
他胸脯宽了胡须浓了,
终于真正长大成人。

倘使心灵和世界之秘,
你已全部洞悉通晓,
请殷勤地指点思想者,
如实揭示个中奥秘。

还有王座上那些尊者,
我们同样不能不管,
给君主进善意的谏言,
也向大臣提出规劝。

你知悉一切,歌吟一切,
今天明天,从不间断:
你亲切地陪伴着我们,
我们的人生虽苦犹甜。

爱情篇

告诉我,
我的心有何渴望?

珍视我这颗心吧,
它在你身旁。

典　　范

听我告诉你六对爱侣,
　　并把他们好好牢记:
言语煽起炽烈的情欲,
　　是鲁斯坦与罗达妩。①

---

①　鲁斯坦(Rustan)系波斯传说中的英雄。诗中歌德张冠李戴,把其父扎尔(Zal)与罗达妩(Rodawu)恋爱的故事安在了他身上:扎尔新任驻喀布尔省的总督,拒绝了当地土王派人送来的邀请,因为土王与波斯君主不和。来人回去后描述年轻的总督如何如何英俊,引得土王之女罗达妩顿生爱慕。扎尔呢,在听说罗达妩的美貌后也一样动了心。后来,二人不顾父母和波斯国王的反对结为夫妇,生了一个儿子即鲁斯坦。

未曾相识却深爱着他，
　　是尤素福与苏莱卡。①
倾心恋慕却好事难成，
　　是菲尔哈德与茜琳。②
一往情深，所求无它，
　　是梅基农与莱拉。③
终生相守，直至白发，
　　是杰米尔与博泰娜。④
卿卿我我，甜甜蜜蜜，
　　是所罗门与褐发女！⑤
你要是牢记住了他们，
　　就会爱得坚定深沉。

---

① 苏莱卡只在梦中见到了尤素福（Jussuph，即《圣经》中的Joseph），便深深爱上了他。在波斯诗人的笔下，苏莱卡成了纯洁无私的爱的化身。

② 雕塑家菲尔哈德（Ferhad）与波斯王霍斯鲁（Chosru）的王妃茜琳（Schirin）相互爱慕，国王设下圈套令菲尔哈德绝望自杀，茜琳也郁郁寡欢而终。

③ 在波斯文学中，梅基农（Medschnun）乃痴情男子的代名词和化身，他与莱拉（Leila）哀婉动人的恋爱故事广为传诵。

④ 杰米尔（Dschemil）到了晚年还写诗歌颂妻子博泰娜（Boteinah），虽然在外人眼里她"又黑又瘦"。

⑤ 关于所罗门（Salomon）与褐发女郎恋爱的故事，见《圣经·雅歌》第1章第5节。

还有一对儿

是啊,爱情的功绩很多很多!
谁还能得到更大的收获?——
你虽不强壮,虽不富裕,
却堪与最伟大的英雄相比。
瓦米克和阿斯拉的情史,①
众所周知如先知的事迹。——

没谁不知道他俩的声名,
只要一提起便无须细论。
谁了解他们的所作所为!
我们只知他俩爱得真诚,
这样回答就够啦,若有人
把瓦米克和阿斯拉打听。

书　　本

众多书本中最奇妙的书,
是那爱情之书,

---

① 有关这一对恋人的诗歌和小说据认为已经失传。

我曾专心致志将它阅读：

欢乐的篇幅不多，

却有整章整章的痛苦。

离别自成一节；

重逢，唉，断简残牍！

一卷一卷的苦闷，

再加上没完没了、

不知节制的长注。

呵，尼扎米！——你终于[①]

找到了解脱之路；

可谁来解那解不开的结呢？

相爱者，当他们重聚一处。

★

是啊，是那眼睛，那嘴唇，

曾将我注视，将我亲吻！

臀部结实，身段丰盈，

仿佛极乐天国已经降临！

她曾来过？现在何处？

[①] 此诗原为模仿土耳其诗人尼莎尼（Nischani）之作，歌德有意将原作者的名字隐去，改成了比他早许多个世纪的波斯诗人尼扎米（Nisami）。

是啊！她来过，临行匆匆
还赐福于我，委身于我，
也束缚了我的整个生命。①

告　　诫

当初我也曾十分乐意
让卷发给紧紧缠绕，
所以我和你，哈菲兹，
遭遇一样本是同道。

可如今，她们将长发
在头上编成了辫子，
戴着头盔进行战斗，
沉着老练如同我和你。②

然而谁只要认真思索，
就不乐意被人强迫：

---

① 歌德作此诗时想到的可能是他的情人玛丽安娜·维勒美尔（Marianne Willemer）。
② 此诗成于1814年夏天。对"戴着头盔进行战斗"可作多种理解：一可理解为暗指那些女扮男装参加反对拿破仑的所谓解放战争的女性，二可理解为当时流行的一种形如武士头盔的女帽，三可理解为盘在头上后颇像头盔的发辫。

对锁链避之唯恐不及，
却自投轻软的网罗。

沉　湎

卷发蓬松的圆圆的头颅！——
要是允许我伸展开五指，
用两手将它的浓发梳理，
我就会从心底获得康复。
要是我再吻那额、眉、眼、口，
更会抖擞精神，不知有个够。
这五指梳，它该停在何处？
它又已经返回卷发深处。
还有耳朵也不拒绝游戏，
这儿没有肉，只有皮，
然而却可爱而细腻！
只要一摸着她的头啊，
手就会在那浓密的发间
来回抚摩，永不停息。
你也曾这样，哈菲兹，
现在咱们就从新开始。

疑　　虑

让我来说说它好不好，
你指上这美丽的祖母绿？
有时候言语也挺必要，
但经常缄默更加有益。

我只说，它颜色翠绿，
真正是叫人赏心悦目！
我不讲，你也得留意，
它会压出伤疤和痛苦。

这又有啥！请往下念！
干吗如此虚张声势？
"绿宝石可爱又危险，
你这个人也生来如此。"

★

亲爱的，唉，自由的歌
被关进了僵硬的书本，

它们曾在纯净的天国,①
欢快地来来回回飞行。
万物都将随流光毁灭,
唯有诗歌啊万世长存!
每一行都会不灭不朽,
像爱情一样获得永生。

无所慰藉

半夜里我痛哭哀泣,
只因失去了你。
这时走来夜的精灵,
我实在难为情。
夜的精灵啊,我说,
平素你们来时
我已经睡去,今晚
却见我哭哭啼啼。

我失去了我的至宝。
往常你们称我智者,
我遭到了厄运,
别对我啊心存鄙夷!——

---

① "天国"指歌德当时正旅游的美茵河与涅卡河之间的地区。

夜的精灵随即
拉长了面孔，
离开我身旁，
对我是智是愚
全然不感兴趣。

知　　足

"你真叫痴心妄想，
竟以为征服了那女郎。
我可一点不感到高兴，
谄媚她原本在行。"

诗　　人

占有她我挺满意！
这样想自有道理：
爱情本是自愿的赠送，
谄媚乃逢迎阿谀。

致　　意

哦，我多么多么幸福！

一只呼德呼德跑过面前,①

正当我在河滨漫步。

我捡拾古海的贝壳,

在化石中寻找遗骨;②

呼德呼德踅过来,

舒展头上的冠羽;

不屑而趾高气扬,

活着的飞禽

嘲弄死的生物。

呼德呼德,我说,真的!

你是只美丽的鸟儿。

快去吧,你这呼哱哱!

快去告诉我的爱人,

说我永远永远,

永远属于她。

想当初,你不

也替所罗门

和示巴女王

把好事撮合!

---

① 呼德呼德（Hudhud）是戴胜鸟的波斯俗名,犹如我国民间根据它的鸣声也称其为"呼哱哱"。

② 诗人歌德一生致力于科学研究,搜集化石和生物标本是他的一大爱好。

认　　命[①]

你行将逝去仍如此和蔼，
你日渐憔悴仍歌喉迷人。

诗　　人

爱情把我当敌人对待！
我乐于承认这件事情，
唱起歌来也心情沉重。
你只瞧瞧那些个蜡烛，
临到熄灭却越发光明。

★

爱的痛苦寻找栖息地，
那儿既荒凉又寂寥；
于是来到我荒芜的心里，
在虚无当中安身落脚。

---

① 此诗系模仿哈菲兹。

难　免

草地上的那些鸟儿，
谁能命令它们安安静静；
正剪毛的那些羊儿，
谁能禁止它们动个不停？

设若我也长着卷毛，
难道一定就桀骜不驯？
不！使我桀骜不驯的，
是弄乱我毛的剪毛人。

我仰望蓝天纵情歌唱，
向白云吐露肺腑之言，
说我已将她深深爱上，
看谁想来将我阻拦？

秘　密

我的爱人媚眼含情，
能叫大家伙儿看呆；
而对我这个知情人，

它的意义十分明白。

它的意思是：我爱此人，
而非别的那位这位；
你们正派人啊，别再
发痴发傻，相思受罪。

不错，她环视着四周，
确有巨大无比的魅力；
可她哪只是想告诉他，
下次幽会在何地何时。

绝　　密[①]

我们是些好奇的人，
拼命窥探别人的秘密，
想知道哪个是你相好，
以及你可有许多情敌。

---

① 1810年6月，歌德在卡尔温泉疗养地邂逅年轻的奥地利王后玛利亚·路多维卡，在随后的交往中与她建立了亲密的关系，并在致友人的书信里谈到有关情况。路多维卡知悉后深感不安，要求歌德在书信和作品中千万别再提到她以及他俩的交谊。歌德这首题名《绝密》的诗就与此有关。

看得出,你已在恋爱,
对此我们很感到高兴;
可要说她有多么爱你,
我们实在是没法相信。

诸位尽管去找她无妨,
只有一点请细听我言:
她来时你们会被惊呆!
她去了你们仍然留恋。

诸位知道在阿拉法特圣山
舍哈卜-艾丁如何脱下外套;①
不管谁只要照他行事,
你们就不能称他傻帽儿。

设若在皇帝的宝座前,
或当着他的宠妃爱姬,
啥时候提起你的名姓,
你就该当作最大恩赐。

---

① 舍哈卜-艾丁(Schehab-Eddin)是波斯宗教领袖。当他最后一次到麦加的阿拉法特山朝圣时得知,他曾在真主面前被提起,便高兴和感激得扔掉了外衣。

所以梅基农临终之时,[①]
痛心疾首仅一个原因:
当着被迫另嫁的莱拉,
再不准提起他的姓名。

观察篇

请听七弦琴发出的忠告;
可是它只有益于善听者。
金玉良言也会遭到讥嘲,
如果听琴人长着双牛耳。

"七弦琴说什么?"它高声道:
最漂亮的新娘并非最好;
你要想与我们为伍合流,
就必须将至善至美追求。

五种情况

五种情况得不到五种结果,

[①] 参见《典范》一诗之注。

想听取教训就把耳朵张着：
心高气傲不会有友情萌芽，
粗鲁无礼无异于卑劣低下；
一个恶棍绝对成不了伟人，
嫉贤妒能者不会把人同情；
撒谎者休想获得忠诚信赖——
不管谁反对，都牢记胸怀。

又五种

什么使时间变得短暂？
　总把事干！
什么使时间停滞不前？
　游手好闲！
什么使人身负重债？
　老是等待！
什么使人大把赚钱？
　当机立断！
什么使人获得荣耀？
　洁身自好！

★

当姑娘秋波盈盈，那目光十分可爱；

当酒徒举起酒杯,那目光也挺和蔼;
如果问候来自权高势重的君王,
受宠者便如沐暖意宜人的秋阳。
然而比这一切一切都更加感人:
当你时常目睹人们谦卑又殷勤,
伸出手来接受你给的小小赠予,
眼里含着对施舍者的深深感激。
这样的目光和致意胜似万语千言!
看着它你会乐善好施,永远永远。

★

《五经》中所载所记,[①]
都无不发自你的肺腑;
谁得到你的亲手赠予,
你便像爱自己般爱护。
快欣然拿出一分一文,
别在遗嘱中堆积金山,
与其用记忆存贮它们,
不如抓紧施舍在目前。

---

① 《五经》(*Pend-Nameh*)是一本波斯格言录。

★

你骑着马经过铁匠的作坊,
不知他何时会给你钉马掌;
你瞅见旷野里有一间茅屋,
不知它可为你藏着位娇娘;
你遇见位英俊勇敢的青年,
不知将来你强还是他更强。
你最有把握的是那葡萄树,
它将为你把鲜美果实献上。
其余的话我不愿反复言说,
你面对的世界就是这模样。

★

要尊重陌生人的问候!
就像它来自一位老友。
稍事寒暄随后就道别!
你东他西,各自把路走——
许多年后你俩不期而遇,
于是一迭连声,又惊又喜:
是的是的!可不可不!

一切就跟发生在昨天，
未曾分道扬镳，山高水远。
且请互通有无利益共享！
好使旧交新谊相得益彰——
第一次的寒暄贵赛万金，
谁问候你都该亲切回应。

★

一说起你的缺点，
他们总滔滔不绝，
而且还煞费苦心，
为讲得绘声绘色。
愿他们也亲切地
谈一谈你的优点，
并给你坦诚忠告，
帮助你图新从善——
确实！对世间至宝，
我并不蒙昧糊涂，
尽管那隐士的居所
只许少数宾客进入。
如今我终于获选，
来做你入室弟子，

请教我虔诚地赎罪，
当人们有了过失。

★

书市刺激你的购买欲；
知识膨胀，无边无际。
谁要静静地环顾四周，
就了解爱情何等有益。
与其孜孜不倦夜以继日，
扩大见闻，增长知识，
倒不如去别人门前细听，
弄清该怎样获取真知。
你要想得到公平正义，
就该体验真主的正义：
谁燃烧着纯洁的爱火，
他绝不会被真主遗弃。

★

我曾经多么正直，
然而却常犯错误，
如此地年复一年，

我真是没少受苦;
说器重又不真重视,
不知到底咋回事?
于是我打算当坏人,
而且要勤奋努力;
可是怎么都想不通,
也因此苦闷得要死。
我终于想:正直
还是比什么都好,
虽然活得有些寒碜,
心里却踏踏实实。

★

别打听通过哪扇门[①]
你来到了真主之城,[②]
待在这安静地方吧,
既然你已在此栖身。

---

① 1815年6月10日,魏玛两位高官庆祝自己入宫任职的多少多少周年,其时羁旅于威斯巴登温泉城的歌德写了这首贺诗,并让自己儿子奥古斯特送去,借此也想教育奥古斯特。
② "真主之城"在此喻尘世。

随后四处寻访贤士,
寻访有权势的强梁,
前者将会给你教益,
后者使你行动坚强。

你若能干而又冷静,
报效国家竭尽忠诚,
听着,没谁怀恨你,
倒能赢得众人尊敬。

忠诚也受君主赏识,
能让事业蒸蒸日上;
新秀也才经住考验,
新的老的紧相依傍。

★

我来自何处?这仍是个问题,
对自己的来路,我十分地糊涂;
在眼下,在此地,晴空万里,
痛苦和欢乐像朋友相聚在一处。

它俩和睦相处,幸福又甜蜜!

孤孤单单，谁还想笑，还想哭？

★

旅途中难免有后有先，
后面的后面总还有别人；
因此让我们坚定勇敢，
在人生之路上大步前行。
行进途中你左顾右盼，
还停下脚步去采摘花朵；
可缠绕你脚步的羁绊，
倒以做人虚伪最最险恶。

你们对待女性要宽容

对女性你们要宽容厚道！
她乃用弯曲的肋骨造成，[①]
上帝没法使她身板笔挺。
你想扳直她，她会断掉；
你随她去吧，她会更弯；

---

① 据《圣经·旧约·创世记》第2章第7—22节，上帝先用泥土创造了男人亚当，然后再从亚当身上取一条肋骨创造出女人夏娃。

善良的亚当,什么更糟糕?——
对女性你们要宽容厚道:
你们断条肋骨总归不妙。

★

人生犹如一场恶作剧,
这个缺这,那个少那,
一个想多,另一个更多,
不惜用能耐和幸福相搏。
人人不愿忍受却得忍受,
倘使有不幸自动来掺和。
临了儿总有子孙兴冲冲地
继续扛这"不想却得"的重荷。

★

人生就好比下鹅棋,①
你前进得越是快捷
便能越早达到目的,

---

① 一种以掷骰子决定向前移动棋子步数的游戏。棋盘分63格,格子里分别画着鹅、桥、房子、花园,等等。

谁也不肯原地停歇。①

人们常说鹅挺愚蠢，
噢，别听他们胡诌：
一旦有只鹅掉转身，
就说明我该往回走。②

这世间情形完全两样，
人人都匆匆往前赶，
即使有同伴绊倒了，
也没谁转脸瞅一眼。

★

你说岁月夺走了你很多很多：
夺走了感官游戏的特有快乐，
以及对昔日卿卿我我的回忆，
还有浪游四方的雅兴，甚至
来自主上的赏识嘉奖，它们

---

① 在第58个格子里画着一只死鹅或其他代表死亡的标记，棋子不巧落进此格就意味着出局，也就是说输了。
② 有几个格子里画的是只掉头看的鹅，棋子走到这里就得往回走。

也不再令你欣喜，你再不能
从事业中不断获得满足之感，
也没了敢作敢当的豪迈大胆，
真不知你还剩下特别的什么？

剩下挺多！就是理念和爱呵！

★

你若去拜见一位智者，
无论怎样都总有所得！
你长期忍受痛苦煎熬，
他立刻能把病根找到；
你也可希望获得赞赏，
因为他了解你的所长。

★

乐善好施者常遭受欺骗，
刮皮吸血者血反被吸干，
精明能干者常为人误导，
旷达明智者被变成草包，
处世严厉者人都会回避，

头脑简单者总中人圈套。
好好记住这些骗人把戏,
受骗者,你不妨行骗去!

★

能发号施令者就能表扬,
当然同样会责骂你,
忠实的奴仆啊,这两样
全都是你无法回避。

他表扬不足道的琐事,
该赞扬却大加谴责,
可你始终得有好心绪,
以经受住他的考核。

大人们啊,面对真主
你们行事得像奴婢,
逆来顺受,耐劳吃苦,
并永远保持好心绪。

致沙赫·塞疆及其同侪①

穿过外阿克撒那人的
军乐声声,②
我们的赞歌勇敢地
伴你前行!
我们行进在你身旁,
无所畏惧,
默祝你福寿绵长,
帝国昌盛!

无上的恩宠

在放荡不羁的早年,
我曾幸遇一位恩主,③
多年后行事已检点,

---

① 波斯国王沙赫·塞疆是哈菲兹的庇护人和恩主,当政时对文艺和科学多有促进。他的所谓"同侪"在歌德心目中显然是魏玛公爵卡尔·奥古斯特,此诗实际上是对奥古斯特大公的赞颂。

② 外阿克撒那人即生活在阿克苏斯河彼岸的土耳其部族。这里指的是卡尔·奥古斯特曾与之作战的拿破仑军队。

③ 恩主仍指卡尔·奥古斯特,歌德初到魏玛时才26岁,刚刚脱离了方兴未艾的狂飙突进运动。

我又遇着一位主妇。①
他们没少将我考验,
发现我原本很忠实,
细心地保护关怀我,
当我如瑰宝般珍视。
没谁侍奉两位主人,
自始至终同样幸运;
恩主和主妇都庆幸
找到了我这个臣仆,
而我遇上他们,也就
吉星高照,分外幸福。

菲尔杜西如是说②

"世界啊,你多么无耻,多么恶毒!
你养育人类,同时却又将人类杀戮。"

只有得到安拉恩宠的那些人,
才能养育自身,才有生命力和财富。

---

① 主妇指卡尔·奥古斯特的妻子公爵夫人露意丝,她同样热衷于提倡文艺。
② 菲尔杜西(Ferdusi,约940—1020或1026),波斯诗人,下面的两行诗出自他的《王书》(*Shahnameh*)。

★

什么叫财富？难道温暖的阳光
乞丐不能享受，就像你，就像我！
他随心所欲，快乐如上了天堂，
难道有哪个富翁会厌弃他这快乐。

杰拉尔-艾丁·鲁米说[①]

你流连世间，世界如梦遽逝，
你漂流东西，命运划定区间；
不论寒暑，你都没法将它握紧，
你青春焕发，转瞬即是衰年。

苏莱卡说

明镜告诉我，我是一个美女！
你们讲：我命定了也会老去。
在真主面前，万物必将永存，
爱我心中的主吧，就在此际。

---

① 杰拉尔-艾丁·鲁米（Dschelal-eddin Rumi）为13世纪波斯神秘派诗人。

郁愤篇

★

你从何处弄来这东西?①
它怎么落到了你手里?
可是从生活的破烂中,
你搞来了这些引火绒,
为了煽起情火的余烬,
让它重新又烈焰腾腾?

请你们千万别以为,
这火星太平凡卑微;
在无比遥远的地方,
在繁星映照的海洋,
我从未将自我失落,
我像开始了新生活。

---

① 指前边那些使西方读者感到陌生的阿拉伯风格的诗歌。

白色羊群好似巨浪,
汹涌弥漫道道山冈,
受着牧人悉心照看,
他们待客殷勤、随便;
那儿的人安详宁静,
一个个都讨我欢心。

在阴森恐怖的夜晚,
总有遭袭击的危险,[①]
驼群的一声声哀鸣,
直刺入耳鼓和灵魂,
令赶驼人心惊胆战,
丢弃幻想,不敢怠慢。

如此地向前再向前,
沙漠变得越广越宽,
我们的旅程啊长又长,
好似永无止境的逃亡,
唯见那大漠的深处,
蜃楼海市,一带蓝雾。

---

① 沙漠中的商队经常会遭到匪帮和土著游牧部族的袭击、抢掠。

★

你没法找到一位诗人,
他不自诩为诗坛翘楚,
你没法找到一位琴师,
他不偏爱自制的乐曲。

我不能因此责怪他们:
难道我们给别人赞誉,
自个儿必定会掉分儿?
别人活,你不照样生存?

在某些豪华的接待厅,
我却偏偏发现有些人,
他们的嗅觉如此迟钝,
竟老鼠屎与胡荽①不分。

破旧的扫帚总是憎恨
结实又好使的新扫帚;
新扫帚同样不肯承认,

---

① 胡荽是一种香料。

从前还有过别的扫帚。

有两个民族各行其是,①
你鄙视我,我鄙视你,
没有谁愿意承认事实:
他们的追求原本一致。

说别人既粗鲁又自私,
骂起人来一声接一声,
殊不知正是他们自己,
对别人成就愤愤不平。

★

谁要是过得快活又有味,
邻居马上想让他吃苦头;
有为者真要健康又有为,
他们巴不得向他扔石头。
可是等到人家一命呜呼,
他们又会募集大笔资助,
为表彰他生前勤劳刻苦,

---

① 指德、法两个民族长期不和。

执意替他把纪念碑建竖。

不过呢,大伙儿倒应该
好好儿权衡自己的利弊:
把这个好人永远忘掉吧,
难道不更聪明,更得计。

★

高压强权,你们会有所感,
无法从这个世界上清除;
我因此乐于与他们交谈,
不管是暴君,还是英主。

就因为心胸狭隘的傻子
老在那里拼命自吹自擂,
还有孤陋寡闻的半吊子
老想要把我们奴役支配,

我于是宣布不受谁约束,
不管他是傻瓜或是圣哲,
圣贤不因此感到不舒服,
傻瓜却会气得肺脏破裂。

他们想，仁爱抑或强权，
我们最终都得俯就、附和，
想使我们的太阳变昏暗，
把我们的树荫变得炎热。

哈菲兹和乌利希·胡滕[①]，
他俩都不得不拿起武器，
跟褐袍和蓝袍进行斗争；[②]
我的敌人却普普通通的。

"请说出你的敌人的名字！"
他们真叫谁也没法分辨：
因为就在我们的教区里，
我已经因他们受够苦难。

★

如果你独善其身，
我绝不将你责备，

[①] 乌利希·冯·胡滕（Ulrich von Hutten, 1488—1523），德国16世纪著名的人文主义者和作家。他支持宗教改革家马丁·路德，因此成为罗马教皇的敌人。著有诗歌、警句和散文随笔，代表作为《蒙昧者书简》。
[②] 胡滕的敌人天主教教士穿褐色长袍；哈菲兹的敌人伊斯兰教苦行僧穿蓝袍。

你甚至施善于人，
瞧，它更使你高贵；
可你要筑起樊篱，
将你的善来围上，
我仍会自由不羁，
绝不会受骗上当。

须知人本性善良，
而且会越加向善，
如果哪个不这样，
其他人便照着干。
因为没谁会呵斥，
要是途中有人讲：
咱们目的地一致，
喏，就该结伴前往。

然而这儿或那儿，
我们总遇见麻烦。
情场的帮手伙计，
绝没谁真正喜欢。
还有金钱和荣誉，
谁都想一人独占，
酒看似秉性忠实，

最终却将人离间。

关于这样的事体，
哈菲兹也曾谈过，
为考虑某件蠢事，
他险些想破脑壳。
要说逃离这人世，
我看也没啥好处，
就算是糟糕之极，
你还得咬牙挺住。

★

事物总会默默地发展，
好像这样才合乎名分！
我却热爱那至美至善，
它似由主的身心塑成。

我爱某人，此乃必须；
我不憎恨任何一个人，
可要叫我恨我也愿意，
而且会恨得透彻充分。

对人们你要仔细审视，
观其善行，观其恶行；
他们所说的完美之极，
多半不是什么好事情。

须知要想把握住真理，
必须踏踏实实地生活，
闲游浪荡，徒逞言辞，
我想只会将时光蹉跎。

真的！吹毛求疵者正该[①]
与破坏分子沆瀣一气，
那撒台先生如此一来
准会成老子天下第一。

只要不断地进行改革，
每人每天都听见新闻，
同时又不乏消遣娱乐，
搅乱人人内心的安宁。

此乃国人的喜好、愿望，

[①] 歌德在此讽刺那些轻薄而低能的批评家。

不管自称德国人或是
特国人①，过去将来都一样，
总在低声把那歌儿哼。

★

梅基农意思是——我不想说，
他只是个狂人的化身；
不过你们千万别骂我，
我以梅基农自诩自称。

当我胸中充满着至诚，
发出拯救你们的呼唤，
你们可别叫：他是狂人！
快拿绳子，快取铁链！

临了儿，智者戴着枷锁，
在你们眼前忍受熬煎，
面对此情景无可奈何，
你们恐怕也如坐针毡。

---

① "特国人"系Teutsch一词的音译。Teutsch为Deutsch的古写，为近代德国一些民族主义者、国粹主义者和复古主义者所习用。

★

我曾给你们出谋献策,
教你们怎样进行战争?
战后你们将和约缔结,
我不是还责骂过你们?

我同样曾静静地观察,
渔夫们如何捕鱼撒网,
使用角尺是个好办法,
无须告诫在行的木匠。

可你们却以为胜过我,
比我拥有更多的见识;
要知道我曾潜心思索,
已掌握大自然的奥秘。

你们自觉同样强有力?
那就干好自己的事情!
不过先看看我的业绩,
学一学:他怎么进行。

漫游者心安理得

对于人间的卑鄙,
没有谁好发怨言;
卑鄙强大而有力,
不管你愿意不愿。

它能够支配罪恶,
暴富于一夜之间,
它能够役使美德,
完全随自己心愿。

漫游者啊!——你妄图
抗拒这人间的灾难?
它犹如旋风和粪土,
干脆任其扬尘旋转。

★

谁要向世界索取它自己
失去了和梦想着的东西,
不住地回首或左顾右盼,

结果他反倒放过了眼前！
世界的努力和良好愿望
瘸了腿，很难将浮生追赶，
你几年前用得着的东西，
它给你，却推迟到今天。

★

自我夸耀是一个缺点，
为善之人却无一幸免；
他虽说不善珍惜言辞，
善事仍不改善的性质。

愚人啊，你们就让智者
快乐地以智者自居吧，
他会浪费世人乏味的
感激，像你们一样痴傻。

★

你以为口口相传的事
真那么有用又可靠？
传言哦！你这傻子！

多半也是胡编乱造。
首先进行分析判断,
用你已抛弃的理性,
唯有它能将你拯救,
使你摆脱轻信之链。

★

法国人也罢,英国人也罢,
意大利人或德意志人也罢,
这人那人全都一个德性,
什么对他有利他就干啥。

须知他既不会称赞众人,
也不会承认某人的德行,
要是这样不能突出自身,
而且效果显著,立竿见影。

只要坏事今天还有得干,
能够赚取来足够的利润,
好事哪就可以推到明天,
让思想高尚的人去完成。

这便是三千年的文明史,①
谁不会正确地总结、认识,
谁就只能永远蒙昧无知,
就将虚度光阴,日复一日。

★

往常引用神圣的《古兰经》,
总要注明出于某章、某段,
因此穆斯林都感到良心
宁帖,这也是理所当然。
而今释经师并不更高明,
却新旧掺和,夸夸其谈。
于是思想混乱与日俱增,
神圣的《古兰经》和良心的安宁哦,可叹!

先知有言

真主保护并赐福穆罕默德,
要有谁因此感到愤愤不平,
那他最好把自己吊在家中

---

① 一般认为欧洲已有3000年左右的历史。

最粗大的横梁上,用一根
结实的麻绳!绳子非常牢靠,
他慢慢会发觉怒气在消遁。

帖木儿如是说

什么?你们这帮伪善的僧侣!
你们骂我自大傲慢,心比天高?
如果安拉注定了我成为小蛆,
那他已经把我造成蛆虫一条。

格言篇

★

这一卷里我撒了些护符,[①]
如此便会实现和谐平衡。
谁用信仰之针点刺经书,

---

① 穆斯林多以刻上铭文的红玛瑙和缟玛瑙作护身符。

无处不有善言令他高兴。①

★

从今天今日，从今晚今夕，
别指望别的什么，
除了昨天已带来的东西。

★

生于乱世困厄中的人，
困厄也会令他舒心。

★

事情是难还是易，
唯创造和实现它的人知悉。

★

大海永远潮起潮落，

---

① 穆斯林以针点刺《古兰经》，相信所刺中的经文即真主的谕示。

陆地永远没法阻遏。

★

为什么我时时感到忧伤？
生命何其短，白昼何其长。
心永远怀着远方的向往，
不知道是否想飞到天上；
可是它总渴望离去，离去，
巴不得远远地躲开自己。
可一旦飞进了爱人怀里，
就像憩息天国，无思无虑；
尽管生之漩流滚滚向前，
它却流连在同一个地点；
不管有何向往，有何失落，
最后唯剩下愚蠢的自我。

★

命运要是考验你，准自有原因；
它想教你忍耐！你得默默遵循。

★

趁白昼未去,男子汉就该奋发,
夜晚一到来,谁想干也没办法。

★

你想把世界怎样?它已造好,
造物主一切都考虑得很周到。
命运已注定,你得严格遵循,
道路已开辟,你请结束旅程:
忧虑和苦闷都不能将其改变,
只会将你摔得不断失去重心。

★

倘若有什么人意气消沉,
怨希望破灭,办法失灵,
可毕竟还有亲切的话语,
它永远不乏宽慰的效力。

★

"你们的举止竟如此愚笨,
让幸运姑娘自己上了门!"
可是姑娘她丝毫未见怪,
仍一次一次地来了又来。

★

我的遗产何等美好,何等宽广!
我的财富是时间,时间是我的田庄。

★

纯粹出于爱善而行善!
把这美德融进你的血液;
即使子女辈有所改变,
对孙子孙女仍有所裨益。

★

恩维里说,心性高卓,思想深刻,

这样的男子就是人中的豪杰：
正直、随和而又富于判断力，
这些品格时时处处对你有益。

★

干什么老是怨恨你的敌人？
难道要他们成为你的友人？
你生性与这种人正好相反，
对他们永远是无声的批判。

★

说到什么愚蠢最难容忍，
莫过于傻瓜告诉聪明人：
他们呀每逢重大的节庆，
行为表现定要检点谦逊。

★

即使真主是个坏邻居，
就好像我，就好像你，
咱俩也并无多少荣誉；

实际上他让人随己意。

★

承认吧！那些东方的诗人
优于我们这些西方的诗人。
要说我们有什么旗鼓相当，
那就是一样恨自己的同行。

★

无人不是处处争先逞强，
这个世界原本就是这样。
让人人逞强自然也无妨，
但只在其真在行的地方。

★

真主啊，请别对我们恼怒！
能拉选票的也会是鹧鸪。①

---

① Stimme 一词在德语里原义为嗓子、嗓音，也有选票的意思，在此句中可谓一语双关。因此鹧鸪讽喻的就是那些在文坛上善于唱高调和笼络人心的庸才。

★

要是嫉妒已恨不得撕碎自己,
那就让它用它的饥饿填肚皮。

★

要是你想保持尊严,
浑身得把刚毛长满。
用鹰隼可逐猎一切,
唯有野猪不在此列。

★

那帮挡住我道路的教士,
有什么办法能帮助他们?
竖起不能够理解的东西,
想横着认识照样也不行。

★

每个亲历过战斗的勇士,

都乐于将英雄承认、赞颂。
没有谁能认识人的价值，
若不曾忍受过酷热和冰冻。

★

你要想不遭到劫掠，大失脸面，
就藏好你的黄金、行踪还有信念。

★

怎么每个地方都能听见
那么多好事，那么多坏事？
小年轻总重复老祖宗的陈言，
还以为他们就应该如此。

★

不论何时，也别卷进
与其他人的争执、矛盾。
聪明人也会陷入愚蠢，
要是他去和傻瓜争论。

★

为什么真理老远在天边?
总藏匿在深渊的最下面?

★

没有谁能够及时领悟!——
要有及时领悟的本领,
真理就会展现在近处,
而且形容可爱又可亲。

★

你干吗要不停追究,
施舍都流到了哪里!
你把蛋糕投入河流,
谁知道该谁品尝去。

★

有次我打死一只蜘蛛,

曾想我该不该这样干?
须知按照真主的意愿,
生来我也属蜘蛛一族!

★

夜色沉沉,唯有真主身边光明。
可为什么他不照样地创造我们?

★

好一个色彩斑驳的团体!
不分敌友通通坐上真主的筵席。

★

你们骂我这人是个吝啬鬼;
好,请给点什么供我浪费!

★

要我指你看此地的风光,
那你首先得爬到屋顶上。

★

沉默寡言帮你减少忧愁，
欲藏匿自身先管住舌头。

★

一个主人有两名男仆，
多半不会被伺候满意；
一个家庭有两名女仆，
不会打扫得干净整齐。

★

亲爱的人们啊，要始终如一，
永远只说：奥托斯－厄法！①
干吗老讲什么男子和女子，
那不过就只是亚当和夏娃。

---

① 奥托斯－厄法（Autos-epha）：原文为希腊语，意即"他亲口说过"，为哲学家毕达哥拉斯的门徒在援引他的论述时的口头禅，和我们古人常挂在口边的"子曰"差不多。歌德以此诗讽喻那些迷信权威，因循守旧的人。

★

我为何对安拉无比感激？
他让痛苦与知识泾渭分明。
每个病人都会怕得要死，
他要跟医生一样了解病情。

★

真蠢啊，人人都固执己见，
都自诩特别富于远见卓识！
既然顺从真主即为伊斯兰，
那就该在伊斯兰中生和死。

★

谁来世上都会建幢新房子，
在辞世时便把它留给后人，
后人又总替自己另行装饰，
没有人把老房子扩建完成。

★

谁能进我的家门,都可贬斥
我多年来宝贵和珍视的东西;
只是在进门之前他必须留意,
看我对他这个人是否瞧得起。

★

真主啊!请喜欢
这所小小的房屋;
大房子是可以建,
但未必有大用处。

★

你算永远有了保障,
谁也不再能够夺去:
一对朋友,不复忧伤,
两杯醇酒,一部诗集。

★

"虽说罗克曼相貌奇丑,
可他有什么不曾奉献!"①
甜味可不在蔗秆里头,
只有糖分味道才真甜。

★

阿拉伯东方美丽神奇,
影响超越地中海汪洋;
只有热爱、了解哈菲兹,
才懂得卡尔德隆②的歌唱。

★

你干吗修饰这只手,
以至精心得过了分?

---

① 阿拉伯传说中多才多产的摩尔奴隶,出生于埃塞俄比亚,《古兰经》第31章即以其名为篇名。一说他即寓言大师伊索。

② 卡尔德隆(Pedro Calderon de la Barca, 1600—1681),杰出的西班牙巴洛克剧作家和诗人。歌德很重视他融汇着东西方精神的创作,曾在其主持的魏玛剧院改编上演他的戏剧。

左手若不修饰右手,
又该让它干啥事情?

★

即使你把基督的毛驴
赶到了圣城麦加,
它仍不会驯化成骏马,
始终只是头毛驴。

★

泥块经过了践踏,
才又结实又宽大。

★

要它成型就得把它
放进模子,狠狠地砸。
你会认识这种砖头,
欧洲人称它为Pise! ①

---

① Pise 近似于我国农村垒墙用的土坯。

★

善良的人啊,你们不要悲哀!
成功者固然清楚他人的失败;
但只有谁尝过失败的滋味,
才明白别人怎么能够做对。

★

那许多帮过你大忙的人,
你未曾对他们表示谢意!
我因此并不会感到内疚,
他们的好处活在我心里。

★

你必须建立良好的信誉,
对事物有正确的判断力;
希望过奢将会一败涂地。

★

激情之潮冲击坚实的陆地,

白费力气，不能将它征服。
它在岸边抛撒下诗的珍珠，
这难道不就是生活的赐予。

★

亲　　信

你已满足过许多请求，
即使它们对你有损害；
这个好人不存在奢求，
而且不会有什么妨碍。

大　　臣

这个好人的确没奢求，
可我如果立刻满足他，
他也会立刻失去追求。

★

真理如果去屈就谬误，
这挺糟，但却不能排除；
她时不时地有此雅兴，
谁会责问美丽的夫人？

谬误先生要想巴结她，
却会遭到夫人的痛骂。

★

知道吗，我厌烦得要命，
竟有这么多人唧唧哼哼！
将毁掉诗艺的是什么人？
那伙诗人！

帖木儿篇

严冬与帖木儿[①]

严冬团团围住他们，[②]

[①] 帖木儿（1336—1405），元代称雄亚欧的帖木儿帝国的开国大帝，以武功著称史册。1814年12月，歌德在耶拿于一位英国东方学家的关于帖木儿东征大宋朝的拉丁文著作中，读到了一段拟人化的严冬与帖木儿的对话，遂将它改写成了眼前这首诗。1812年拿破仑远征莫斯科为寒冬所阻，遭到惨败，情况与帖木儿惊人地相似，故一般认为歌德以此诗影射了他曾经十分赞赏的拿破仑。

[②] "他们"指帖木儿的大军。

怀着激烈的愤怒,
在他们中浇洒冷气,
还驱赶各式各样的风
迎面将他们袭击。
它把巨大无比的力量,
赋予严寒刺骨的风暴,
它降落在帖木儿的帐中,
对他发出厉声的警告:
"你就悄悄地、慢慢地
前进吧,倒霉的暴君!
难道你还要用烈火,
继续去烧灼人心?
看来你是该诅咒的
妖魔之一!我也是。
你是个老头儿,我同样,
我们都叫大地和人僵死。
火星,你!我,土星,①
我们都是作孽的星宿,
勾结起来更可怕无比。
你屠戮生灵,冷凝
大气——我的严寒

---

① 火星(Mars)在民间传说中象征战争,土星(Saturnus)象征自然灾祸。

却比你有更大的威力。
你麾下的野蛮军队
千方百计地折磨教民——
好吧,只要我还存在,
真主宽恕!就会有更厉害的。
真主明鉴!我对你绝无宽容。
真主垂听,我许诺什么给你!
真主明鉴哦!即使火塘再大,
即使搬来十二月的熊熊大火,[①]
你这老头儿啊,你也没法
将致人死命的严寒抵御。"

致苏莱卡

为了用香气将你抚慰,
为了增进你的快乐,
先得有万千蔷薇花蕾
葬身在熊熊的烈火。

为了送给你一只小瓶,
细长如同你的纤指,

[①] 喻指拿破仑的军队在莫斯科纵火焚城。

好将那香气永远保存，
得把一个世界役使；①

好个生气蓬勃的世界，
充满了旺盛的激情，
已经预感到夜莺的爱，
它的歌声令人销魂。

怎让那痛苦②折磨我们，
既然它令我们欣喜？
不是已有万千的生灵，
被帖木儿的统治吞噬！③

苏莱卡篇

我在夜里寻思，
睡梦中会看见月亮；

---

① 蔷薇和夜莺都是阿拉伯诗歌中的爱情象征。诗中写到如何提炼和存放蔷薇油。
② "那痛苦"只能是为爱而忍受的相思之苦。
③ 此诗被视为《帖木儿篇》与紧接在后边的《苏莱卡篇》之间的过渡，这一节诗也要表明爱情有时像帖木儿一样是个暴君。

不料醒来之时，
天上却升起了太阳。

邀　　请

不可逃避眼前的日子：
须知你追赶的那一天，
它未必就好得过今日；
但你只要快活地流连
在我为了把握世界而
将它置之度外的所在，
你我便一样平安无虞。
今日是今日，明日是明日，
未来的，不可能提前，
逝去的，不可能停滞。
留下吧，我最亲爱的，
须知你能带来，你能给予。

★

苏莱卡痴心地爱着尤素福，①

---

①　尤素福与苏莱卡是一对倾心相恋的爱人，波斯诗人贾米著有同名叙事诗《尤素福与苏莱卡》。可参阅前边"爱情篇"所收的《典范》一诗。

这没有什么稀奇；
他年轻，青春年少便是福，
他英俊，英俊得叫人入迷，
她漂亮，他与她称心如意。
可你，我曾长久期盼的你，
给我送来青春的火热目光，
你现在爱我随后使我幸福，
就该为我所歌唱，
就配永远叫苏莱卡这名字。①

★

你已用苏莱卡当芳名，
我也得另取一个名字。
如果你赞颂你的爱人，
就请用哈台姆这名字！②
不过我并无僭妄之心，

---

① 苏莱卡在波斯语里意为"美丽迷人的少女"。
② 这位自称哈台姆的波斯歌者实为诗人歌德。他的情人苏莱卡在现实生活中的原型则是玛丽安娜·维勒美尔。1814年夏天，歌德在故乡法兰克福的一位友人家中认识了这位年轻貌美且富有诗才的女子，很快便和她心心相印。于是在65岁的老诗人和30岁的才女之间开始了一唱一和，写出了一篇篇优美非凡的情诗。两人虽情投意合，却不能结为夫妇，因为已各有所属，只能享受短暂相处的幸福，忍受长时间两地相思的痛苦。以下的近20首诗便是佐证。

只为了便于人家认识；
谁取名圣·乔治骑士，
并不真当自己为圣人。
我如此贫穷，不能像
哈台姆·泰伊乐善好施；[①]
也不想做诗人中的首富，
如同哈台姆·佐格拉伊。[②]
但也不漠视他们两位，
因为也并非一无可取：
能够获取并赐予幸福，
将永远是巨大的乐趣。
相亲相爱，彼此激励，
就像在极乐的天国里。

哈台姆

不是机遇造就了盗贼，
机遇本身是最大的盗贼；
爱情在我心中残存无多，
它却将它们全部盗窃。

[①] 叫哈台姆这个名字的男人在阿拉伯很多，姓泰伊的哈台姆是慷慨的典型。
[②] 哈台姆·佐格拉伊与哈台姆·泰伊相反，是敛财的典型。

它把窃得的爱送给你,
我失去了生命的全部意义,
如今我已然一贫如洗,
能否活下去全得看你。

然而,在你的明眸中
我已感到对我的怜悯,
在你温柔的怀抱里
我已享受着新的生命。

苏莱卡

你的爱使我幸福无比,
叫我怎能诅咒机遇;
就算它曾将你偷窃,
这样的偷窃令我欣喜!

哪里还用得着偷窃啊!
你倾心于我是自愿选择;
我倒是十分乐于相信——
是我将你的爱情偷窃。

你自愿交付我的一切
将把美好报偿带给你,

我乐于献出我的宁静,
我的生命,请你拿去!

说什么已经一贫如洗!
爱情不使我们更加富裕?
能将你搂在我的怀中,
什么幸福可与此相比!

★

恋爱的男子不会堕入迷津,
哪怕他四周笼罩着浓雾。
莱拉与梅基侬若死而复生,
也会向我求教爱情之术。

★

我竟能把你我亲爱的抚爱!
我竟听见了天国里的妙音!
那蔷薇似乎永远叫人意外,
没办法理解的还有那夜莺。

★

苏莱卡

我泛舟在幼发拉底河，
那枚你新近赠我的戒指，
它轻轻地从我指间滑落，
沉入到水下的深沟里。

原来是场梦。忽见晨曦
耀人眼目，射进树丛。
说吧，诗人，说吧，先知！
这梦是吉呢，还是凶？

★

哈台姆

这梦我乐于为你参详！
我不是经常对你诉说，
那位威尼斯的执政，
他如何与大海结合？①

---

① 古时，威尼斯的执政官在每年的耶稣升天节都要乘画船驶出亚得里亚海，将一枚戒指投进海浪，举行"大海婚礼"，以表示威尼斯共和国拥有海上霸主的地位。

同样，戒指从你指间
落进了幼发拉底河。
甜蜜的梦啊，你激励我
唱一千首天国的歌！

我从印度斯坦动身，
来到这大马士革城，
为了跟随新的商队，
一直去到红海之滨，

你使我与它们结合——
你的河流、山冈、森林，
我要把心灵献给你，
直至我最后的一个吻。

★

我十分了解男人的目光，
一个想说："我爱，我渴望！
我害了相思，啊，我已绝望！"
我了解姑娘了解的一切，
可一切对我全都没有用，
一切都不能够将我打动；

可是你，哈台姆！只有
你的目光照亮我的白昼。
因为它说："我喜欢这女子，
胜过了其他一切的一切。
我见过玫瑰，见过百合，
以及所有花园的华丽点缀，
见过柏树、常春藤、紫罗兰，
以及装饰大地的形形色色，
唯有她美丽得像奇迹一般，
令我们感到无比讶异惊奇，
使我们振奋、健康、幸福，
我们觉得正恢复生命活力，
却盼望重新变成一个病夫。"
你就这样望着你的苏莱卡，
在恢复健康之际重新染病，
在病倒之际重又得到康复，
面带微笑，双眼把我注视，
可对世界你从不笑容可掬。
这目光，苏莱卡深有体会，
它永恒的含义是："我爱
这女子，胜过一切的一切。"

二裂银杏叶[①]

生着这种叶子的树木
从东方移进我的园庭；
它给你一个神秘启示，
耐人寻味，令识者振奋。

它是一个有生命的物体，
在自己体内一分为二？
还是两个生命合而为一，
被我们看成一个整体？

也许我已找到正确答案，
来回答这样一个问题：
你难道不感觉在我诗中，
我既是我，又是我和你？

★

说，你是否写过许多诗篇，

[①] 银杏即白果。在歌德与玛丽安娜相会的海德堡的王宫园林中，便生长有此树。

不时地拿去向什么人奉献，
亲手誊抄，字体工整潇洒，
装订也漂亮，还滚上金边，
完美无缺，直至一点一画，
一卷一卷，好不令人喜欢？
不管你把它送到什么地方，
都肯定是爱情忠贞的保障！

哈台姆

是的！温柔迷人的目光，
如同那嫣然含笑的脸庞，
还有那耀人眼目的皓齿，
闪烁的睫毛，盘卷的秀发，
魅力无穷的酥胸和玉项，
都有千重的危险掩藏！
现在想起，早有预言呐，
我的苏莱卡原本像这样。

★

苏莱卡

太阳出来了！辉煌又壮丽！
新月紧紧抱住太阳。

是谁成就了这么美好夫妻?
这谜怎样解?怎样?

★

哈台姆

苏丹有此能力,他能缔结
这至高无上的天庭的伉俪,
为了表彰百里挑一的英才,
以及他臣仆中的忠勇之士。

也让它做我们幸福的写照吧!
它使我重新看见了我和你,
你唤我作你的太阳,亲爱的,
来吧,明月,把我抱在怀里!

★

来,亲爱的!来替我裹头巾!
唯有你亲手裹的才潇洒漂亮。
就连阿巴斯头上缠的也不行,①

---

① 阿巴斯大帝(Abbas der Große, 1571—1629),自1587年起在位,强有力地统治了伊朗40余年。

尽管他高踞在伊朗的王位上。

亚历山大大帝曾以长巾缠头，
最后还垂下一个漂亮的活结，
后世的其他统治者争相效尤，
以为只有它装饰才像位王者。

装饰咱们皇上的也是条头巾，
可叫作冠冕。名称并不重要！
宝石或珍珠，同样悦目赏心！
但最美的饰物仍为平纹布料。

这儿这块，极素净还带银条，
亲爱的，请把它缠在我头上。
什么叫高贵？这我清楚知道！
有你注视，我便伟大似君王。

★

我要求得到的真是不多，
因为一切都令我满意，
而世界早已欣然给予我
这不多的一点点东西！

我常高高兴兴坐在酒肆,
高高兴兴坐在小房里;
可是只要我一想起你,
心中便生出无限贪欲。

我要帖木儿帝国侍奉你,
要他大军对你唯命是从,
要巴达散向你献红宝石,①
要里海把绿松石进贡。

我要叫布哈拉太阳之国
献给你干果,甜似蜜一样,
我要用撒马尔罕的绢帛,②
为你写千首动人的诗章。

是啊,我要你欣然审阅
我从霍木兹③订购的货物,
我要让你知晓所有一切
全是为你而进行的商务;

---

① 巴达散原为波斯帝国的一个省,现属阿富汗,以盛产红宝石著称。
② 布哈拉和撒马尔罕都是波斯帝国属地,前者盛产干果,后者盛产名贵纸品。
③ 霍木兹是波斯湾的著名商港。

让你知道在婆罗门国家，
有万千的手指操劳不息，
把印度斯坦的富贵荣华，
为你编织进绸缎和毛呢；

是的，为了打扮我爱人你，
要把苏美耳浦尔溪流掘遍，①
从卵石、泥沙和砾石里，
淘洗出一粒粒的金刚钻；

还有大批勇敢的潜水员，
从海湾打捞起无数珍珠，
让一群行家来悉心挑选，
然后为你串成精美饰物。

最后终于轮到了巴索拉，②
它供奉给你香料和线香，
还让骆驼商队给你运来
叫世人心爱的这样那样。

---

① 苏美耳浦尔是印度孟加拉邦的著名金刚石产地。
② 波斯湾著名商港，即今日伊拉克的巴士拉。

然而，所有给帝王的贡品，
临了儿只不过使人眩目，
两颗真正相爱的心灵啊，
只相互从对方获得幸福。

★

甜蜜的人儿啊，如果能把
巴尔赫、布哈拉、撒马尔罕①
和它们的繁华热闹送给你，
难道我还会有丝毫的犹豫？

不过得去问一问咱们皇上，
看他赏不赏给你这些城市？
他更加聪明，也更加辉煌，
可就是不知道爱情多甜蜜。

统治者啊，你永远不能够
如此地慷慨，如此地大方！

除非你像我似的一无所有，

---

① 巴尔赫是当年波斯帝国的大城市。

除非也拥有这样一位姑娘。

★

对这些笔迹秀美、
饰着华丽金边的
高傲狂放的诗稿,
你不禁嫣然一笑;
原谅我大肆吹嘘,
用你的爱和我的
成功把自己抬高,
原谅我矜夸自傲。

自夸,只对嫉妒者发臭![1]
它喷香喷香的呐,
对自夸者本人及其朋友!

生活的乐趣无穷,
乐于生活加倍快乐。
如果你,苏莱卡,
让我无比幸福,

---

[1] 德国俗谚曰:自夸发臭(Eigenlob stinkt)。歌德在诗中反其义引申之。

把你的爱情掷给我,

像个圆圆的皮球,

我就会将它接住,

然后掷回给你的

是奉献给你的我——

那是怎样的一刻!

随后我将被赶去

弗朗克斯坦和亚美尼亚。①

可要多少天,多少年,

我才能重新创造出

你被浪费掉的富足,

才能慰解我幸福的

彩绳,它是你哦,苏莱卡,

用千丝万线所编就。②

然而这里却有着

诗的珍珠串串,

它们使你的热情

如同阵阵激浪,

---

① 弗朗克斯坦和亚美尼亚都是当时阿拉伯世界对欧洲的惯用称呼。此句意为哈台姆(歌德)最终将被迫离开其爱人,因为此女已另有所属。

② 这一段表现了诗人与爱人相见恨晚的遗憾。

汹涌扑向我这
生活的荒凉岩岸。
用纤纤的手指
将它细心拾捡，
然后用珍贵的
金链串在一起，
挂在你的项上，
垂在你的胸前！
珍珠是安拉的甘霖啊，
孕育它的贝壳却不起眼。

★

卿卿我我，一刻不停，
情话连绵，顾盼殷勤；
吻吻相接，口一似心，
嘘息融汇，幸福倍增，
傍晚如是，如是清晨！
然而你感觉在我歌里，
仍有许多的愁烦潜隐；
我恨不能借尤素福的魅力，
来回报你苏莱卡的美丽。

★

苏莱卡

平民、奴隶和统治者,
他们随时都可以承认:
生而为人的最大幸福,
只在于人人都有个性。

任何生活都可以度过,
只要你不把自我失落,
一切一切都可以丢失,
只要你能把本性保持。

(同题别译)

民众、奴隶和征服者,
他们什么时候都承认:
世上凡人的最高幸福
莫过于保持自身个性。

只要我们不丧失自我,
什么的生活都可容忍;
我们尽可以失去一切,

只要我们依旧是我们。

哈台姆

可能如此！有此一说；
不过我有另外的看法：
世间所有一切的幸福，
对我来说全在苏莱卡。

当她全心全意爱着我，
我便感到自身的价值，
当她转过身不再理我，
我立刻便把自我丢失。

这一来哈台姆完了蛋；
然而我马上改弦更张，
我会敏捷地摇身一变，
成为被她爱抚的情郎。

我绝不会变成个拉比，[①]
这叫我实在难以忍受，

---

① 拉比为犹太教的释经师。

我愿变作菲尔杜西、莫塔那比[①],
变个皇帝也马虎将就。

(同题别译)

就算这种说法正确,
我却有自己的看法:
我的全部幸福集中在
你的身上,苏莱卡。

你把整个身心给我,
我才感到自身的价值;
一旦你离我他去,
我即刻将自我丧失。

如今哈台姆不复存在,
我已经改变了命运:
我已经高兴地化作
受你抚爱的温柔情人。

我不愿再变作拉比,
这太不称我的心意;

[①] 莫塔那比(Motanabbi, 905—965),著名阿拉伯诗人。

却愿变作菲尔杜西、莫塔那比，
或者至少做一个皇帝。

★

哈台姆

像金匠在市场上的店铺，
到处是五色的水晶灯盏，
我被漂亮姑娘团团围住，
尽管老诗人已鬓发霜染。

★

姑娘们

你又在把苏莱卡歌唱！
对她我们实在是讨厌，
不为你——为你的诗歌，
我们没法不把她艳羡。

因为即使她丑陋可怕，
你仍把她当美人歌颂，
杰米尔和博泰娜的佳话，①

---

① 见前诗《典范》相关注释。

我们已经一次次吟诵。

我们正因为容颜姣好,
所以也希望被人描画,
如果你处事妥帖周到,
我们会给你丰厚报答。

哈台姆

褐发美人儿,来吧,行!
长短发辫,大小梳子,
小脑瓜儿可爱又清纯,
恰似那清真寺的圆顶。

金发女郎,何等妖娆,
举手投足都温柔可爱,
让人想到清真寺尖塔,
应该说一点也不奇怪。

后面这位,一双媚眼
两个模样,你拿她俩
各派用场,随心所愿,
可我却只得回避一旁。

一只微微阖上了眼睑,
将美丽瞳仁半掩半藏,
说明你特淘气特讨厌,
另一只却一副憨厚样儿。

一只将人勾引和刺伤,
另一只喂人滋补药汤;
我不能称赞谁有福气,
一旦他将阴阳眼儿失去。

就这样我歌唱所有姑娘,
就这样我爱你们所有人:
要知道当我把你们颂扬,
连带也颂扬了我女主人。

姑娘们

诗人心甘情愿当奴隶,
因为奴隶终将变为主人;
然而他最高兴莫过于
有个同样也善唱的情人。

她到底善不善于歌唱,
如我们一般口齿伶俐?

要知道这会叫人猜想，
她将在暗地里支配你。

哈台姆

谁知她安的是什么心！
你们可知深渊的底里？
从她的口中不断涌迸
出自亲身感受的歌曲。

你们所有的女诗人啊，
你们没谁能与她相比：
因为她唱为讨我欢心，
你们唱只因为爱自己。

姑娘们

明白了，为寒碜我们，
你编造出来一位天女！
就算有吧！可这世上
没有谁会以天女自诩。

★

哈台姆

你用卷发将我紧紧束缚，

我醒着梦里都看见你!
这些魅人的褐色小蛇啊,
我毫无抗拒你们的能力。

只有这颗忠贞不变的心,
他澎湃汹涌,青春焕发;
即使现在还雪压雾锁,
仍将是冲向你的埃特纳。①

你像朝霞,给山峰的峭壁
涂抹上了羞赧的红色,
又一次,哈台姆感受到
春的嘘息,夏的火热。

斟吧,再斟上满满一瓶!
这一杯我要给她捎去!
如果她发现一撮灰烬,
会说:那人已为我烧死。

苏莱卡

我永远不愿失去你,

---

① 指意大利著名的埃特纳火山。

爱情将力量赋予爱情。
你能装点我的青春，
用你那火热的激情。
啊，当人家称赞我的诗人，
我是何等得意、高兴！
要知道爱情就是生命，
生命的生命就是精神。

★

别启动你红玉般的芳唇，
骂我死皮赖脸，纠缠不休，
相思的痛苦没别的奢望，
只知道把痊愈之道寻求。

★

你和心爱的人已然远离，
就像东方西方不在一起，
心儿漂泊在茫茫沙漠里；
然而有情人无处没向导，
巴格达并非天涯路迢迢。

★

让它永远去自行填补吧,
你们那个世界实在残破!
够了,有这双明目闪亮,
有这颗心跳动,为着我!

★

哦,竟有如许多知觉感官!
它们把混乱带进了幸福中。
只要能看见你,我愿变聋,
只要能听见你,我愿瞎眼。

★

说远离却仍在你身边!
不期然感觉痛苦伤心。
蓦地又听见你的声音,
你像突然回到了眼前!

★

远离了白昼和光明，
叫我如何能够高兴？
我无意举杯把酒饮，
我原本想给你写信。

无奈美酒想吸引我，
并不需要讲什么话，
一旦舌头感觉干渴，
手中的笔便会停下。

只管斟吧！好招待，
悄悄斟满这只杯子。
我只说：难以忘怀！
他便明白我之所欲。

★

每当我把你思念回忆，
招待立刻便提出问题：
"先生干吗默默无言？

要知道您的教诲
萨基我喜欢聆听，①
一次次总听不厌。"

每当我在柏树底下，
一个人发呆发傻，
他丝毫不觉得惊诧；
在这寂静的环境，
我变得如此地聪明，
聪明得像所罗门。

苏莱卡篇

我本欲对这篇做些压缩，
以便与其他篇长短相当。
可怎能把言语纸张节约，
当不断延伸着爱的热狂？

★

在那些茂密的枝头，

---

① 萨基（Saki）在波斯语里意为"酒馆侍者"，此处可理解为侍者的名字。

你瞧瞧，亲爱的！
瞧那刺皮包裹着的
果实，它们已青绿。

它们早结成小球，
独自静挂在叶丛里，
只有一根跳荡的枝条
耐心地将它们摇曳。

褐色的果核在皮内
不停地膨胀、成熟，
它渴望见到阳光，
它渴望把空气呼吸。

刺皮绽开，果实都
高高兴兴落向大地；
同样，我堆积起来的歌
也纷纷落进你的怀里。

苏莱卡

快快活活涌迸的喷泉，
做着抛洒水线的游戏，
不知什么吸引我到泉边去；

原来啊那儿还能看见
你亲手刻的我的名字,
我一俯视,便不禁思念你。
这儿,在水渠的尽头,
林荫道柏树成排成行,
我再一次抬起头仰望,
便又看见了我的名字,
笔迹秀丽地刻在树上。
永远永远,别将我遗忘!

哈台姆

愿跳荡喷涌的泉水,
还有柏树向你作证:
不管我来,还是去,
总把苏莱卡记在心。

★

苏莱卡

我刚刚重新见到了你,
用亲吻和歌唱将你慰问,
你却静静地堕入沉思,
是什么叫你心中烦闷?

★

哈台姆

哦,苏莱卡,你要我讲?
可我想抱怨,不愿赞扬!
忆从前,你只唱我的诗篇,
一首又一首,一遍又一遍。

现在这些尽管也该称赞,
可它们却只是穿插其间;
既非哈菲兹,也非尼扎米,
也不是萨迪,也不是查米。①

这许多先辈我自然熟悉,
一个个音韵,一行行诗句,
全牢牢记在了我的心里;
你这些诗句却是新生的。

它们是昨天才写出来哦。
说吧,你可有了新的承诺?

---

① 所列举者全是哈台姆(歌德)所景仰的阿拉伯诗人。

你冲我呼出陌生的气息,
如此乐不可支,洋洋得意。

正是它,使得你精力充沛,
让你在爱情中陶然欲醉,

吸引你,引诱你与其结合,
就像我的气息,温馨谐和。

苏莱卡

哈台姆可不已离开多时,
这期间姑娘学习过写诗,
她曾被哈台姆极力称赞,
因此受住了分别的考验。
真的!这些诗对你并非异己:
它们出自苏莱卡,也出自你。

★

人说是贝朗古尔发明了押韵,
以便抒发自己兴奋激动之情;
迪拉腊姆,他那终生的恋人,

也用同样的词和音相和相应。①

爱人啊，你同样为我而诞生，
帮助我发现柔婉奇妙的韵脚！
贝朗古尔，你这萨桑的传人
我不再嫉妒：押韵我也会了。

是你激励我写这篇，它是你的
赐予；每当我从内心发出欢呼，
你可爱的生命中总有回声响起，
一如眉眼传情，韵律和着韵律。

而今从远方它仍传到你耳畔，
即使音韵依稀，词义仍清晰。
你不见夜的穹顶上繁星万点？
你不见爱的宇宙中高挂虹霓？

★

领受你明眸的青睐，

---

① 贝朗古尔（Bahram Gur）是公元5世纪的波斯国王。他鼓励、提倡音乐和诗艺；迪拉腊姆乃宫中女奴，因善吟诗而为他宠幸。

亲近你的唇、你的胸，
聆听你美妙的嗓音，
在我真叫其乐无穷。

昨天，唉，最后一次，
接下来便灯灭室空；
曾愉悦我的笑言戏语，
像债务无比地沉重。

要是安拉不发善心，
让我俩能够重新相逢，
太阳、月亮还有世界
都只会令我更加悲痛。

苏莱卡①

我为什么这样激动？
是吹来了报喜的东风？
它轻柔地扇动双翅，
抚慰我深心的伤痛。

---

① 据考证，此诗系1815年9月23日玛丽安娜作于前往海德堡与歌德相会的途中，收入《西东合集》时基本未做改动。在有的选本中，此诗被冠以《致东风》这个题名。

它亲昵地与尘埃嬉戏,
送它去天上的浮云中;
它让安全的葡萄荫下,
群集着欢舞的昆虫。

它吹凉我发烧的面颊,
它缓和烈日的热情,
它急匆匆掠过山野,
还将晶莹的葡萄亲吻。

它轻柔的絮语带给我
来自友人的万千问讯,
不等群山变得幽暗,
他将以热吻将我相迎。

因此,你可以离开我了!
去为朋友和忧愁者效劳。
我很快会找到我亲爱的,
在那儿城垣像夕晖燃烧。

啊,我衷心渴望的喜讯,
新鲜的生命,爱的嘘息,
只能够得自他的口中,

只能够来自他的呼吸。

壮丽的景象[1]

太阳神,希腊人的赫利俄斯,
驾车辉煌地行驶在天路上,[2]
他怀着将统治宇宙的信心,
向上下左右投以巡视的目光。

他看见云的女儿,天的姑娘,
那最最美丽的女神在哭泣,[3]
他似乎只为她一个人发光,
把朗朗乾坤全不放在眼里。

他沉溺于悲痛和恐惧之中,
她更泪如雨下,痛哭流涕;
他送去欢乐慰解她的悲痛,
并且亲吻她的每一颗泪滴。

这时她深感到目光的威力,

---

[1] 诗成于1815年11月7日。
[2] 在希腊神话里,太阳神赫利俄斯(Helios,即罗马神话中的阿波罗)驾着四匹喷火的马拉的金车,每天早晨从东方升起,巡游长空,傍晚才沉入西方的大海。
[3] 指虹霓女神伊里斯(Iris)。

于是目不转睛地注视天上，
她的泪珠借机欲一展风姿：
一颗颗无不摄入他的形象。

如此这般，虹霓笑逐颜开，
头上戴着五色七彩的花冠，
太阳神于是迎面向她走来，
可是，唉，却走不到她身边！

就这样，受命运无情驱使，
亲爱的，你也远离我身旁，
就算我是伟大的赫利俄斯，
他的宝辇对我又有何用场？

余　　韵①

那音韵是多么豪放，当诗人
时而自比太阳，时而自比君王；
可当他在暗夜里踽踽独行，
诗人唯有掩住悲哀的脸庞。

当天穹被缚上一条条云带，

---

① 与前一首诗相呼应，也作于同一天。

纯净的蔚蓝没入暗黑的夜空,
我的脸颊也会消瘦而苍白,
同时有灰冷的泪水涌溢心中。

别把我丢给黑夜,丢给痛苦,
亲爱的哦,你似满月将我照亮!
你是我的启明星,我的明烛,
你是我的光明,我的太阳。

★

苏莱卡[①]

你那潮湿的翅膀啊,
西风,令我多么嫉妒:
你能给他捎去信息,
告诉他离别使我痛苦。

你翅膀的振动唤醒
我胸中静静的渴慕,
花朵、眸子、山冈、树林

---

① 据考证,1815年9月26日,在离海德堡不远的达姆施塔特城,归途中的玛丽安娜写成了这首诗,歌德在将其收入自己的诗集时做了几处修改。有的选本将它题名为《致西风》。

都让你吹拂得挂满泪珠。

然而,你温柔的吹拂
凉爽了我伤痛的眼睑;
唉,我定会忧伤得死去,
没希望再与他相见。

快快飞到我爱人身旁,
轻轻地告慰他的心;
可别提我多么忧伤,
免得他烦恼、伤心。

告诉他,但要委婉谦逊,
他的爱情是我的生命;
只有在他身旁,我才能
乐享这生命和爱情。

重　　逢[①]

竟然可能!明星中的明星,

[①] 1815年9月24日上午,玛丽安娜又突然出现在歌德面前,令老诗人喜出望外,诗思泉涌。这是一首气势磅礴、意蕴深邃的爱情哲理诗。它将男女之间的爱情与悲欢离合,放在宇宙形成的大框架中加以阐释和吟颂。也许只有歌德这样的伟大情人,只有诗人兼哲人的老年歌德,才写得出如此伟大的爱情诗。

我又将你紧抱在胸前！
那远离你的长夜呵，真是
无底的深渊，无尽的苦难！
是的，你甜蜜而又可爱，
是我分享欢乐的伙伴；
想起昔日分离的痛苦，
现实也令我心惊胆战。

当世界还处于黑暗的深渊，
还偎在上帝永恒的怀抱里面，
他便带着崇高的创造之乐，
安排混沌初开的第一个钟点。
他说出了那个字：变！——
于是传来痛苦的呻吟，
随后便气势磅礴，雷霆万钧，
宇宙闯进了现实中间。

光明慢慢地扩展开来：
黑暗畏葸地离开它身边，
元素也立刻开始分解，[①]

[①] 元素指构成宇宙的基本物质，即西方人认为的水、火、风（空气）、土，与我们的金、木、水、火、土五行大同小异。

向着四面八方逃逸、飞散。
迅速地,在蛮荒的梦中,
它们各自向远方伸展,
在无垠的空间凝固、僵化,
没有渴慕,黯然哑然!

一片荒凉,一派死寂,
上帝第一次感觉到孤单!
于是他创造出了朝霞,
让朝霞慰解自己的寂寞;
朝霞撕开无边的混沌,
天空呈现出五色斑斓,
于是,那起初各奔东西的
又聚在一起,相爱相恋。

于是,那相依相属的,
便急不可待地相互找寻;
于是,感情和目光一齐
转向那无穷无尽的生命。
攫取也罢,掠夺也罢,
只要能够把握和保持!
真主无须再创造世界,
创造世界的已是我们。

就这样，驾着朝霞之翼，
我飞到了你的嘴唇边，
繁星之夜用千重封印
巩固我们的美满良缘。
我俩在世上将要成为
同甘苦共患难的典范，
我们不会又一次分离，
纵令上帝第二次说：变！——

月圆之夜[①]

夫人，你为何自言自语？
是什么令你轻启芳唇？
你不停柔声细语多可爱，
比饮美酒更令人开心！
你是想逗引另一对嘴唇
再一次次与它们亲近？

"我要亲吻！我说。亲吻！"

[①] 1815年9月18日，歌德与玛丽安娜在海德堡即将分别，两人相约将来在月圆时要彼此怀念、祝福。此诗系歌德假托玛丽安娜及其使女的口吻写成，作于1815年10月24日。

瞧，在朦胧的夜色之中，
所有花枝都发出光明，
星群向人间眨动着眼睛；
丛莽间，像绿色宝石，
浮游着万万千千点流萤：
可你对一切全然无心。

　　"我要亲吻！我说。亲吻！"

你的爱人，他在那远方
也同样将酸与甜尝尽，
感受着一种不幸的幸福；

你俩曾发过神圣誓言，
在月圆之夜要相互问讯，
现在不正好是那一瞬？

　　"我要亲吻！我说。亲吻！"

密　　码[①]

哦，请你们密切注意，

---

① 诗成于1815年9月21日，其时歌德旅居海德堡。

各位外交官老爷!
给你们的国王、皇帝,
得好好出谋划策。
要让密码通信方式,①
在全世界流行开,
直至最终整齐划一,
这儿和那儿分不出来。

我那可爱的女主人,
也给我发来密码,
拿着它我好不高兴:
她发明了妙办法。②
在可亲可爱的地点,
充满着浓情蜜意,
就像在我和她之间,
忠贞爱恋永不渝。

那是用万千的花朵
编成的五彩花束,
那是天使般的人们

---

① 维也纳会议期间,外交官们大多开始使用密码信函。
② 经玛丽安娜提议,她与歌德之间也借助哈菲兹诗集中的页码和章节数字秘密交换思想感情。

聚居的广厦华屋；
天空中到处飞行着
色彩缤纷的雀鸟，
大海上同时有欢歌
阵阵，香风袅袅。

这些密码一语双关，
表达出无限追求，
恰似射出枝枝利箭，
将生活精髓穿透。

我现在向你们介绍
一个流行的做法，
你们要是能够记牢，
不妨悄悄使用它。

反　　映

我得到了一面明镜，
我很爱往里张望，
身上双重亮光辉映，
像佩着帝王勋章；
我到处将自己寻觅，

并非为孤芳自赏；
我乐于和他人交际，
此处也是一个样。
在寂静的鳏夫家里，
一旦我站在镜前，
我蓦地发现亲爱的
也在镜中往外看。
我迅速地转过身去，
她随之重新消失，
随后我审视我的诗，
发现她又在那里。

我写得更美、更多，
完全地随心所欲，
每天都有新的收获，
不顾揶揄和挑剔。
精致的蓝彩釉镜框，
金色的蔷薇藤蔓，①
里边装着她的肖像，
使得她更加娇艳。

---

① 藤蔓是镜框的边饰。

★

苏莱卡

我内心充满喜悦,歌哦,
当我体会到你的含义!
你像脉脉含情地告诉我:
我将永远和他在一起。

你说,他永远怀念着我,
还把爱情的幸福甜蜜,
不断地赠予远方的这个
把生命献给他的女子。

是啊,我的心是面镜子,
朋友,让你照见自己,
而我的胸脯,却又给你
打上无数亲吻的印记。①

可爱的诗,纯粹的真理,

---

① 诗成于1815年10月末,除去这第三节为歌德添加以外,全诗均出自玛丽安娜笔下。

牢牢抓住了我的同情！
爱情纯洁、明朗而具体，
当披上诗的霓裳羽衣。

★

让亚历山大大帝拥有他的宝镜；
他到底照见什么？——不过是
和平的民众，他想要震撼他们，
用其他民众的暴力，一次再次。

你！别好高骛远，追新求异！
就给我唱你曾为自己唱的歌，
想想吧，我在爱，我在生活，
想想吧，你就要征服我。

★

世界看上去无处不十分可爱，
可是诗人的世界更加美好；
百花盛开在银灰色的原野，
白天黑夜一样有亮光闪耀。
今天一切辉煌；愿辉煌常在！

透过爱的眼镜，我展望未来。

★

任随你千姿百态，藏形隐身，[①]
最最可爱的，我立即认识你，
任随你蒙上那魔术的纱巾，
无所不在的，我立即认识你。

看青青的扁柏蓬勃生长，
最窈窕美好的，我立即认识你；
看河渠里清澈涟漪荡漾，
最妩媚动人的，我定能认识你。

当喷泉的水花欢跳向上，
最善嬉戏的，我多高兴认识你；
当云彩的形象变幻无常，
最丰富多彩的，我在此认识你。

看鲜花撒满如茵的草原，

---

① 此诗以世间一切最美好的事物来比喻、歌唱自己的爱人，却通篇见不到一个"像"字或"是"字，手法何等高妙。其所表达的情感可以说既含蓄又丰富、热烈，而作为《西东合集》中重要的《苏莱卡篇》的最后一首，也带有总结的意味。

灿如繁星的,多美啊我认识你;
看千条藤蔓伸臂向四野,
啊,拥抱一切的,我便认识你。

当朝霞开始在山顶燃烧,
愉悦众生的,我立刻就认识你;
于是,晴朗的天空把大地笼罩,
最开阔心胸的,我随即呼吸你。

我内外感官的一切认知,
最启迪心智的,我获得通过你;
我用一百个圣名呼唤安拉,①
每个圣名都回响着一个名字,为了你。

☆ ☆ ☆

让我哭吧……②

让我哭吧,在黑夜的包围中,
在无边的沙漠里。

---

① 伊斯兰教的真主安拉另外有99个美称。它们代表伊斯兰教所珍视的99种美德,如本诗对爱人的称呼一样,也都用了"最"和"一切"等表示最高级的词语。

② 约作于1815年秋。《西东合集》有不少未正式收入的佚诗,此为其中之一。

驼群已经安息，赶驼人也已安息，
只有阿美尼人醒着在算账；

我也躺在他旁边，计算着
将我与苏莱卡隔开的距离，反反复复，
那曲折艰险的长途出现在脑海里。
让我哭吧！哭并非羞耻。
能哭的男子是好样的。
阿喀琉斯曾经哭泣，
克塞尔克塞斯曾经哭泣，
为了那自杀身死的少年，
亚历山大大帝也曾哭泣。
让我哭吧！眼泪能滋润尘土。
它已涌进我眼眶里。

酒肆篇

★

是的，我也曾坐在酒馆里，
受到其他酒客一样的待遇；

他们聊天、喊叫、争论时事,
随着情势的发展或忧或喜;
我独坐一旁,心中喜不自胜:
我想我的爱人——她爱我多深沉?
我说不清楚;可干什么着急!
我实在爱她,对她忠心耿耿,
甘愿给自己的心上人当奴隶。
哪里曾有过记载这一切的笔
和羊皮纸?——可事实毕竟如此!

★

我独自坐着,
哪儿我能更快乐?
我的葡萄酒,
我自己慢饮浅酌。
谁也不会来限制我,
我自由自在地思索。

★

窃贼穆莱真是了不起,
醉了仍写出一手好字。

★

《古兰经》是否万古长存？
这问题我不考虑！
《古兰经》是否人的作品？
这点我也不知悉！
《古兰经》本是经中之经，
作为穆斯林我有义务相信。
可讲美酒万古长存，
我倒真叫毫无疑义；
或者说它早于天使被创造，
看起来也并非杜撰。
饮酒之人，他不管怎么着，
面对真主都更坦然。

★

大家都该当酩酊大醉！
青春没有酒一样陶醉；
老来以喝酒恢复青春，
这是一种绝佳的德行。
忧心事自有生活操心，

忘忧之宝乃美酒一瓶。

★

无须乎再四处打听！
葡萄酒早已被严禁。
倘使非得一醉方休，
那就只饮上等美酒：
为喝劣酒而下地狱，
便成了双料邪教徒。

★

只要你还头脑清醒，
坏事也令你开心，
只有你喝得醉醺醺，
才知啥叫好事情；
只是我一不留神喽，
就难免狂喝滥饮；
哈菲兹，请教教我，
你怎样看这事情！

要知道我的想法

并不偏激过分:
一个人不会饮酒,
哪会懂得爱情!
反之贪杯的你们,
也别得意骄矜,
谁要不懂得爱情,
就不该把酒饮。

★

苏莱卡

为什么你常常如此粗暴武断?

哈台姆

你知道,肉体是一座牢狱,
灵魂受骗被关了进去,
没有一展身手的余地。
灵魂它四处设法逃跑,
可牢狱本身也被锁链套牢;
心爱的人儿加倍受害,
所以她的行径常常挺古怪。

★

要说肉体是一座牢狱,
那它干什么唯酒是图?
灵魂待在狱中挺惬意,
总喜欢保持头脑清晰;
只不过有一瓶瓶美酒,
不断地送进牢狱里头。
灵魂真个叫难以忍受,
把酒瓶摔碎在牢门口。

致侍者

粗鲁家伙,别这么没礼貌,
把酒壶朝我面前猛地一搁!
谁给我上酒不面带微笑,
壶中美酒也会变得浑浊。

致酒童

请进来,俊秀的少年,
你干吗踟蹰在房门前?
将来要是你做我的侍酒,
任何酒对我都醇美可口。

酒童说

你这个生着褐发的女人，
下贱狡猾，快给我走！
我心怀感激侍奉着主人，
他因此亲吻我的额头。

而你，我敢和你打个赌，
你绝不会以此为满足；
你恨不得叫我主人累垮，
吻了你脸再吻你胸部。

你现在假装害臊地走了，
以为这样可以骗过我？
今晚我将在门槛上睡觉，
等你溜来我早已醒着。

★

常常因为我们喝醉酒，
他们把我们抱怨，
一提起我们喝醉了酒，

他们就没了没完。
通常有谁喝醉了酒，
天一亮总会苏醒；
可我如果喝醉了酒，
半夜却跑出跑进。
因为是爱情让我沉醉，
它把我苦苦折磨，
白昼黑夜，黑夜白昼，
我的心哆哆嗦嗦。
心儿陶醉于爱情，
禁不住会慷慨歌吟，
任何清醒的小醉，
没法与之相提并论。
沉醉于爱情、诗歌和美酒，
休管它天晚或是天明，
乃是令人陶醉的神仙乐事，
既叫我痛苦，又令我欢欣。

★

你这小淘气包！
快让我恢复清醒，
这到处都必要。

我醒了才高兴
有你在我面前,
可爱的小家伙,
即使你已醉了。

★

酒馆里今天一大清早,
是什么事情吵吵闹闹!
店主、女仆!火把、人群!
大呼小叫,奔跑不停!
鼓声咚咚,笛声尖利,
好一片纷乱、闹腾——
可是我满怀爱和欣喜,
也掺和进了人群。

对此地习俗我一无所知,
谁指责我都没有关系;
可对于宗派门阀的争执,
我却总是聪明地回避。

★

酒　　童

怎么搞的！老爷，今儿个
你这么晚才走出你的房间；
是啊，波斯人叫痹大麻渴·布登，
德国人叫卡岑哑默。①

诗　　人

现在别烦我，可爱的少年，
世间一切我都不感兴趣，
不管玫瑰多芬芳、多娇艳，
不管夜莺歌声多有魅力。

酒　　童

我正想解决你这问题，
相信也能够取得成功。
这里，新鲜扁桃你请吃！
吃过后那酒你便受用。

---

① 这两个音译的词都是指酒醒之初头脑昏昏的难受劲儿。

随后我带领你去阳台,
你好好呼吸新鲜空气,
就为我时刻将你关怀,
你亲亲酒童以表谢意。

瞧!世界并非空洞无物,
总是有巢穴哺育雏鸟,
有玫瑰油和玫瑰花馥郁,
夜莺仍像昨天在啼叫。

★

那个丑陋的
淫荡的婆娘,
被人称作世界,
她曾将我欺骗,
跟所有人一样。
她夺走我的信念,
随后又夺去希望,
眼下她又觊觎
我的爱情,
我只好出外逃亡。
为了永远保管好

这抢救出的至宝,
我把它明智地分给
苏莱卡和酒童你。
看你们两人
谁比谁殷勤,
就可获得更多利益。
我呢也更加的富有:
信念从新回到了心里!
我相信她的爱情;
萨基的酒杯赠我以
现实的美妙体验,
除此我还有何希冀!

酒　　童

今天你吃得很是不错,
然而你喝的还更加多;
你吃喝后剩下的残余,
全都在汤盆底上沉积。

瞧,这所谓的"小天鹅",
顾客吃饱了仍然爱吃;
我把它送给我的天鹅,
它在湖上得意地游弋。

可据说天鹅一旦歌唱,
就表明它的丧钟敲响;
我宁可没有任何歌唱,
若它意味着我的死亡。

★

酒　　童

每当你出现在市集上,
人家都称你作大诗人;
我喜欢聆听你的歌唱,
但你沉默我更爱倾听。

然而我会更加敬爱你,
如果你亲吻我作留念,
须知言语难免会消逝,
亲吻却永远铭记心田。

押韵的诗句纵有意义,
然而更好是多加思索,
对别的人你不妨吟诗,
和酒童一起最好沉默。

★

诗　　人

酒童,来!再上一杯!

酒　　童

老爷,您已喝得够多,
人家会叫你酒鬼!

诗　　人

你啥时候见过我醉倒?

酒　　童

这违反穆罕默德的禁条。

诗　　人

小家伙!
没谁听它的,我告诉你。

酒　　童

既然你乐意讲话,
我完全不必提问题。

诗　　人

听着！他要我们其他穆斯林
头脑清醒，唯唯诺诺，
好让他独自狂喝滥饮，
心中烧着神圣的欲火。

★

酒　　童

哦，老爷，你想想！当你
喝醉了，四周便火焰喷溅！
千万火星噼噼啪啪飞起，
你不知道哪儿会被引燃。

你开始在那里捶击桌面，
我看见屋角有一些僧侣，
你开始表露自己的心迹，
他们便虚伪地蒙住脸面。

请你告诉我，年轻人
为什么总是满身缺点，
为什么缺少任何德行，

反倒比老人多些心眼。

天上人间的一切事体，
你可以说是无不知晓，
你胸中思潮汹涌不息，
请披肝沥胆，坦诚相告。

哈台姆

正因为如此，可爱的少年，
你要永葆青春，永远聪明；
写诗尽管是天赐的才干，
但在尘世只能用来骗人。

一开头都只是暗中酝酿，
到最后迟早会脱口而出！
诗人想沉默总归是枉然，
作诗原本就为宣泄心曲。

夏　　夜

诗　　人

太阳已经落下，

西天仍明亮辉煌；
我很希望知晓，
这金晖能待多长？

酒　　童

既然您想知道，老爷，
我就留在帐篷外瞧瞧；
一等夕晖顺从了黑夜，
我立刻进来向您禀报。

因为我知道您爱仰望
头顶浩瀚无际的苍穹，
每当蓝天上星火闪亮，
彼此辉映，相互赞颂。

而最亮的一颗却想讲：
"眼下我在此大放光芒，
真主给你们更多的光，
你们便如我一样辉煌。"

在真主面前万物欣荣，
因为他自身完美无缺，
所以眼下一切的飞禽

全都安睡在大小巢穴。

也许现在还有只小鸟,
立在柏树枝丫上栖息,
微风吹得它晃晃摇摇,
直至朝露使空气潮湿。

这就是您给我的教导,
或者与此类似的事情,
只要是从您口中听到,
一切我都会牢记在心。

为您我愿变成只猫头鹰,
蹲在外边的阳台上,
直到北方星群的双子星①
调换了它们的方向。

如此就到了午夜时分,
这时您常常提前苏醒,
带领我一同观察天文,
叹赏宇宙的壮丽美景。

---

① 北方星群的双子星指大熊星和小熊星。

诗　　人

尽管花园里香气四溢，
波斯的夜莺夜夜鸣啭，
你仍可能得长久坚持，
直至黑夜把本领使完。

须知在这芙洛拉的季节，
希腊人如此称春天女神，
守活寡的曙光女神厄俄斯
已对赫斯珀洛斯动了芳心。①

回头瞧！她来了！真快！
走在百花盛开的原野上！——

黑夜一下显得十分尴尬，
东方亮了，西方也已亮。

这生着一双红脚的女郎，
追赶跟太阳逃走的汉子，

---

① 在希腊神话里，曙光女神叫厄俄斯，她因嫌弃衰老的凡人丈夫而将他囚禁，自己守着活寡。金星即黄昏星，名赫斯珀洛斯，奥洛拉急不可耐地追求他，表示北国夏夜很短，天黑以后不久又天亮了。

心慌意乱,匆匆忙忙;
你没感觉到她气喘吁吁。

快走,英俊可爱的孩子,
快进屋去关上所有房门!
须知她会把你这美男子
掳走,当你是赫斯佩鲁斯。

酒童(睡意蒙眬)

你的话使我终于明白,
万物中全有真主存在。
你启迪我,实在太好!
你钟爱我,好上加好。

哈台姆

他睡得真甜啊,他有权利睡去。
好小伙儿!你曾给我把酒斟上,
这么年轻,朋友老师不会强迫你,
责备你,而让你了解老人的思想。
而今健康的活力又充溢你肢体,
你将脱胎换骨,变作新人一个
我还要喝酒,可会沉静而安谧,
不会把你吵醒,让你陪我取乐。

寓言篇

★

一滴水从天空中战战兢兢
落进怒潮汹涌的大海里面,
可为嘉奖它这谦逊的信念,
真主给了水滴力量和坚韧。
沉静的贝壳把它包在体内,
它于是获得永恒的荣誉和奖赏:
珍珠闪耀在咱们皇帝的冠冕上,
不断发出柔和可爱的光辉。

★

夜莺的夜歌借阵阵风力,
传到安拉光明的金殿上,
为把它悦耳的歌声奖赏,
他把它关进金丝笼子里。
这笼子就是人的躯体。

夜莺尽管感觉受到局限,
可是仔细想了想以后,
这小精灵重又唱个不息。

信仰的奇迹

有次摔碎了只漂亮盘子,
我差一点儿完全绝了望,
这样鲁莽、性急的脾气,
真恨不得咒它去见阎王。
我先歇口气,然后抽泣,
同时难过地捡拾起碎片,
上帝可怜我,他立即便
造出个原封原样的新盘。

★

美不胜收,出身名门,
珍珠脱离了贝壳,
随即对珠宝商那好人
说:"我这下完了!
你在我身上钻洞打眼,
立即毁掉我美的整体,

我还得和姐妹们串联,
丧失掉自身的价值。"

"眼下我只考虑利润,
不得不请求你原谅:
须知我如果不残忍,
怎能够把项链串上?"

★

既觉得惊讶,又感到欢欣,
我见《古兰经》夹着孔雀翎:
欢迎你来到这神圣的地方,
作为尘世之物,你至高无上!
小中见大,我曾把天象观察,
通过你我也发现真主伟大;
真主的慧眼纵览大千世界,
在这里也留下注目的印记,
给这轻轻的羽毛奇异装饰,
使国王们一个个心机枉费,
模仿不了孔雀的雍容华贵。
要谦逊知足地享受这荣誉,
你才配待在这神圣的领域。

★

一位皇帝有两个司库，
一个管收入，一个管支出；
管支出的只顾放手花钱，
管收入的却找不着财源。
管支出的死了，皇帝不知
马上叫谁执掌支出大权，
他正东张西望，四处物色，
管收入的钱已喊花不完；
因为整整一天毫无开支，
谁都不知该拿钱怎么办。
这一下皇帝才恍然大悟，
一切灾祸的罪责该谁负。
他重视偶然得来的教益，
从此不设管支出的官职。

★

新吊子向大锅发出问话：
"你怎么弄成个黑肚皮？"
"咱们厨房里习惯如此；

来来,你这光生的傻瓜,
很快你就不会这么傲慢。
你的把手固然面目清洁,
可是别因此扬扬自得,
你只需瞧瞧屁股后面。"

★

世人不论高低、贵贱,
全坐在一张蛛网里面,
手中握着锋利的剪子,
细心地剪,精心地织。
一旦有一把笤帚扫来,
他们就说:"太不像话,
竟把宏伟的宫殿破坏。"

★

当初耶稣从天而降,
带来了永恒的福音,
他日夜给门徒宣讲;
圣言动听而又中肯。
他升天时带走了经书,

可徒众们已体会挺深，
能把它逐字逐句写出，
单凭着各自的记性，
差异蛮大。但不要紧：
他们能力原本有高低；
然而基督徒用这经文
凑合活着，直至末日。

就这样！

在乐园中，在月光照耀下，
耶和华发现亚当已沉沉入梦，
他小心翼翼抱来个小夏娃
放在他身边，她也堕入梦中。
而今，上帝这两个美妙创意，
就如此躺在狭隘局促的尘世。——
好！好！他高声夸赞自己的杰作，
站在他们跟前没办法离去。

毫不奇怪，我们会感到欣喜，
当我们的目光融会在一起，
以致我们相互深深了解，就像
回到了想出我们的主身旁。

这时他会对我们喊：就这样！
好！只是我要求务必成双。
我于是就这样紧紧将你拥抱，
你上帝头脑最可爱的创造。

拜火教徒篇

古波斯宗教遗训[①]

弟兄们，我有何遗言留给你们？
我这虔诚的垂死者，我这可怜人，
我受到众位弟子的耐心奉养，
最后时日仍被你们服侍、崇仰。

我们常常看见国王骑马巡游，
黄金饰物闪耀在他前后左右，
他和贵胄们头上全缀满宝石，
密密麻麻如同刚下过了雹子，

[①] 在伊斯兰教兴起之前，古代波斯的国教为拜火教，即北魏时曾传入我国的祆教。顾名思义，拜火教崇拜火和月亮、星星等发光体，视太阳为最高神祇。其教主为生活在公元前6、7世纪之交的琐罗亚斯特（一说为查拉图斯特拉）。

可是你们啥时候产生过羡嫉？
而每当太阳驾着清晨的羽翼，
从达那温德的群峰冉冉升起，①
你们看着不觉更辉煌、更壮丽？

谁能克制自己，不抬头仰望？
我一次次感觉，一次次体验，
曾经在如许多的有生岁月里
和它一起，和初升旭日一起

被托举，认识高踞宝座的主，②
献给他生命源泉主宰的称誉，
以无愧于其青睐的行事举止，
在他的光耀下漫步朝前走去。

可等那火球完全升上了中天，
我站着那儿，眼前黑暗一片，
我捶击着胸部，我匍伏在地，
只觉体内已充溢着新鲜活力。

---

① 达那温德山系厄尔布尔士山脉的最高峰，古代波斯人心目中的神山。相传虔诚的死者的灵魂都赶往此山迎接日出。
② 拜火教以阿胡拉·玛兹达（Ahura Mazda）为创世主。

现在就让我留下神圣的遗言，
愿弟兄们乐意将它牢记心田：
每天须坚持严格的祝祷仪式，
除此不需要任何其他的启示。

新生儿一旦伸展虔诚的手臂，
立刻抱起他，使他朝向红日，
让他的灵和肉接受火的洗礼！
他从此感受每天清晨的福祉。

把死的躯体交给活跃的生物，①
即使畜类尸体也要盖上泥土，
不管远近只要你们有此能耐，
凡是不洁之物都得掩埋起来。

自己的土地要耕得井井有条，
太阳于是乐意光耀你的辛劳；
如果你们种树，也得行列分明，
整齐有序，才可能繁荣茂盛。

还有大大小小的河川、沟渠，

---

① 拜火教徒实行天葬，抛尸体给兀鹫啄食。

也必须永远洁净,长流不息;
就像你们的森德鲁德河,源自
洁净的山区,又洁净地流去。①

不要让徐缓的水流淤塞变小,
要勤快而经常地将沟渠清掏,
芦苇、灯芯草以及蝾螈等等
都是孽物,必须通通消灭干净!

你们能保持大地和水源洁净,
太阳就会从高空中欣然照临,
哪儿对它表现出应有的尊敬,
那儿人就生气勃勃,幸福虔信。

你们历经千般劳苦,万重艰辛,
可以感到自慰:寰宇已然澄清,
人类身为祭师,不妨勇敢行事,
敲击石头②,好瞻仰我们的神祇。

哪里有火燃烧,哪里就可看见:

---

① 森德鲁德河为拜火教徒心目中的至洁至纯的圣河,因为它从山里流出来后即分成许多更小的支流,最终完全渗入地里,消失无踪。
② 敲击石头可以出火。

黑夜变得明亮，肢体变得灵便，
火焰熊熊的炉灶上，不论动物
或植物的液汁都很快由生变熟。

若去拾取柴薪，那就满怀欣喜，
因为你们捧着尘世的太阳种子；
若要采摘皮棉，不妨诚挚坦言：
用它做灯芯，把神圣职责承担。

你们从每一盏放射光芒的油灯，
会虔诚地发现崇高圣火的投影，
永远没有任何灾祸把你们妨碍，
清晨不能朝神的宝座顶礼膜拜。

这就是我们生存的最可靠保证，
我们和天使共用神的洁净宝镜，
只为赞颂至高无上者柔声低语，
信徒们一圈一圈围坐在宝镜里。

我欲离开森德鲁德河的河岸，
振动羽翼，飞上达那温德山，
满怀欣喜，迎接拂晓的日出，
从山上送给尔等永恒的祝福。

★

如果人类珍视大地,
大地承受太阳的光照,
如果人类喜食葡萄,
葡萄以泪眼面对利刀——
它知道它的液汁,
将为取悦世人而发酵,
令多数人精力充沛,
可也把少数人扼杀掉——
那人类便感谢太阳的光热,
阳光下面,万物繁茂、茁壮;
醉汉言语模糊,踉踉跄跄,
节制者兴致勃勃,纵声歌唱。

天堂篇

预先尝试

真正的穆斯林谈起天国,
就好像自己曾去过一样,

他坚信《古兰经》的许诺,
教义就建立在这基础上。

可是经书作者,那位先知
在天堂察觉我们有缺陷:
尽管他的诅咒猛似霹雳,
疑心仍动摇我们的信念。

先知要使大家变得年轻,
从圣城派来位青春典范;
她冉冉飘落,果断又灵敏,
给我脖子套上爱的锁链。

我把天赐之物抱在膝头,
贴在胸前,完全忘乎所以;
我亲吻着她不知有个够,
对天国不再存丝毫怀疑。

有权上天堂的男人

贝德尔战役过后,星空底下[①]

[①] 公元623年,在麦加和麦地纳之间的贝德尔(Bedr),穆罕默德及其追随者以少胜多,战败了崇拜偶像的麦加异己。

穆罕默德说

让敌人把他们的死者悼念,
因为他们倒下了,不再回返;
我们的弟兄无须你们哀挽,
因为他们将悠游在星空上面。

那七颗行星,它们全都已经①
大大地敲开了自己的金门,
我们光荣牺牲的亲人,他们
已经走上前去,勇敢敲门。

想当初那匹神骏驮着我飞行,②
将所有七重天通通游个遍,
亲历了无数辉煌景象,而今
都被他们喜出望外地发现。

智慧树一棵棵似柏树般挺立,

---

① 阿拉伯古代天文学认为的七个行星是太阳、月亮、水星、金星、火星、木星、土星。
② 根据穆斯林传说,穆罕默德曾骑着一匹飞马遨游七重天,到了真主座前,领略过天堂美景。

高高的枝头结满金色果实,
生命树枝繁叶茂,浓荫匝地,
树下繁花似锦,芳草萋萋。

这当儿从东方刮起一阵熏风,
给我们送来一群天国少女,
你就睁大了眼睛饱餐秀色吧,
仅仅看一看就可心满意足。

她们驻足审视,你有何业绩?
可曾胸怀壮志?浴血奋战?
她们想,能入天国必是勇士;
至于勇气何在,还得看看。

于是,她们马上看你的伤口,
伤口本身就是光荣的记载。
荣华富贵通通都已付诸东流,
为信仰而战的伤口却存在。

天女们带领你走向台阁亭榭,
穿过五色斑斓的石柱行行,
那儿准备着一杯杯葡萄玉液,
她们先呷了呷再邀你品尝。

年轻人！你受到了破格欢迎！
天女们一个个纯洁而晶莹；
她们中有一个若为你所倾心，
便赢得全体的亲善和钦敬。

然而天女中这位出众的佳丽，
全然不因这种事孤芳自赏，
她快活、坦荡、诚挚地把你
让给女友，她们各有所长。

一个带你去赴另几个的筵席，
人人别出心裁，搜索枯肠；
家中女人成群而能平安无事，
真值得人努力争取进天堂。

因此你就去过这安宁生活吧：
安宁的日子可真是金不换；
这种女子不会叫人感到困乏，
如此美酒不会使你变醉汉。

★

这就是可以报告的些许情况，

升天的穆斯林为此挺骄傲。
给护教勇士所设的男人天堂，
真个完美无缺，十分美妙。①

杰出的女性

丝毫也不能亏待女性，
希望她们都纯洁忠诚；
可咱们只知道四个人，
已有进入天堂的荣幸。

尘世的太阳苏莱卡第一，
对尤素福她全心全意，
她光辉的德行是克己，
如今也带给天国欣喜。

随后是受祝祷最多者，②
她给异教徒生下救星，
却失望而痛苦地看着
儿子在十字架上牺牲。

---

① 对阿拉伯世界的大男子主义，歌德在此似乎不无调侃批评之意。
② 指天主教徒信奉的圣母马利亚。

还有穆罕默德的夫人!
她带给他幸福和荣耀,
在生前就已建议实行
一夫一妻制和一神教。①

接着是温柔的法蒂玛,②
极出色的女儿和妻子,
灵魂天使般无比纯洁,
肉体高贵得如金似蜜。

这四位我们一一见到;
谁曾把女性美德颂赞,
他也配去天堂中逍遥,
还多半受到她们陪伴。

进入天堂

天　女

在天堂的大门前,③

---

① 指穆罕默德之妻赫迪彻。她是最早的伊斯兰教教徒,在世时穆罕默德未另娶。
② 法蒂玛是穆罕默德的女儿。
③ 据《古兰经》记载,天国有70道大门,每道门都有一位天女把守。

今天我站岗值日,
我不知该怎么办,
你叫我觉得可疑!

你跟咱们穆斯林,
确实有亲缘关系?
你参战并有功绩,
有权进入天国里?

你要是勇士之一,
就让我看看伤痕!
能证明你的荣誉,
我马上领你进门。

诗　　人

快别这么婆婆妈妈!
请你只管放我进去:
我曾为人光明正大,[①]
难道不也就是战士。

睁大你锐利的双眼!

---

① 做一个光明正大的、真正的人和做一个战士一样,同样需要勇气和牺牲精神,实为不易;诗人哈台姆(歌德)自视为这样一个人。

这里！透视我的胸怀，
瞧，生活的创伤凄惨，
瞧，爱情的创伤痛快。

可我仍虔诚地歌颂：
爱人始终对我忠诚，
世界不管如何转动，
仍满怀感激和爱心。

与人类的精英合作，
我取得了以下成绩：
我名字已化作爱火，
在最美丽的心灵里。

不！你没有选错人：
快伸出手将我欢迎！
我要用你纤纤手指
一天天地计算永恒。

共　　鸣

天　　女

在外面，最初

我和你说话的地方，
我常将天门守护，
按照规定的那样。
在那儿，我突然听见
奇怪而细小的响声，
音调、音节一片混乱，
也想要进入天门；
然而人却不见一个，
而且响声越来越小，
听起来倒挺像你的诗歌，
现在我又想起来了。

诗　　人

永生的天女！你对
恋人的回忆真是感人！
不管以何韵味
在尘世发出的声音
全都想上天堂；
多数的在下界即已消隐；
其他的凭精神之翼翱翔，
就像先知的飞马
乘风腾上云霄，
在天门前发出啸叫。

你的同伴要遇上类似情形，
请她们将其牢记在心，
并使那回声悦耳动人，
以便它再传回凡尘。
还得烦请她们留意，
他来了无论如何
也要发挥他的才能，
这样对人人都有益；
于天国尘世一样是好事情。

她们要给他亲切勉励，
温柔可爱地为他服务；
她们要与他住在一起，
一切善人都谦让知足。

而你如今已是我的人，
我要保证你永远安宁；
我不让你再把守天门，
派个独身姐妹去也成。

诗　　人

你的爱，你的吻令我心旷神怡！
我不想再探听你的秘密；

不过告诉我，你可曾
生活在凡尘？
我常常有一种感觉，
我愿起誓，我愿证明，
苏莱卡曾是你的芳名。

天　　女

水、火、土、风四大元素，
我们径直由它们造出；
弥漫在尘世间的气氛，
全然违反我们的本性。
我们从未去过你们凡尘；
相反，你们来天堂寻求安宁，
让我们有做不完的事情。

你瞧，经过先知慎重推荐，
信徒们死后纷至沓来，
还在天堂把位子抢占，
而我们按照他的安排，
却必须表现殷勤、和蔼，
连天使见着都认不出来。

然而那第一、第二、第三名，

他们从前已有过心上人,
和我们相比虽丑不堪言,
我们却因此被他们轻践;
我们活泼、聪明又迷人——
穆斯林们仍旧想回凡尘。

我们这些出身高贵的天女,
对他们的行径非常生气,
我们思前想后,反复考虑,
发誓要进行坚决的反击;
这时先知正好来天上巡游,
我们时刻注意他的踪迹;
正当他做好打算返回地球,
那飞马突然不得不停蹄。

我们将他团团围在了中间!——
身为先知他和蔼又威严,
给我们做解释,三言两语;
我们却因此很是不满意。
须知为了达到他的目的,
我们得把一切操在手里,
要我们与你们思想一致,
要我们像你们的亲爱的。

我们于是失去了自尊，
天女们因此大伤脑筋，
不过呢既已获得永生，
我们想也该事事驯顺。

这下人人又见到老相识，
重温从前已有过的经历。
我们成了金发女，褐发女，
我们想入非非，性格乖僻，
是的，有时候还胡言乱语；
一个个随心所欲如在家里——
穆斯林们认为就该这样，
我们的心情快活又舒畅。

可你呢，生性快活开朗，
在你眼里我便来自天堂；
你珍视我的青睐和亲吻，
即使我并非苏莱卡其人。
然而她毕竟可爱而姣好，
大概也像我，不爽分毫。

诗　　人

你用天光将我的眼迷，

我不管错觉还是真理，
总之，你最受我钦敬，
为了完成天女的任务，
为了取悦一个德国人，
你言语也用了对韵句①。

天　　女

是的，你也请尽情咏叹，
只要你的歌发自内心！
我们这些天国的伙伴，
都爱好言和行的纯真。
你知道，动物表现温驯、
忠诚，也可入天国之门。
天女不在乎言语粗鲁，
我们感觉它发自肺腑；
只要溪水迸涌自清泉，
便可在天堂涓流潺潺。

天　　女

你不妨再屈指给我算一算！
你可知道我们生活在一起，

---

① 对韵句（Knittelreim）为德国古代曾经流行的诗律，因其aabb的押韵方式而得名。

亲密无间，已有多少世纪？

诗　　人

不知道！——也不想知道！
天女永远纯洁得如同新娘，
她的吻新鲜、甜蜜、多样！——
既然每时每刻都令我惊喜，
我何必问多少时日已过去！

天　　女

我注意到，你有时也
痴痴呆呆，神不守舍。
你曾经勇敢地遨游宇宙，
并把真主的玄奥探究；
现在请也正视你的爱人！
你是否已把诗歌完成？
适才在天门外怎么唱的？
现在将怎样唱？——我不想苛求你，
只要你给我唱献给苏莱卡的歌：
须知在天国中你不会更有出息。

蒙受圣恩的动物

有四种动物蒙受恩宠，

获得准许升入天庭，
与圣者和虔诚的信众，
在此享受生之永恒。

其中毛驴的待遇特殊，
欢蹦乱跳率先前行，
因为它曾经驮着耶稣，
进入那座先知之城。①

羞怯的狼将毛驴紧跟，
穆罕默德曾指示它：
"要把绵羊留给穷人，
富人的不妨随便抓。"

狗儿快乐活泼又勇敢，②
老对主人乞怜摇尾，
主人要是贪睡的懒汉，
它便忠诚地陪着睡。

---

① 事见《圣经·新约·马太福音》第21章有关耶稣骑驴进入耶路撒冷城的记述。
② 参见后面的《七个酣眠者》一诗。

还有艾布赫里拉的猫,①
讨好主人喵喵直叫。

它曾受穆罕默德爱抚,
自然也是神圣之物。

较高与最高

竟然传授这档子事,
但愿我们别受处分:
一切一切怎样解释,
你们不妨扪心自问。

于是你们得到回答:
世人无不满意自己,
乐见自我获得救拔,
在天国如同在尘世。

说到我可爱的自我,
他需要种种的舒适,
我在此享有的欢乐,

---

① 艾布赫里拉是穆罕默德的好友,以酷爱养猫著称。

希望永生永世保持。

人人喜欢漂亮庭园，
花朵、果实、俊俏孩子，
尘世之上如此这般，
年轻了的灵魂亦复如此。

因此我愿邀约友人，
不分老少聚在一起，
十分乐意使用德语，
结巴几句天国话语。

然而方言不绝于耳，
凡人天使相互爱抚，
语法变位含混隐秘，
罂粟玫瑰糊里糊涂。

人人热衷眉眼传情，
巧用秋波替代辞彩，
为了提高天国雅兴，
原本无须振动声带。

天国的话语，自然呐，

用不着音调和响声,
于是乎,超凡入圣者
更强烈体验到永生。

这样,人的五大感官
在天堂已安排妥帖,
我只要能获得通感①,
便保证有其他一切。

而今我更轻快怡然,
巡游在永恒的境地,
这儿响彻真主圣言,
处处洋溢纯洁生气。

热切渴望难抑难耐,
追求没完没了,直至
静观着那永恒之爱,
我们也才飘然消逝。

---

① 原文说的是一种能同时具备视觉、听觉、触觉、味觉、嗅觉等五种感觉的感知力或感官,姑且引申译成"通感"。

七个酣眠者①

皇上要别人尊他为神，
可是却没有神的禀性。
一次他正欲大饱口福，
叫一只苍蝇败坏了雅兴。
皇上因此而大为震怒，
吓跑了身边的六位宠信。
这些近侍虽猛挥拂尘，
也驱不走那讨厌的苍蝇。
它围着皇上飞舞、叮咬，
使整个宴会大煞风景。
它一会儿去，一会儿来，
像那阴险的魔鬼的使臣。②

"喏！"年轻人如此议论：
"苍蝇怎么能打扰天神？

---

① 根据早期基督教传说，在以弗所城（Ephesus）有7个贵族青年，因逃避罗马皇帝德齐乌斯对基督徒的迫害而逃入山洞，被皇帝派人砌墙封闭在洞中，结果一睡睡了200年。伊斯兰教的《古兰经》同样记载有这一奇迹。歌德据此写成眼前的叙事诗。

② 魔鬼撒旦也被称作蝇神（Fliegengott）。

神难道也爱吃吃喝喝，
像我们其他人？不，神
只有一个，他创造了太阳
和月亮，以及灿烂的天穹，
我们不逃避这样的神！"——

小青年们换上了轻便鞋，
乔装改扮，一位牧羊人
收留了他们，陪着他们
藏身山洞。他的牧羊犬
脚虽受伤，却不顾驱赶，
紧紧跟随在主人身边；
它加入了逃匿者的队伍，
成了睡神宠儿中的一员。

皇上得知宠信们逃跑了，
便由爱生恨，大为恼怒，
决心严加惩处，但不用
剑与火，而用砖块和石灰，
砌一道墙把那山洞封堵。

可逃亡者照旧酣睡沉沉，
他们的护神，那位天使

于是到上帝宝座前禀报：
"我让他们不断地翻身，
一会儿右，一会儿左，
免得年轻、优美的躯体
受到霉嗅、浊气的侵损。
我还在岩壁上开了些缝，
以便升起和落下的太阳
使年轻的面庞恢复红润。
他们就这么幸福地沉睡。"——
还有，狗枕着伤愈的脚掌，
同样也睡得甜香、安稳。

寒来暑往，年复一年，
小伙子们终于醒来了，
那封堵洞口的墙壁呢，
也年深太久，已经倒掉。
扬布利卡，青年们中
最英俊、最聪明的那个，
见牧人畏缩不前，便道：
"我愿意出去弄些食物，
要钱要命我都不在乎！"

以弗所城，它多年以前

便已经皈依先知耶稣的
信仰。(愿善人平安!)

年轻人奔跑着,看见了
城门、塔楼和其他等等,
却一心只顾寻找食物,
冲进了附近面包铺的门。——
"小鬼头!"面包师傅喊,
"你发现了宝藏怎么的?
你这金币让你露了馅儿,
若不平分我绝不答应!"

他俩争吵不休。结果事情
闹到国王面前;国王一样,
也要向面包师分上一份。

这时发现了成百的征候,
渐渐证明硬是有过奇迹。
须知在他参与建造的宫殿,
青年知道维护自身权利。
人们挖空一根柱子的底座,
找到了言之凿凿的宝藏。
这一下族中老少蜂拥麇集,

为着证明各自的亲缘辈分。
扬布利卡虽说青春焕发,
却堂而皇之成了老祖宗。
他从前听先辈讲过的事情,
又在这儿的子孙中与闻。
曾孙、重孙、玄孙团团围住他,
一个个像勇敢的男子汉,
对这小年轻却毕恭毕敬。
举出一个证据又一个证据,
直到临了儿事实完全澄清;
小伙子和他的那些伙伴,
终于恢复了自己的身份。

这时候,他动身返回山洞,
国王和平民纷纷前来护送。——
然而,这位上帝的选民
再未去找国王及其臣民:
因为七个酣眠者,加上
牧羊犬便成了八个,他们
已长期与整个人世隔离;
加百列使用神秘的力量,
根据上帝的安排,已把
他们通通送进了天堂中,

而那山洞,像又被墙封闭。

晚　安!

安息吧,亲爱的诗歌,
安息在我的国民怀中!
并且在一朵麝香云里,
让加百列殷勤地守护
这个倦游者的躯体,①
使他健康又朝气蓬勃,
永远快活而乐于交际;
愿岩壁崩出道道裂隙,
让他迈步进入天堂,
与各时代的英雄同行,
于广远中称心如意;
在那儿,美长存常新,
永远向着四方生长,
让芸芸众生感到欣喜。
是啊,连那忠实的小狗,
也可陪主人上天堂。

---

① 倦游者为诗人的自我写照。他像自己的诗歌一样也需要安息,并且希望得到曾经守护那七个酣眠者的天使长加百列的护卫,以便恢复青春活力。

暮年的抒情诗

在经历了与玛丽安娜·维勒美尔的爱情以后，年近古稀的歌德在心理和生理上都渐渐进入了暮年，从此便很少外出远游。1816年歌德夫人去世，诗人更形影孤独。可是他身在小小的、停滞的魏玛，精神却十分活跃，对自然、宇宙、社会、人生和人类的未来等一系列重大问题，一直进行着深入的思考。他思考的所得，都反映在他以后的重要著作《威廉·迈斯特的漫游时代》及《浮士德》第二部里，也记录在他与秘书爱克曼等人的谈话中。

到了暮年，歌德仍没有停止诗歌创作。他这时的诗，思想更深沉，情感更含蓄，形式也更多样、更严谨。

春满四时[①]

花坛已经疏松，
已经膨胀，
吊钟花摇摆着，
白雪一样；
番红花开放得
如同烈焰；
绿如玉红似血，
百花竞放。
樱草身材苗条，
趾高气扬；
调皮的紫罗兰
东躲西藏；
所有花草全都
欣欣向荣，
总之，已然是
满园春光。

---

① 这首献给歌德夫人的诗成于1816年5月15日。其时她已病入膏肓，20天后即离开了人世。

然而在园中
开得最茂盛的,
是我爱人那
可爱的心花。
它热烈的目光
永远关注我,
激起我的诗情,
使我词顺意达。
这永远开放的
心灵之花啊,
它严肃时亲切,
它嬉戏时纯洁。
即使夏天带来
百合和蔷薇,
它仍然没法
和我爱人媲美。

三　　月①

适才下了一场雪,
所以还不到时候,

---

① 诗成于1817年3月。

还没有百花盛开,

还没有百花盛开,
让我们喜上心头。

太阳也虚情假意,
光照是又弱又柔,

燕子同样在骗人,
燕子同样在骗人,
竟独个儿回来喽!

就算春天已近了,
我怎能独自消受?
只要我俩在一起,

只要我俩在一起,
便会将夏天享有。

目　　光[①]

每当你对镜梳妆的时候,

---

① 写作时间不详,估计在1814—1827年间。

要想想我曾吻这双眼睛,
一旦你的目光将我回避,
我的心必定分裂成两半:
须知啊我只活在你眼里,
我的目光必须有你回应,
不然我就不成其为我哟;
现在我时刻像刚刚诞生。

在夜半①

当我还是个小小的男孩,
夜里不情愿走过教堂的墓园,
去到父亲做牧师的房子,
看满天的繁星美丽地眨着眼;
  在夜半。

当我在人生的路上走完一程,
我又身不由己奔向爱人,
看群星与北斗在我头顶争辉,
我往来奔走,幸福销魂;
  在夜半。

---

① 诗成于1818年,后经友人泽尔特谱曲。歌德常吟诵它,吟诵时充满感慨。

到最后是明亮皎洁的满月
照进我幽暗的心灵,
我回顾往昔,瞻望前程,
联翩遐想萦绕我的胸襟;
　　　在夜半。

两个世界之间[1]

倾心唯一的一个女人,
敬重唯一的一个男人,
这多有益于心与脑的谐和!
莉达——近在身边的幸福,
威廉——天空最美的星辰,[2]
多亏了你们,我才成为我。
无数的岁月已经匆匆消遁;
然而我获得的全部的价值,
都来自和你们共处的时辰。

---

[1] 约作于1802年。

[2] 莉达指封·施泰因夫人,威廉指莎士比亚。歌德早年崇拜后者,到魏玛以后又深受前者的影响。此诗表达了他对这两位从许多方面看都判若两个世界的人的感激之情。

漫游者之福①

而今登上了漫游时代的旅程,
漫游者的每一步都小心谨慎。
虽说他不习惯唱圣歌和祈祷;
可一旦小路崎岖、迷雾环绕,
他就用严肃的目光回顾他的
内心,并且把爱人的心观照。

威廉·梯施拜恩的风景画②

1

倾倒在地的华屋广厦,
穹顶犹在,墙壁已经垮塌;

---

① 歌德在1821年出版的长篇小说《威廉·迈斯特的漫游时代》曾将此诗置于卷首,两年后再版则已删去。

② 威廉·梯施拜恩(1751—1829),与歌德同时代的德国杰出画家,《歌德在坎帕尼亚》这幅传世的著名油画便出自他的笔下。歌德本人也酷爱绘画,在旅居意大利期间和当时也在罗马的梯施拜恩过从甚密,两位大师经常就文艺问题进行切磋,思想上有不少共鸣。歌德回魏玛后,两人的关系逐渐疏远。1806年起他们的交往又多了起来。1819—1820年间,梯施拜恩完成了一组田园牧歌风味的风景画,于次年寄给歌德,请歌德为其配诗。歌德遂于7月中旬命笔,加上序跋共成诗22首。这里选译其中的5首。

千年的世事变迁之后,
高门巨柱全不再显得高大。
以后却又有生命萌动,
地上处处见新的种子抽芽;
大自然再次获得成功,
但见废墟藤蔓丛生、垂挂。

2

指引我们来到野外的精灵,①
它心地美好而富于人性。
在这树林中,在这田野上,
还有那陡峭的悬崖绝顶,
日出复日落,日落复日出,
都是在赞颂大自然和神。

3

森林里树木挨着树木生长,
就像亲密无间的兄弟,
让我们在林中漫游、畅想,

---

① 歌德一生热爱自然,早年便深受认为神性无所不在的自然神论影响。这首作于晚年的诗也明显地反映出诗人的自然观。

自由自在,无忧无虑;
是啊,当朋友们手拉着手,
不再是分散的一个个,
而是努力结成美好的整体,
就有欢乐,就有生趣。

4

平明如镜的湖水中间,
橡树的倒影直插蓝天,
给这林中的绿色王国,
钤上威严的皇家印鉴;
它俯视着自己的脚下,
它把水中的天空仰望:
只要能这么享受生命,
孤独无异于最高奖赏。

5

高贵而严肃,半兽半人,[①]
伏在地上静观、沉思,
精神的钟摆无片刻停顿,
总想着建立伟大功勋。

---

① 画上可以见到的是希腊神话里的半人半马怪肯陶洛斯。

唉,他真希望能逃避
这种荣耀,这种使命;
要想调教出一位英雄,
对刻戎也是很难的事情。①

风鸣琴②

对　　话③

他

我曾想我不会痛苦,

---

① 刻戎是肯陶洛斯中的善类,是人类的朋友和神。希腊英雄阿喀琉斯受过他的帮助和教育。

② 风鸣琴是当时欧洲流行的一种借风力使琴弦振动而发出悦耳音响的乐器,多置于窗口和庭园中。有适当的风吹来,放置在不同地方的两把琴往往同时发出声响,因此常常被用来象征心心相印的恋人。组诗并非真正意义的"对话",而只是相互呼应、因而像是在对话的独白。

③ 1822年夏天,歌德去风光如画的玛丽温泉疗养,碰见了美丽温柔的乌尔莉克·封·勒维佐夫。这位17岁的少女对74岁的老诗人怀着像对父辈乃至祖父般的爱慕,不想却唤起了他心中的爱欲。结果可想而知:歌德再次经历了失恋的绝望和痛苦。组诗《风鸣琴》以及其后的《致乌尔莉克·封·勒维佐夫》和《激情三部曲》都记录和反映了诗人的这一段经历。在这些诗中,以《激情三部曲》最为有名。歌德在诗中不仅回忆和述说了他对乌尔莉克的爱慕以及失恋的痛苦,还对自己痛苦多于欢乐的感情生活做了总结,不仅为自己寻找战胜痛苦的办法,还对爱情这个充满矛盾的人生大问题做了深入的哲学思考。在艺术风格上,《激情三部曲》与《西东合集》迥然不同,失去了色彩的明朗欢快和语言的幽默讥诮,相当地严肃、沉郁乃至晦涩、朦胧。

谁知道却忧心如焚,
额头好像已被捆住,
脑子好像已成空心——
直到后来我泪如雨下,
忍不住说出告别的话。——
她道别时虽泰然自若,
可眼下准也像你在哭。

她

他真走了,也不得不走!
亲人们啊,请都离开我;
要是我让你们觉得奇怪,
这情形它不会永远存在!
现在我不能没有他。
我只有哭泣,别无他法。

他

我没有心情独自伤感,
也不会感到什么快乐:
果实熟了任别人摘取,
哪棵树也不归我收获!
白昼我觉得漫长难熬,
夜晚的星空同样无聊;

给我留下的唯一安慰,
是反复回忆你可爱的容貌。
你要希望分享这幸福,
请到途中来与我一晤。

她

你伤心,因为我没露面,
也许怪我分手后变了心,
否则我的灵魂也会出现。
蓝天不是有彩虹装点吗?
下雨吧,雨后立刻有新的霓虹。
你哭泣,我便又出现在你眼前。

他

是的,你确实可以比作虹霓![1]
作为象征,它可爱而又神奇。
如此变化自如,还七彩斑斓,
永远保有本相,又永远新鲜。

---

[1] 虹霓这个美不胜收的意象,在《西东合集》和歌德的其他一些爱情诗中也经常出现。

真希望我能逃避我自己……①

真希望我能逃避我自己!
实在已无法忍耐。
唉,不知为啥不该去的所在,
我总是拼命要去!

唉,谁要能再康复……

唉,谁要能再康复就好了!
多么难以忍受的痛苦!
犹如一条受了伤的蛇,
我的心疼得蟠卷蜷曲。

自然是同一些箭矢……

自然是同一些箭矢,
不时地嗖嗖嗖飞来,
那么的利,那么的急,
混合着千百种欲求。

---

① 这首短诗和后面的两首写作时间不详,但从风格看显系晚年之作。

不知该马上呢,还是该推迟?——
谁了解自己,谁才有爱的权利。

致乌尔莉克·封·勒维佐夫

1

你早已使我对你着迷,
可眼下我见到新的生机;
只要你甜蜜的嘴儿一吻,
就表达出对我的青睐之意。

2

人们谴责我俩相爱,
我们无须为此忧虑,
责骂只会白费气力。
对别的事或许管用,
反对也罢,漫骂也罢,
不能使爱情不合理。

3

你霍华德的弟子啊,清晨[①]

[①] 诗人以气象学家霍华德的弟子自喻以及随后的晴雨表这个意象的使用,都绝妙地表现出一个恋人充满期待和焦躁不安的心情。

你总环视四周,仰望天宇,
看雾幕垂下,看雾幕上升,
看有怎样的云象笼罩大地。

在遥远的阿尔卑斯山上,
像军队,有堆堆冻云聚集,
在那一个个云堆的上方,
随风飘荡着白色的云絮;
然而下边却越来越灰暗,
从云层中骤然降下急雨。

设若在一个宁静的傍晚,
在那可爱的人家的门边,
你与你忠诚的人儿相遇,
可知道她脸上是晴是雨?

4

当水银柱迅速地下降,
便一定会下雪、下雨;
当水银重新升高升高,
便会有蓝色天幕张起。
痛苦和欢乐的水银柱
如果下降了升不上去,

你窄小的心田立刻会
感到相思的苦雨淋漓。

5

你过去了？怎么我竟未发现！
你回来了，我仍然没有看见——
失落的、不幸的一瞬啊！
怎么可能呢？难道我瞎了眼？

我自我安慰，你也乐于原谅我，
并且高高兴兴寻找原谅的理由；
我能见到你，却仍然不可企及！
你近在咫尺，却不能为我拥有。

6

你在温泉边消磨你的日子，
我因此激动得心肺欲裂；
须知我把你整个揣在心里，
不理解你为何不辞而别。

激情三部曲

致维特[①]

万人哀悼的亡灵啊,你又一次
勇敢地来到了人世,
在撒满鲜花的草地上遇见我,
全不惧怕我的注视。
你像活着,在清晨,当朝霞
覆盖田野,令我们心旷神怡,
在傍晚,一天的辛苦之后,
夕阳的余晖令我们心醉神迷。
我被选中留下,你被选中了去。
你先走了——却也损失无几。

人生似乎安排得十分美好:

[①] 1824年3月末,为纪念《少年维特的烦恼》问世50周年,歌德应约为莱比锡书商魏冈特即将印行的纪念版作序。此事勾起了诗人对往事的回忆,遂作此诗。它可以看作是歌德对自己多恋的一生的总结,本来产生得最晚,却被置于最前边,成为三部曲的"序曲"。

白昼多么喜人,夜晚多么威严!
我们置身于天国般的欢乐中,
尚未曾享受那壮丽的太阳,
心中已产生出迷乱的追求,
对我们自身和环境感到不满;
没有什么能相互完善补充,
内心充满光明,外界一片黑暗,
外界的光明却被浑浊的目光遮掩,
幸福常被忽视——哪怕近在眼前。

如今我们总算明白了!
女性的魅力牢牢地抓住了我们:
年轻人,快活一如健康的儿童,
青春焕发一如春天自身,
惊讶欣喜,不知谁使他这么幸运?
环顾四周,只觉世界属于他个人。
迫不及待,他要奔向远方,
城垣和宫堡都不能将他拘禁;
像群鸟盘桓在高高的林梢,
他也飘飘然,围绕着爱人飞行,
他情愿离开天空,到下界寻找
忠诚的目光,让它将他紧紧吸引。

可惜警觉得先是太早,后又太迟,
他很快感到飞行受阻,缧绁缠身。

重逢令人高兴,离别令人伤情,
再次重逢令人感到格外幸福,
多少年的相思一瞬间得到报偿,
然而阴险地,分别已窥视着我们。

朋友,你满怀深情,莞而一笑;
一次悲惨的离别使你遐迩闻名;
我们痛惜你那不幸的遭遇,
你留我们独自将苦乐担承。
我们重又感到莫名的渴慕,
再次坠入了爱河的迷津。①

反复地忍受痛苦的煎熬,
终将一别——分别等于死亡!
为了躲避分别带来的死亡,
诗人开始吟唱,嗓音多么感人!
深陷在痛苦中,自怨自艾,
愿神给他力量,诉说他的苦情。

---

① 歌德想起了一年前与乌尔莉克不幸的恋爱,心情格外沉重。

哀　　歌[①]

世人在痛苦中默然无声；
神给我力量，让我倾诉苦情。[②]

在花蕾依然紧闭的时日；
我怎能希望与心上人再见？
天堂和地狱对你同时开放，
狂躁的心儿不知该向哪面！——
别再狐疑！她会步向天门，
将你紧紧拥抱在她胸前。

就这样，你被天国接纳，
好似有福享受美好的永生；
你不再存任何希冀与渴求；
这儿实现了最衷心的憧憬。
只要能见到绝色的美人，
相思的泪泉便不再涌迸。
白昼飞快地振动着双翅；

[①] 亦名《玛丽温泉哀歌》，它与《罗马哀歌》不同处在于它确实诉说诗人心中的哀痛，而没有严格采用古希腊的哀歌体。诗成于1823年9月5日至12日。
[②] 此系歌德诗剧《托夸多·塔索》主人公的话，可视为歌德自己的心声。

驱赶着分分秒秒向前行进!
黄昏来到了,忠诚地一吻,
是又一个白昼的可靠保证。
一小时又一小时款步走来,
酷肖如姊妹,却仍可区分。

甜蜜而残忍啊,那最后一吻,
它割断了编织精美的爱情——
脚步匆匆,却踟蹰在门内;
好似火剑天使①要赶他出天庭!
眼儿死死盯着幽暗的小路,
猛回首:大门已经关紧。

如今紧锁心扉,自怨自怜;
好似从未开启,将良辰分享,
好似从未与天上的群星争辉,
看谁在她身边更灿烂明亮;
烦恼、悔恨、自责和忧愁的
重负,如今窒闷着我的胸膛。

---

① 火剑天使指天使长加百列。在《圣经·创世记》里,是他手执喷着火焰的宝剑,将亚当、夏娃赶出了伊甸园。

难道世界不复存在；重重岩壁
不再笼罩着神圣的阴影？
庄稼不再成熟？绿色的原野
不再绵延在河边牧场与丛林？
世界不再覆盖着伟大的苍穹？
头顶不再有变化万千的白云？

恰似六翼天使飘出巍巍云山，①
多么轻盈而娇美，温柔而光明，
在碧空中，从明亮的雾帷里，
冉冉升起一个酷肖她的倩影；
于是，你见她在云天尽情欢舞，
那美妙的人儿中最美妙的人。

然而你只能暂时欺骗自己，
竟然想抓住白云当她替身；
返回内心吧！在心中你真会
找到她，将发现她变幻身形：
她一身将幻化出万千姿容，
后一种定比前一种更加迷人。

---

① 六翼天使名为撒拉弗，系最美的天使。

就好像她又在大门边将我迎候；
随即便带领我登上幸福之顶，
已经吻别，她却又追赶上我；
在我唇上再印下最后的一吻：
于是，用燃烧的文字，清晰地
在忠诚的心中写着爱人的身影。

这颗心从此有了坚固的高墙，
对她忠诚，同时也将她珍藏，
一生一世为了她而感到喜悦，
充满自信，当她显现出形象；
在温柔的羁绊中反觉更自由；
仍然跳动，只为了对她报偿。

要说爱的能力和被爱的需要
都已经消失殆尽，无踪无影，
那就会立刻产生出新的欲望，
去欢乐地筹划、决断和实行！
要是爱情确能够激励恋爱者，
对于我它已将任务圆满完成；

就因为有了她！——想当初，
恐怖重压在我的精神和肉体，

举目四望,周遭景象多么怕人;
内心更觉压抑、凄凉、空虚。
这时希望闪现在熟悉的门边,
她身披着阳光,温暖而和煦。

《圣经》有言:不是理性而是
神赐的安宁,给你们世人幸福;
我想说,在我最可爱的人身边,
我得到了安宁、快乐和幸福;
心儿平静,什么也不能破坏
那深沉的信念:我乃她所属。

我们纯洁的心中激荡着渴望,
要对更崇高更纯洁的陌生者
表达感激之情,将身心献上,
同时揭开那永远无名者之谜;[①]
这,我们叫作信仰!在她面前,
我便感到同样有崇高的信仰。

她的目光对我如灿烂的丽日,
她的呼吸在我似春风浩荡,

---

① 陌生者和无名者均指无所不在的万能博爱的上帝。

融化了我久已冻结的自我，
它在严冬的洞窟中深深潜藏。
自私自利、固执任性无以存身。

在她来到之前早已全部逃亡。
她仿佛说："我们可以享受
人生之乐，一个又一个时辰。
昨日的事只给我们稀少记忆，
明天的事禁止我们预先打听！
就算我也曾害怕黑夜的到来，
面对落日，我仍然感到欣幸。

"因此也学习我，明智而快乐，
勇敢正视目前！及时乐享人生！
勇往直前，活泼而满怀善意，
你的行为才会博得爱人欢心！
无论何时都要像孩童般纯真，
你就会变得充实而不可战胜。"
说得倒好，我心想：神宠爱你，
时时刻刻都陪伴你，将你照应，
任何人来到你身旁，都立刻
会感到自己成了命运的宠儿；
让我离开你的暗示令我恐惧——

对我何益,学习这高深的学问!

如今已远离她!这眼前的时光,
该怎样挨过?叫我有啥好说?
她赐给我许多美好的回忆,
如今已成重负,我必须摆脱。
难忍的渴慕逼得我坐立不安,
除了流泪不止,别无良策。

泪水不断地涌,不停地流——
却永不能将心里的火焰熄灭!
胸中感到狂暴的撕扯的剧痛,
是生与死在搏斗,残酷而惨烈。
为治肉体的创伤还有药可寻,
只是精神已缺少毅力与果决。

也不理解:怎么就该将她失去?
眼前还千百次地看见她的倩影,
时而姗姗而来,时而遽然消失,
时而朦胧缥缈,时而圣洁光明。
她来而复去,一似那潮涨潮落,
怎能稍稍地安慰我虔诚的心灵?

让我留下来吧，忠诚的旅伴，①
留在山崖和沼泽边，独自一人！

你们只管前进！对你们世界
辽阔而广大，天空崇高而光明；
去观察、研究和搜集资料，
然后便可将自然的奥秘说清。

适才我还是诸神宠爱的骄子，
眼下却已将宇宙和自我失去；
神们试探我，赐我美女潘多拉②，
她带来无数珍宝，可灾祸更多些；
他们逼我去亲她多赐的嘴唇，
然后使我们离散，置我于死地。

抚　　慰③

情欲带来痛苦！——谁来抚慰

---

① 指歌德的侍从施达德尔曼和秘书约翰。他们都有自然科学方面的爱好。
② 潘多拉系希腊神话中的美女，爱神赐给她魅力，赫尔美斯赐给她口才和谋略，宙斯却给了她一只装满灾祸的盒子。在此诗中，她是爱欲的象征。
③ 这首诗1823年8月作于玛丽温泉，比《哀歌》和《致维特》都早。原本为著名波兰女钢琴家希玛诺夫斯卡而作。她曾以自己的琴声给老诗人以心灵上的抚慰。诗中发挥了歌德以艺术和诗歌战胜痛苦的思想。

这损失惨重的窘迫的心房?
现在何处啊,匆匆逝去的韶光?
徒劳,你为自己挑选了绝色美女!
如今你精神抑郁,行事迷茫;
那庄严的世界,已从意识中消亡!

蓦地,音乐驾着天使的翅膀飞来,
亿万种乐音在空中交织、回荡,
深深地渗透了人的灵魂,
让永恒的美在他的全身溢洋:
眼睛湿润了,憧憬在增长,
音乐与眼泪同样是神的犒赏。

宽慰的心儿只是战栗地感到
它还活着,还在跳动,渴望跳动;
真诚地感激这丰厚的赏赐,
它乐意将自己奉献,一改初衷。
它感受到了——愿永远永远!——
双重的幸福,在音乐与爱之中。

致美利坚合众国[①]

你更加幸运,美利坚,
不像我们的古老大陆;

你没有倾圮的宫殿,
没有玄武岩。
在你的内部,
既没无用的回忆,
也没无谓的争吵
干扰你,当你充满生气。

好好利用眼前的时光!
你的孩子们要是做诗人,
就愿他们交好运,千万
别去写骑士、强盗和幽灵。

[①] 歌德对新独立的美国十分关注和羡慕,但这首诗所表现的主要是他对德国本身的一些现象的厌恶,诸如那关于玄武岩(Basalt)成因的没完没了以致演变为人身攻击的无谓争论,那醉心往古、脱离现实的伪浪漫文艺等。

致拜伦爵士[①]

亲切的话语从南方,一次次,
给我们带来愉快的时辰,
召唤我们走向最高贵的人,
我们虽然渴望,可脚不由心。
我曾与他长时间相伴,如今
他在远方,我怎样传送心声?
他已习惯承受最深沉的痛苦,
常在内心深处与自我抗争。
祝福他吧,要是他还有知觉!
他不妨自命为最最幸福的人,
只要缪斯的力量能战胜痛苦;
愿他能像我一样了解他自身。

[①] 歌德十分器重天才的英国诗人拜伦,对拜伦的《曼弗雷德》发表过评论;拜伦反过来也十分敬仰歌德,尊他为"欧洲诗坛的君王"。前一首诗成于1823年,其时拜伦正要动身去参加希腊抗击土耳其的斗争;后一首成于1825年,拜伦已经病死在军中,是老诗人为夭逝的天才写的挽歌。

*

巧于出谋划策,拳头结实有力,
他钟爱的是希腊的美女;
壮丽的事业,高贵的诗句
让热泪充盈在他的眼里。

他喜爱长刀,喜爱宝剑,
也乐于用步枪射击;
他的心啊多么渴望,渴望
在勇敢的大军中出人头地!

让他名垂青史吧,
克制住你们的思慕;
光荣永远地属于他,
泪水永远属于你我。

未婚夫[1]

夜半我睡意蒙眬，多情的心
却在胸中醒着，如同白日；
白昼到来，我却感觉似黄昏，
不管发生什么，于我何益！
只为她我才忍受烈日的暴晒，
只为她我一生辛劳，可她
已经不在；凉爽的晚间多么
宜人！它算是很好的报答。

太阳落山，我们曾手拉着手，
向这幸福的最后余晖致意；
我们四目相视，用目光表白：
但愿它会重新在东方升起。

在夜半！星星做着甜蜜的梦，
轻轻将柔辉洒在她安息地。
但愿那儿也为我备好下榻处，
无论怎样，生命实在美丽。

---

[1] 这首献给玛丽安娜·封·维勒美尔的诗作于1824年夏天（一说1828年），其时歌德已75岁高龄。诗中表现了感到来日无多的诗翁缅怀旧事、眷恋人生的复杂心境。至于诗题，却颇费解，只好仁者见仁，智者见智。

乡　趣①

夜莺啊，它已远去，
春天将会把它唤回；
它没学会什么新歌，
仍唱着古老的恋曲。

中德四季晨昏杂咏②

1

疲于为政，倦于效命，

---

① 根据希腊民歌仿作，约成于1824—1825年间。
② 歌德从小受到中国文化的熏陶，读过不少中国的和有关中国的书籍。特别是1827年，他于5、6月间在伊尔姆河畔的庭园中写成《中德四季晨昏杂咏》之前，他不仅重读了《好逑传》，还新读了小说《玉娇梨》《花笺记》以及附在《好逑传》后边的《百美新咏》。歌德在组诗中将自己的经历、思想、情感，与他从上述中国作品里领略得来的情调、趣旨、意境、精神融汇在了一起，可称为他多年孜孜不倦地学习中国文化的一大收获，也是历史悠久的中德文化交流的光辉体现。从题目到格律、到意象，再到内容和情调，组诗都显示出歌德所受中国文化、特别是古典诗歌的启迪和影响，其中尤以第8首为典型和成功，完全像一幅中国传统的水墨晚景画。它宁静、清明的气氛和境界，也正好可以作为诗人晚年思想情操的写照。

试问,我等为官之人,[①]
怎能辜负大好春光,
滞留在这北国帝京?[②]
怎能不去绿野之中,
怎能不临清流之滨,
把酒开怀,提笔赋诗,
一首一首,一樽一樽。[③]

2

白如百合,洁似银烛,
形同晓星,纤茎微曲,
蕊头镶着红红的边儿,
燃烧着一腔的爱慕。

早早开放的水仙花
在园中已成行成排。
好心的人儿也许知晓,

[①] "为官之人"的原文为Mandarin。此词专用于清朝的官员,通常译为"满大人"。
[②] "北国帝京"原文为Norden(北方、北国),一般研究者认为指北京,也有人认为指处于歌德作诗的花园北边的魏玛宫廷。
[③] 原文为Schale,意即"碗、盏"。

它们列队等待谁来。

3

羊群离开了草地,
唯剩下一片青绿。
可很快会百花盛开,
眼前又天堂般美丽。

撩开轻雾般的纱幕,
希望已展露端倪;
云破日出艳阳天,
我俩又得逐心意。

4

孔雀虽说叫声刺耳,
却还有辉煌的毛羽,
因此我不讨厌它的啼叫。
印度鹅可不能同日而语,
它们样子丑叫声也难听,
叫我简直无法容忍。

5

迎着落日的万道金光,
炫耀你情爱的辉煌吧,
勇敢地送去你的秋波,
展开你斑斓的尾屏吧。
在蓝天如盖的小园中,
在繁花似锦的绿野里,
何处能见到一对情侣,
它就视之为绝世珍奇。[①]

6

杜鹃一如夜莺,
欲把春光留住,
怎奈夏已催春离去,
用遍野的荨麻蓟草。
就连我的那株树
如今也枝繁叶茂,

---

① "它"指落日。在这首赞颂爱情的诗中,成双的孔雀成了情侣的象征。小说《花笺记》便有"孔雀双双游月下"句。

我不能含情脉脉
再把美人儿偷瞩。
彩瓦、窗棂、廊柱
都已被浓荫遮没；
可无论向何处窥望，
仍见我东方乐土。①

7

你美丽胜过最美的白昼，
有谁还能责备我
不能够将她忘怀，
更何况在这宜人的野外。
同在一所花园中，
她向我走来，给我眷爱；
一切还历历在目，
萦绕于心，我只为她存在。

8

暮色徐徐下沉，

---

① 东方是太阳升起的地方。在欧洲文学中，情人常被比作太阳。

景物俱已远遁。
长庚最早升起,
光辉柔美晶莹!
万象摇曳无定,
夜雾冉冉上升,
一池静谧湖水,
映出深沉黑影。

此时在那东方,
该有朗朗月光。
秀发也似柳丝,
嬉戏清溪之上。
柳荫随风摆动,
月影轻盈跳荡。
透过人的眼帘,
凉意沁入心田。①

9

已过了蔷薇开花的季节,
始知道珍爱蔷薇的蓓蕾;

---

① 此诗上半阕写的是眼前的实景,下半阕写的是歌德想象中的中国的月夜。

枝头还怒放着迟花一朵,
弥补这鲜花世界的欠缺。

10

世人公认你美艳绝伦,
把你奉为花国的女皇;
众口一词,不容抗辩,
一个造化神奇的表现!

可是你并非虚有其表,
你融汇了外观和信念。
不倦的探索定会找到
"何以"与"如何"的
法则和答案。

11

我害怕那无谓的空谈,
喋喋不休,实在讨厌,
须知世事如烟,转瞬即逝,
哪怕一切刚刚还在眼前;
我因而坠入了

灰线织成的忧愁之网。
"放心吧！世间还有
常存的法则永恒不变，
循着它，蔷薇与百合
开花繁衍"。

12

我沉溺于古时的梦想，
与花相亲，代替娇娘，
与树倾谈，代替贤哲，
倘使这还不值得称赏，
那就召来众多的童仆，
让他们站立一旁，
在绿野里将我等侍候，
捧来画笔、丹青、酒浆。

13

为何破坏我宁静之乐？
还是请让我自斟自酌；
与人交游可以得到教益，
孤身独处却能诗兴旺勃。

14

"好!在我们匆匆离去之前,
请问还有何金玉良言?"——
克制你对远方和未来的渴慕,
于此时此地发挥你的才干。

给升起的满月[①]

你就要离开我了吗?
适才你与我如此亲近!
浓云遮暗了你的身影,
如今你已完全消隐。

你该感到我多么忧伤,
探头望我,像颗小星!
向我表明还有爱我者,

[①] 1828年8月25日晚,即将79岁的歌德面对着天空中时现时隐的满月,回忆起了13年前的往事(请参阅《月圆之夜》及注释),遂成此诗。

纵使远在天边,我的心上人。

升起吧,明亮又皎洁!
循着你的轨道,放射光辉!
我的心儿痛苦地狂跳,
这夜啊,令人幸福陶醉。

清晨,山谷、群山和庭园……[1]

清晨,山谷、群山和庭园
拉开了雾的帏幔,
为了慰解难忍的渴慕,
斑斓的花朵已将露水盛满;

天空中飘荡着浮云,
将清冷的晨光阻拦,
为打开太阳的蓝色通道,
东风正在把浮云驱赶;

---

[1] 1828年9月作于道恩堡。

而你，在饱享眼福之余，
会感谢那博大仁慈的心田，
于是，夕阳也将吐放红光，
给周遭的地平线镶上金边。

遗　　嘱[①]

任何存在都不能化作乌有！
万有中活动着永恒的精神，
你要在存在中把握你的幸福！
存在永恒不灭：须知法则
会将生命的宝藏维护贮存，
宇宙因而装点得美丽喜人。

真理早已经被发现。[②]
它联合了高贵的心灵；
快掌握那古老的真理！
为它，要感谢那位智者，

---

① 诗成于1829年，系歌德最后一首独立的诗作，且回顾总结了他一生的经验，从这两重意义上讲，确实可视为歌德的"遗嘱"。
② 指哥白尼发现日心说。

他给太阳的姊妹指出轨道，
让它们永远围绕它运行。

如今你又很快反躬自省：
于身内会发现一个中心，
对此没有贤者存在怀疑。
任何法则都不会消隐：
独立的良心一如太阳，
给道德的白昼带来光明。
然后要信赖你的感官，
只要理智能保持清醒，
你就不惑于假意虚情。
你将兴致勃勃，目明神清，
沉着而又机智地，在世界
欣欣向荣的沃野上行进。

有节制地享受富足和幸福；
让理性时时刻刻伴你同行，
生命它就会真正乐享生命。
于是逝去的将长久存在，
未来的预先已生机充盈，
一瞬间也会变成为永恒。

你要是终于获得了成功,
一种感觉将贯注你全身:
唯有劳作收获才算真实——
你要如此检验一切世情,
世事只遵循自己的规律,
你要亲近那少数的精英。

古往今来,哲学家和诗人,
都静静地,随心所欲地,
创造自己心爱的作品,
你同样获得最美的恩赐:
做高贵的人们的先知,
乃是最值得企慕的使命。

守塔人之歌①

生来为了观看,
瞭望是我使命,
矢志驻守高塔,

---

① 选自《浮士德》第二部《深夜》一场。这节诗礼赞自然,礼赞生命,洋溢着乐观精神。

世界令我欣幸。
我遥望那远方,
我俯瞰这近景,
上有月亮星辰,
下有林莽鹿群。
我看大千世界,
永远欣欣向荣,
就像我爱世界,
我也爱我自身。
幸福的双眸啊,
你们所见一切,
尽管变化万千,
莫不美妙悦人!

叙事谣曲

叙事谣曲（Ballade）在古代原本是意大利的伴舞歌，12世纪以后逐渐在法国、西班牙、英国等国流行起来，18世纪时也传入德国，演变成民间的叙事说唱，一些诗人作家也开始采用这种题材进行创作。歌德与席勒于结交后的第三年即1797年，便竞赛似的你一首我一首写了不少叙事谣曲，使这一年成为德国文学史上著名的"叙事谣曲年"。

歌德创作的叙事谣曲不仅数量大，而且内容丰富多彩，其中不乏像《渔夫》《魔王》《魔法师的门徒》这样流传全世界的佳作名篇。它们虽多根据民歌或民间传说改写，却被赋予了新的、呼唤人道和正义的思想内容，艺术形式也更完美，因而成为歌德个人乃至整个德语诗歌宝库中极富特色和生命力的、不可小视的一部分。

紫罗兰[①]

紫罗兰开放在草地上,
蜷曲着身儿,没人欣赏,
虽然它有可爱的模样。
远远走来年轻牧羊女,
脚步轻盈,心情舒畅,
她走啊,走啊,
一边走,一边歌唱。

唉,我要是,紫罗兰想,
自然界最美的花就好啦!
唉,哪怕就一会儿时光,
只要可爱的人儿摘下我,
把我轻轻戴在她胸口上!
一会儿,一会儿,
唉,哪怕只一会儿时光!

---

① 作于1773年,原系歌剧《艾尔文与艾尔米蕾》中的一支歌曲,有浓厚的民歌风味;歌德在世时此诗即经莫扎特等谱曲而广为传唱。

唉，真可怜！姑娘走近了，

却没有注意到紫罗兰，

一脚踩在可怜的花儿身上！

它倒下死去时仍在想：

我要死啦，我要死啦，

幸运呵，幸运呵，

我是死在她的脚旁！①

图勒王②

从前图勒③有一位国王，

他忠诚地度过了一生；

他有一只黄金的酒杯，

是他爱人临终的馈赠。

他视金杯为无上珍宝，

宴会上总用它把酒饮；

---

① 此诗以凄婉的格调，用紫罗兰的谦卑和忘我来表现了爱情的纯真与无私。

② 作于1774年，后收入《浮士德》第一部第八幕《黄昏》，成为女主人公玛格蕾特唱的插曲。

③ 图勒系欧洲人传说中的一个极为遥远的北方岛国，也有人揣测即为冰岛，但无确证。

每当他一饮而尽之时,
他都禁不住热泪滚滚。

国王眼看自己快死去,
便计算他有多少座城;
他把城市全赐给太子,
单留金杯不给任何人。

海边耸峙着一座宫殿,
殿内有座祭祀的高台,
国王在台上大张宴席,
把亲近的骑士们款待。

这时老酒徒站起身来,
饮下最后的生之烈焰,
然后他将神圣的酒杯
扔向汹涌的海潮里面。

他望着金杯往下坠落,
见它沉入深深的海底。
随后他阖上他的眼帘,

再也不沾那琼浆一滴。①

古塔英灵②

在古老的灯塔顶上，
伫立着勇士的英灵，
他看见船来船往，
总是要祝告它们。

"瞧这肌肉多强健，
这心胸多狂放坚定；
瞧这骑士的硬骨头，
这盛满美酒的宝樽。

我半生闯荡海洋，
再享受半生的安宁。

---

① 图勒王的故事表现了夫妇之间的忠贞不贰，在欧洲流传甚广。值得注意的是主人公系一男性，并且贵为国王；这在封建时代恐怕主要反映了受压抑的女性的愿望和理想。

② 歌德1774年夏天与友人拉瓦特尔同游莱茵河，面对岸边山头上的一座古城堡即兴吟成此诗，原无标题。

你塔下的驾船人呵,
尽管前行,再前行!"

负心人[①]

一个轻狂的少年郎
刚从法国回到家乡,
他爱上一个年轻姑娘,
经常搂着可怜的人儿,
爱抚她,戏弄她,
亲热得和未婚夫一样,
可最后却把她遗忘。

姑娘知道自己被抛弃,
可怜的她神经失了常,
一会儿笑,一会儿哭,一会儿起誓;
不多久便命断魂殇。
在她死去的那一刻,
少年心慌意乱,毛骨悚然,

---

① 作于1774年,原无标题,系歌剧《克劳狄涅·封·维拉贝拉》的插曲。

惶惶然骑上马逃向远方。

他猛踢猛刺他的坐骑,
驱赶着它横冲直撞,
一会儿东来一会儿西,
可心神不宁还是老样子;
他这么骑了七天七夜——
突然雷电交加,雨急风狂,
汹涌的洪水撕开了堤防。

在雪亮的闪电当中,
他驱马跑向一幢砖房,
把马拴在房外,为避雨,
自己躬身钻到了房里。
他摸摸索索,突然感到
脚下的大地似乎裂开了:
他自己好像一落千丈。

等他慢慢清醒过来,
看见三点幽幽的亮光,
便挣扎着朝亮光爬去,
亮光却一个劲地退让,
领着少年时左时右,

上楼下楼,穿过狭窄的走廊,
来到个破败阴森的地窖。

地窖突然变成一座大厅,
他看见宾客济济一堂,
全都眼窝空空地狞笑着,
邀请他坐到他们的席上。
他见桌上有什么在挣扎——
不料竟是他死去的心上人,
裹着素白的衣裳……

阿桑夫人的怨歌①

绿色的林边是什么白东西?
是积雪呢,还是天鹅呢?
如果是积雪早该融化,
如果是天鹅早已飞去。
既非积雪,也不是天鹅,
是受了伤的阿桑·阿伽

---

① 作于1774—1775年间,系据一首南欧民歌加工改写而成。

住在闪着白光的帐篷里。

母亲和妹妹都来探望他,
他的妻子没来,碍于礼仪。①

如今阿桑的伤渐渐好了,
他便带话给他忠实的妻子:
"别再待在我的宫中,
别再和我的孩子们住一起。"

忠实的妻子听到这狠心话,
她心痛难熬,呆若木鸡。
这当儿门外传来马蹄声,
她以为是丈夫阿桑回来了,
便冲上高塔,准备跳下去。
可爱的女儿吓得双双追赶,
一边喊叫,一边痛哭流涕:
"不是咱们父亲的骏马哟!
是咱们的舅舅平托洛维奇。"

---

① 女主人公的丈夫阿桑·阿伽是一位有着土耳其血统的贵族地主。按照阿拉伯传统风俗,妇女不可随便抛头露面,妻子只能绝对服从丈夫,不能自作主张做任何事。所以阿桑夫人没主动探望受伤的丈夫,引起了丈夫的误解和愤恨。

阿桑的妻子这才走下塔来，
抱住自己哥哥伤心地哭泣：
"哥哥啊，妹遭到奇耻大辱，
被人休了，她已有五个儿女！"

哥哥一言不发，从衣袋里
抽出用大红绸子裹着的、
预先备好的离婚通知书，
要她马上回娘家去居住，
以自由之身另嫁一位夫婿。[①]

见到那可悲的离婚通知，
她吻了两个儿子的额头，
又吻了两个女儿的脸蛋；
可是，唉，摇篮里的乳婴
她心痛得实在不忍舍弃！
狂怒的哥哥一把拖开她，
抱她上了躁动不安的马匹，
带着这心惊胆战的妇人，
径直奔向他父亲的府邸。

---

① 女主人公的娘家也是贵族地主，所以也要强迫她另嫁豪门，以维持家族的尊严并羞辱她的前夫。这样，女主人公不仅成为封建陋习的受害者，也是家族矛盾的牺牲品。

不久,还没等过去七天,
可这样一点时间就够喽:
已有不少贵人来到府里,
最显赫的算伊莫基·卡迪,
都要求把可爱的妇人迎娶。
妇人哭着恳求她的哥哥:
"唉,我求你,行行好吧,
别让我做其他人的妻子,
不然再见我可怜的孩子们,
我的心啊一定会碎了的!"

她说什么哥哥全不理睬,
坚决把她嫁给伊莫基·卡迪。
可她无论如何要求一件事:
"哥哥啊,求你至少把这字条
送到伊莫基·卡迪手里!"
条上写着:"未婚妻向您致意,
请您千万同意字条上的请求:
当族人们陪着您来将我迎娶,
您要带给我一条长长的纱巾,
让我经过阿桑的家时蒙住脸面,
免得被我那些没妈的孩子看见。"

伊莫基·卡迪一读完字条,
马上召集起自己的族人,
马上穿戴打扮好上了路,
带着她要的纱巾去接未婚妻。

一行人高高兴兴到了夫人家,
随即又带着她高高兴兴离去。
可谁料他们走到阿桑门前,
孩子们在楼上认出了母亲,
一齐喊:"妈妈回来呀!回来
陪你的孩子吃晚餐,在你房里!"
阿桑夫人听在耳里痛在心头,
回转身对伊莫基发出请求:
"大哥,求您让众人和马队
在这熟悉的门前停一停吧,
等我给了孩子们礼物再走。"

队伍于是停在她熟悉的门前,
妇人便分礼物给可怜的孩子,
给男孩们绣着金线的长靴,
给小姑娘长长的漂亮的裙子,
为那摇篮里不懂事的婴儿,
也留下一件将来穿的小上衣。

做父亲的阿桑在一旁看着,
难过得忍不住呼唤孩子们:
"回来,我可怜的宝贝们!
你们的妈妈已经心如铁石,
冷酷坚硬,她不再疼你们。"
阿桑夫人听见丈夫的指责,
面无人色,猛一下摔倒在地,
眼见着孩子们从身边逃走,
灵魂便离她惊恐的心而去。[1]

法庭抗辩[2]

我怀的这个孩子是谁的,
我不告诉你们。
任你们唾骂,呸,这个娼妓!
我却仍旧是个好女人。

---

[1] 此诗十分成功地表现了一位母亲的不幸和伟大。
[2] 大约作于1776年,初见于赠给施泰因夫人的手书诗集,而题材则为德国狂飙突进时期的文学所惯用。值得注意的是女主人公的临威(危)不惧,敢作敢当,与有同样经历的不幸女子如《浮士德》中的玛格蕾特相比,似乎更加可爱可佩。

我不告诉你们我委身给了谁,
反正他是我心爱的宝贝。
他戴着金项链或是戴着
草帽,我完全无所谓。

如果要忍受讥讽凌辱,
我甘愿独自忍受。
我了解他,他了解我,
上帝也一清二楚。

牧师大人,法官老爷,
请你们别再烦我!
孩子是我的,永远是我的,
你们啊无可奈何。

渔　　夫[①]

海水喧嚣,海水激涨,

---

① 1779年第一次发表在赫尔德编辑出版的民歌集中。按歌德自己的解释,此诗表现的只是水的巨大而危险的诱惑力。但在诗人笔下,这种诱惑力变得如此优美动人,如此有声有色,难怪谱曲以后传遍欧洲,成为诗人歌德的代表作之一。

渔夫守候在岸边,
静静地把钓钩凝望,
凉意沁入他心房。
他正望着,他正听着,
潮头突然退到两旁;
汹涌的潮水中冒出来
一个湿漉漉的女郎。

她对他唱,她对他讲:
"为何用人的诡计,
骗我的孩子们
到烈日下把命丧?
你要知道在水底
鱼儿活得多欢畅,
你就下水来吧,
保你会真正健康。

瞧可爱的月亮、太阳
不也来水中调养?
它们吞吐呼吸了清波,
脸儿不加倍漂亮?
海中的天空澄澈蔚蓝,
难道不令你神往?

你的面影也不能诱你

投向甘露永恒的胸上?"

海水喧嚣,海水激涨,

漫到他赤裸的脚上;

好似听见情人在呼唤,

渴慕充溢他的胸膛。

她对他讲,她对他唱,

渔夫终于失魂落魄,

一半自沉,一半被拖,

永远消失在滔滔汪洋。

精灵之歌[①]

在人类已经入睡的午夜,

月亮才将我们照耀,

星星才给我们亮光,

---

① 附于1780年10月15日致施泰因夫人的信中。歌德在信里描述了自己在一个美丽月夜散步时的感受,此诗应也成于途中。所谓精灵是欧洲民间传说中的小矮人,多数情况下善良可爱,不少文学作品如《格林童话》里都常常出现他们的身影。

我们才快乐地游荡,
一边跳舞一边歌唱。

在人类已经入睡的午夜,
我们才来到草地上,
在赤杨树旁边游荡,
一边歌唱一边跳舞,
好把世界带进梦乡。

魔　　王[①]

是谁这么晚在夜风中疾驰?
是一位父亲带着他的儿子;
他把男孩紧紧搂在怀里面,
使他更加安全,更加温暖。

"儿啊,什么叫你怕得捂住了脸?"
"爸爸,那个魔王你难道没看见?

[①] 作于1782年,同年发表在歌剧《渔家女》中,题材来自名为《魔王的女儿》的丹麦民谣。此诗以强烈的父子情和戏剧性扣人心弦,成为歌德叙事诗中最重要的一篇,经舒伯特谱曲后更成为世界歌坛上一首脍炙人口的男中音名曲。

魔王①穿着长长的袍子,头戴王冕!"
"不,孩子,是一条夜雾在弥漫。"

"可爱的孩子,快跟我去!
我要和你做最好玩儿的游戏;
五彩的花儿盛开在河岸上,
我母亲有的是绣金的衣裳。"

"爸爸,爸爸,你还没听见?
魔王他在悄悄给我许愿!"
"别害怕,孩子,别担心!
那是风吹枯叶的沙沙声。"

"乖孩子,你难道不肯跟我走?
我漂亮的女儿们已在把你等候;
我的女儿将围着你跳夜的舞蹈,
唱着跳着你就舒舒服服入睡了。"

"爸爸,爸爸,你还没看清楚,
魔王的女儿藏在那边的暗处?"

---

① 诗中的魔王一词原指前一首诗里所描写的那种矮小和善的精灵之王,而非面目狰狞可怕的魔鬼之王。

"孩子，孩子，我已经看清楚，
那不过是几棵灰色的老柳树。"

"我爱你，你的俊模样叫我欢喜；
你不肯跟我去，我就要使用暴力。"
"爸爸，爸爸，他已经把我抓紧，
魔王啊叫我浑身痛得要命！"

父亲害怕了，加紧策马飞奔，
孩子在他怀中轻轻地呻吟；
紧赶慢赶，他终于赶到家里，
可他怀中的爱儿已经死去。

歌　　手[①]

"是什么从门外传来我耳际？
是什么在那桥上响起？
把歌手带来我的厅堂，

---

① 诗成于1783年，原为小说《威廉·迈斯特的戏剧使命》的插曲。不慕荣华富贵、视歌吟本身为"丰厚的报偿"的歌手，可以看作是诗人歌德的自况。

让歌声在我们面前飞扬！"
国王说完话，侍童已赶去；
侍童来复命，国王呼声急：
"快，快把老人带来厅里！"

"高贵的老爷们，我这里有礼！
美丽的夫人们，请接受我的致意！

像灿烂的天空，群星争辉！
可是谁知道他们的名讳？
整个大厅充斥珠光宝气，
闭上吧，眼睛，此处没时间
容尔等浏览、惊异。"

于是歌手闭上双眼，
放开了圆润的歌喉，
骑士们听得目光炯炯，
美女们听得低下了头。
国王听得好不高兴，
让人取来条金项链，
作为给歌手的报酬。

"别赐给我金项链，

请赐给陛下的骑士们，
让他们用无畏的勇气
去吓倒面前的敌人！
请赐给您的那位宰相，
让他在现有负担上边，
再把黄金的负担加上！

我生来喜欢歌唱，
像那枝头的小鸟一样；
从喉头迸发出的歌声，
就是我丰厚的报偿。
如果准我请求，那只一件：
请为我斟满一杯美酒，
用您那纯金的宝盏！"

他举起杯来，一饮而尽：
"哦，多么甘美的酒浆！
我祝福这大富大贵之地，
它给了我这小小的犒赏！
幸福时刻请你们想着我，
并且热诚地感谢上帝，
像我感谢你们赐酒一样。"

掘宝者[1]

钱囊羞涩,心怀忧伤,
难捱的日子长又长。

贫穷是最大的痛苦,
富裕是最大的幸福。
为了结束我的悲痛,
我动身去挖掘宝藏。
"我的灵魂你拿去好啦!"
我愿用鲜血把押画上。[2]
我画一道圈又一道圈,
堆积起药草和枯骨,
把熊熊的魔火点燃,

---

[1] 这是一首劝人勤劳和不要贪财的喻世诗,作于1797年,是歌德结交席勒、进入古典时期后写的第一首叙事谣曲。同年他和席勒写了大量的同类作品,而且不少都很成功,德语文学史因而称1797年为所谓"叙事谣曲年"。关于此诗成因,一说是他受《彼特拉克的遗言》德译本的插图《掘宝与发现》的启发,一说是他在买彩票中奖后的感受。

[2] 欧洲中世纪时有以自己的鲜血画押将灵魂出卖给魔鬼的迷信传说。

同时咒语也已念完。
我使用学来的方法,
在一个指定的地点,
挖掘那古老的宝藏。
不怕风又狂夜又暗。

正好是钟敲十二点,[①]
我看见一点点亮光,
像是夜空中的星星,
飘来自遥远的地平线。
不等我回过神来,
突然被耀花了眼:
男孩手捧闪光的神酒,
出现在我的面前。

只见他目光和蔼,
头戴着繁密的花环,
身披着神酒的灵光,
迈步踏进了魔圈。
他殷勤地邀我喝酒;

---

① 欧洲人迷信午夜12点为鬼魅和死人开始出现的时辰,天亮鸡叫前他们必须归去。

我暗想：这个男孩，
他带着美丽的灵光，
肯定不会是个坏蛋。

"喝吧，它给你生的勇气！
喝了你将变得聪明，
再也不会回到这里，
哆哆嗦嗦念叨咒语。
别再白费力气地挖啦！
日间辛劳，夜里安息！
平时流汗，节日欢愉！
这咒语你才该牢记。"

传　　说

从前，当我主降临人间，
还默默无闻，地位卑贱，
虽有许多门徒前来受教，
却经常不理解他的金言，
他最高兴的是走上街头，
在大庭广众中进行讲演，

因为在光天化日的所在，
可以自由自在发表意见。
就这样，主从他神圣的口中，
发出了许多宝贵的训示；
尤其是通过比喻和实例，
把一个个市集变成神殿。

一次主带领着他的门徒，
心平气和地来到一座小城，
见街上有什么闪闪发亮，
却原是一块破的马蹄铁。
他于是吩咐圣彼得说：
"把那马蹄铁拾起来吧！"
圣彼得心头很是不悦，
他刚才一路上梦想的
全是济世救人的伟业。
这种事嘛才谁都乐意，
因为脑子可以无所限制。
他也真喜欢想入非非：
一块马蹄铁实在太卑微，
必须是王冠和权杖才行；
可为了这半块马蹄铁，
怎好要他去弯腰受累？

于是乎他背转身去，
装着没听见主的指示。

我们的主很有涵养，
自己拾起那马蹄铁，
再没有把这件事讲。
不久他们便进了城，
来到一家铁匠铺前，
主用马蹄铁换了三分钱。
随后他们走过市集，
看见樱桃十分美丽，
主便请人卖些给他，
多少尽那三分银币。
然后他又不动声色，
把樱桃藏在袍袖里。

他们从另一边出了城，
越过露天草场和田野；
路两旁也不见一棵树，
烈日当空，异常炎热，
谁都想在这儿有口水喝，
不管它有多高的价格。
我们的主一直走在头里，

故意将一粒樱桃掉在地。

圣彼得立刻抢上前去,

好像那是只金苹果似的;

樱桃他吃得津津有味,

我们的主走着走着

又向地上丢下另一粒。

圣彼得赶紧弯腰拾起来,

就这样,主一次又一次,

让圣彼得冲樱桃弯下腰去。

如此过了好长时间,

主才高高兴兴言道:

"及时地辛勤劳碌,

你才活得更加舒服。

小事你不屑于去做,

将为更小的事受苦。"①

科林斯的未婚妻②

一个青年离开故乡雅典,

---

① 这也是一首喻世诗,而全诗的寓意则在此结尾的四句。
② 科林斯(亦译哥林多)是古希腊较早皈依基督教的一座城市。

旅行到陌生的科林斯城。
他指望一位市民的殷勤接待；
他父亲与主人早有交情，
当他还是一个小男孩，
就由双方的家长做主，
与科林斯的小姑娘订了亲。

他没有带来贵重的礼品，
是不是仍会受到热情欢迎？
他和他家人都还是异教徒，
她们却受了洗，成了基督的人。
新的信仰已萌发在她们心中，
什么仁爱，什么忠诚，
常被当作莠草除净。

他到达时主人全家都已安寝，
还没睡的只有女儿们的母亲。
她殷勤接待这深夜来客，
立刻领他进华丽的房间，
不等客人提要求就送来
酒和食物，而且挺丰盛。
接着她道晚安离开客人。

然而年轻人没有食欲，
尽管饮食丰美又诱人。
旅途的疲劳他顾不得吃喝，
和衣倒在床上准备就寝；
眼看他已迷迷糊糊睡去，
却有一位不速之客
走进了他开着的房门。

借着荧荧的烛光，他看见
一个蒙着白面纱的白衣女郎
娴静端庄地来到他房里，
黑底绣金的发带系在额上。
发现年轻人她吓了一跳，
愕然地举起一只手来，
这只手真是白净异常。

她嚷道："怎么我竟不知有客来？
难道我在家里已变得陌生？
唉，他们成天关我在净室，
这会儿真是叫我现眼丢人！
您躺在床上继续休息吧，
我马上就会悄悄离去，
和来时一样无息无声。"

青年喊:"美丽的姑娘,等等!"
同时迅速从床上跳了起来,
"这儿有谷物神和酒神的赠品,
可爱的人啊,你又带来了爱神!
瞧你吓得脸色苍白!
来吧,亲爱的,来看看
神们活得多么高兴。"

"站住,年轻人,别靠近!
我已与世间的欢乐无缘。
最后一步,唉,已经走完!
我的好妈妈病得糊里糊涂,
为得痊愈拿我许了愿:
女儿的青春和童贞
将作为给天国的奉献。
形形色色的老神①即刻离去,
这个家变得冷冷清清。
只有天国中那位看不见的神——
十字架上的救世主仍受尊敬;
牺牲已经献在这里,
既不是羊,也不是牛,

---

① "老神"指他们改奉基督教以前信奉的希腊罗马传说中的神。

而是,闻所未闻啊,一个人!"

他细细询问,细细思量,
不放过她的片语只言。
在这房里,在这寂静的所在,
可爱的未婚妻怎会站在我面前?
"只管属于我吧!
我们的父亲起过誓,
老天会给我们护佑垂怜。"

"你得不到我,我的好人!
父母将把大妹妹许配你。
唉,你和她拥抱的时候,
别把净室中苦修的我忘记,
我可是只会把你想,
只会为你苦苦相思,
我啊将不久于人世。"

"不!凭着这烛火起誓,
婚嫁之神已给我们启示;
你并未失去欢乐和我,
将随我去到我的父母家里。
亲爱的,留下来吧,

立刻和我一起完成
这意外到来的婚礼。"

两人已在交换信物:
她赠他一条金项链,
他想送她一只银杯,
美妙无比,做工精湛。
"这个我不能要;
不过,我求你赠给我
你的头发一缕。"

沉沉的钟声在午夜敲响,
姑娘似乎才有些兴奋,
于是端起那黑红色的酒浆,
用惨白的嘴唇贪婪地吸吮。

但是那面包,
那细白的面包一口没尝,
虽说他劝她十分殷勤。

她呢,也敬青年一杯酒,
他接过去同样一饮而尽。
默默饮着他欲火中烧,

啊,可怜的心已爱得不行。
然而任他苦苦哀求,
任他哭得倒在床上,
姑娘仍旧不肯答应。

她走过去跪在他脚下道:
"唉,真不愿见你受此苦刑!
可是,唉!你要碰着我的身子,
明白了实情,定会惊恐万分。
你挑选的爱人啊,
你可知道她
像雪一样白,像冰一般冷。"

他用强壮的胳臂猛地将她抱住,
炽烈的爱火流贯他青春的躯体:
"就算你是从坟墓出来的,
也可望回暖在我的怀抱里!"
热烈亲吻,呼吸与共!
爱火熊熊,无限欢愉!
"你不感觉我在燃烧,还有你?"

爱情使他俩结合成一个人,
热泪迸涌,悲喜交集;

姑娘猛吸爱人口中的烈焰,
谁都只能从对方意识到自己。
他狂热的情爱
融化了她冷凝的血液,
可是没有心跳动在她胸脯里。

这时候,迟睡的女主人
正放轻脚步,穿过走廊。
她伏在门上听了又听,
觉得有些声音十分异样:
叹息夹着欢叫,
狂浪的喃喃爱语——
出自新娘和新郎。

母亲站在门边一动不动,
定要听个水落石出;
她听见的是海誓山盟,
还有绵绵情话和怨尤:
"别响!雄鸡就要打鸣!"——
"可明天晚上还来吗?"——
接着又没完没了地亲吻。

母亲终于怒不可遏,

一下扭开熟悉的房门:
"这家中哪来的下贱婊子,
转眼已对客人百依百顺?"
说着骂着冲进房去,
烛光中她看见——
主啊!——她的亲闺女。

年轻人一开始吓昏了头,
还试图遮住自己的爱人,
用她的披巾,用床上的毯子。
谁知姑娘却自己钻出来,
像有巨大魔力似的,
慢慢慢慢地
在床上坐直了身体。

"妈妈啊!"她语调凄惨,
"你竟不容我把良宵度完!
你把我赶出温暖的婚床,
只为使我醒来更加绝望?
你早早把我
裹上尸衣,送进墓穴,
难道还没遂心愿?

可是我忍不住自作主张，
从那狭窄憋闷的密室出逃。
没有用，你们牧师的哼哼唧唧，
没有用，你们自身的祝愿祈祷；
盐和水哪能冷却
青春的热情，
爱之火纵在地底仍不会熄掉。

在维纳斯还为你敬奉之时，
这个青年已和我定了终身；
可是妈妈，你们后来毁弃婚约，
只因异教的伪誓束缚了你们！
然而当一个母亲
发誓收回女儿的婚配，
没有一位神灵会倾听。

情热驱赶我走出墓穴，
寻找回自己失去的幸福，
爱这个原本属于我的男子，
他胸中的热血将给我满足。
如果他出了问题，
要我另寻夫主，
莫怪年轻人会狂怒。

英俊少年啊!你活不长啦,
你只好在这儿奄奄待毙。
我把自己的链子戴在你身上,
你的一缕卷发却给我带了去。
仔细瞧瞧这发卷吧,
你的头明天就将灰白,
只有到了地下才会恢复褐色!

母亲,且听我最后的请求:
请打开我狭窄阴森的斗室,
燃起一个很大很大的柴堆,
让相爱的人去烈火中安息!
只等火星飞溅,
只等柴火通红,
我们就会向古老的神们奔去。"①

---

① 这首抒写人与鬼之间的真挚恋情的诗作,使我们读后自然联想到我国古典文学和戏曲中不少同类题材的作品。它同样反映的是人间的现实,张扬了人性,呼唤不同个性的解放;不同的只是突出地表现了宗教对人的精神压迫,富于时代和民族特色。

神与舞伎[1]

——印度传说

摩诃天,大地的主宰,[2]
第六次降临到世上,
变成和我们一样的凡人,
把人间的苦乐亲尝。
他屈尊住在大众中,
一切事情都亲身体验。

如果需要惩罚奖赏,
他行事也像人一样。
他变成旅行者观察城市生活,
偷觑达官贵人,注目小民百姓,
天晚才离开城市,继续流浪。

这一晚,他出了城,

---

[1] 也成于"叙事谣曲年"即1797年,题材来自同时代法国人皮埃尔·宋勒拉(Pierre Sonnerat)的《1774—1781年东印度及中国记行》德译本。

[2] 摩诃天(Mahadewa)即印度教信奉的主神湿婆,也称大自在天,一身三相,有一千个名号,职司众多,法力无边。

行经最后几幢民房，

碰见一个涂脂抹粉的、

沦落街头的漂亮女郎。

"姑娘，你好！"——"多谢赏光！

请稍候，我马上出来。"——

"你是何人？"——"我是舞女，①

这屋子呢乃温柔乡。"

她敲响铙钹，翩翩跳起舞来，

她旋转自如，身段儿真是可爱，

她低头折腰，把鲜花给他献上。

她殷勤地拉他跨进门槛，

兴冲冲带领他入室登堂。

"英俊的客人，这小屋

不一会儿便灯光明亮。

你疲乏了，我给你涂油，

为你减轻双脚的疼痛。

你想要什么就给你什么，

不管是宁静、欢乐抑或谑浪。"

她努力地减轻神装出来的痛楚。

---

① 原文 Bajadere 专指印度舞女，既可是跳祭神舞的 Dewadasi，也可是跳世俗舞的 Natschni，本诗的女主人公显然是后者中最微贱的一类，译作舞伎似乎更为贴切，也更符合全诗的意旨。

神微笑着，在堕落沉沦的外表下，
欣慰地发现了一颗人类的心脏。

随后他要求她干奴隶差事，
她也乐意，还越干越快活；
起初只表现出熟练的技艺，
干着干着就自然了许多。
没过多久，花骨朵绽开，
上边结出了累累硕果。
心中怀着顺从的意愿，
爱情自然会在近旁等着。
为了给她越来越严厉的考验，
摩诃天这上知天下知地的神灵
挑选了欢愉、恐怖和残酷折磨。

他先亲吻她浓艳的脸颊，
姑娘便感到爱火的烧灼；
被爱情俘虏的她呆呆站立，
眼泪第一次流成了小河，
随即跪倒在摩诃天脚下，
不为赏钱，也不为淫乐，
唉，她本来灵巧的手脚
已经麻木，再干不了什么。

夜为有情人准备好黑色的轻纱，
准备好柔美而又舒适的帐幔，
把它罩上欢爱的祭礼的圣坛。

说笑嬉戏，入睡夜已很深，
轻眠片刻，醒来天刚发白，
可姑娘发现自己心爱的人，
头靠着她的心房，竟已死去！
她哭着喊着，扑到他身上，
但再也不能将爱人唤醒，
人们抬走他僵硬的尸体，
很快把青年送去火葬。
听见僧人们超度亡灵的吟哦，
姑娘奔去分开众人，跟疯了一样。
"你是他什么人？干吗挤到墓旁？"

她扑倒在棺木旁边，
哭天喊地，响彻青云：
"快把我丈夫还给我啊！
在坟墓里我也要找回他。
这天神般俊美的躯体啊，
我难道能忍心让它火化？
我的人哦！我的丈夫哦！

甜蜜的夜晚才只一个啊！"
僧人齐声诵道："我们送走老者，
彼等终生劳碌，最后仍旧冷冰冰；
我们也送不知不觉猝死的小后生。"
且听你的法师们给你教导：
"这位死者不是你的丈夫。
你是靠做舞女维持生活，
对他不承担任何义务。
只有影子将跟随躯体
去到那静悄悄的地底；
只有妻子为丈夫殉葬，
这是义务，也是荣誉。
喇叭啊，请吹出神圣的哀调！
诸神啊，请接纳这火中的青年，
接纳他吧，他可是时代的骄傲！"

如此直言不讳的合唱
加重了姑娘心中的悲痛，
她张开双臂冲向火堆，
直扑死神灼热的怀中。
这时那位年轻的天神
从火焰里慢慢飞升起来，
他用双手托举着姑娘，

带她冉冉飘向天外。
神灵为罪人的悔悟感到庆幸;
不朽的众神伸出火焰的臂膀,
把迷途知返的孩子送上天庭。①

魔法师的门徒②

年老的魔法师
终于出了一次门!
这一来他的精灵
全得听我的命令。
凭借精神的伟力,
我也要创造奇迹;
他的法术和咒语,
我全在心中牢记。

水啊,奔流吧,
流成一条长河!
为了实际目的,

---

① 微贱的躯壳包容着高尚的灵魂,人性本善,恶中有善,这大概就是此诗的主题思想,也是歌德本人富于人道和辩证精神的一贯思想的表现。
② 歌德自称题材得自古希腊。全诗为主人公的独白。

为了给人造福，
你要汹涌澎湃，汇成
一个大水池，供我沐浴！

过来，你这老扫帚！
快穿上你的破衣服！
你已当了很久奴隶，
现在该为我服务！
用双脚站立起来，
上边长出个头颅，
快快跑去打水，
用一只大水壶！

瞧，它已跑向河岸；
真的，已经到河边！
接着便提水回来，
速度快如闪电。
已经提第二次啦！
浴盆眼看要泛滥！
它一壶接着一壶，
壶壶都装得很满！

站住！快站住！

够啦,完全够啦,
你给我们的
丰厚的赠品!——
唉!糟糕,真糟糕,
我忘了喊停的口令!

唉,忘记了这咒语,
没法令它恢复原形。
唉,这把老扫帚,
它活儿干得真带劲!
一壶一壶又一壶,
它飞快把水提来,
啊,就像一百条江
冲向我的头顶!

不行,不行,
不能对它放任;
我要抓住它。
真个走火入魔喽!
啊,那嘴脸!那眼神!
我越来越担心!

哦,你这魔鬼崽子,

难道想把房子淹掉?
我可看见一道道门
全都有水漫进来了。
你这卑鄙的扫帚,
你竟敢不听使唤!
你本是一根木棍,
快给我立正站好!
你硬是不从,
你硬是不听?
我要逮住你,
我要抓牢你,
你这朽木头,
我要一斧子劈开你!

瞧,它又提回来啦!
我要扑上前去,
手起斧落,咔嚓一响,
鬼东西,你给我倒下!
可不,砍个正着!
瞧,它已一分为俩!
我终于有了希望,
我终于呼吸顺畅!

倒霉！倒霉！
两半边木棍
一下立起来，
变成了两个
完完整整的仆人！
神灵啊，快救命！

它俩一起往来奔跑！
看着看着，可怕啊，
大厅楼梯便水湿淋淋！
哦，师傅到底回来了！
师傅，大祸已经临门！
只怪我把精灵召唤，
却驱赶不走它们。

"扫帚，扫帚，
快回到屋角里去！
恢复尔等的原形！
须知作为精灵，
尔等只听老师傅使唤，
只服从老人家的命令。"①

---

① 这两行乃全篇寓意所在，后来成了脍炙人口的典故，被用来说明自以为是者闹出乱子又收不了场的冒失愚蠢和尴尬困窘。

骑士库尔特迎亲行①

怀着做新郎官的喜悦,
骑士库尔特跃上坐骑,
让它驮着去新娘府中,
以便在那里举行婚礼。

正当他行经一座荒山,
却见来了一位宿敌;
两人立马刀剑相交,
既没搭话,也不迟疑。

两人杀得来难解难分,
库尔特很久才得到胜利;
可胜利者一样不轻松,
也是鼻青脸肿才得离去。
他继续赶了一会儿路,
却瞅见林子里又有动静!
钻出来一位可爱的少妇,

---

① 作于1802年,取材自一部法国人在17世纪出版的回忆录。

静静抱个婴儿在怀里。

少妇招手邀他过去,道:
"亲爱的老爷,别去得太急!
您难道一点不想您心上人?
您难道不看一看您的孩子?"
库尔特胸中重新燃起爱火,
不忍心丢下母子扬长而去,
他发现眼前这喂奶的妈妈,
仍可爱如同当初的少女。

然而号角声在远方吹响,
他终于想起高贵的未婚妻。
一路行来,他看到了许多
过新年的热热闹闹的市集。
他走进一家家店铺里面,
挑选好各式各样的聘礼;
哈,倒霉!迎面走过来
犹太人,手持过期的债据。

这一来可是惊动了法庭,
矫健的骑士被法警请去。
好一则令人难堪的故事!

好一段豪侠英勇的经历！
今儿个叫我如何能容忍？
实在是丢人现眼之极。
一大堆仇人、情妇、债务，
唉，没有哪个骑士能逃避！①

婚礼之歌②

一位伯爵曾住在这座城堡，
我们喜欢把他的事儿说唱；
今天城堡中正大张筵席，
为已故老伯爵的孙儿娶妻。
小伙子曾经参加过圣战，③
还光荣地赢得许多胜利；
可他回到家中下得马来，
发现城堡虽然还高高耸着，
家丁和财产却已全部失去。

---

① 此诗可以被认为是对欧洲早已过时的骑士和骑士制度的辛辣讽刺。
② 作于1802年，系民间传说的加工改写。
③ 指十字军东征战争。

你回来啦,小伯爵,真回来啦,
只是这个家你觉得比战地还苦!
风从窗外一阵一阵吹进来,
刮遍了你城堡的所有房屋。
在这样的秋夜干什么好喽?
可我不有过更糟糕的境遇!
清晨到来一切定圆满如初。
于是趁着月光明亮快快就寝,
于是他安安心心爬进了草铺。

正当他睡得有点迷迷糊糊,
床下突然出现了动静。
准是老鼠找到点儿面包皮,
它爱怎么闹腾都随它高兴!
可瞧啊!床前有个小矮人,
手里端着一盏精致的小灯!
他装模作样地走到伯爵跟前,
活像个演说家,伯爵睡不着
却很想睡着,他实在太困。

"自从阁下离开了府邸,
我们常斗胆在此欢聚;
今晚上正要举行宴会,

原以为你还流连在异地。
如蒙惠允,如你不怕吵闹,
侏儒们将高高兴兴大张筵席,
把富有而可爱的新娘子迎娶。"
伯爵觉得在梦乡挺安逸,道:
"继续使用舍下吧,别客气!"

于是从侏儒们等候的床下,
首先跑出来三个骑着马的武士;
紧随其后是奏着乐的合唱队,
小小的乐师们样子怪滑稽;
接着便震耳欲聋,但只见
驶来一辆接一辆的嫁妆车,
场面之盛大只有宫中可比。
最后才在一辆金灿灿的车上,
载来新娘子和一些贵客。

众矮人在厅里东奔西跑,
全忙着为自己占个座位;
然后又各自挑一位心上人,
以便翩翩起舞时成双成对。
于是吹笛拉琴,呜呜咿咿,
旋舞穿梭,窣窣窸窸,

交头接耳,喳喳叽叽——
小伯爵在一旁看着听着,
怀疑自己是发高烧了哩。

这当儿大厅中又响起
桌椅乒乒乓乓的碰击,
原来是谁都争着抢着
安排自己和心上人入席。
一会儿便端来小香肠、小火腿,
还有小小的烧肉和鸡、鱼;
葡萄美酒更是不断传递。
如此闹腾了好久好久,
最后才唱着歌尽兴而去。
若要我唱后来的事情,
就请各位不要喧哗!
伯爵见识过小型的婚礼,
自然乐意照样放大。
于是也奏乐、合唱、吹喇叭,
于是也一辆辆车,一队队马,
于是也宾客盈门,鞠躬道贺,
于是都喜气洋洋,嘻嘻哈哈。
当年就如此,而今仍无变化。

遥　　感[1]

女王立在高高的厅堂，
无数的蜡烛辉映明亮；

她吩咐近侍："快快去取
我的钱包，我很想再赌一场。
它放在大厅那一头，
就在我的桌子边上。"
于是侍童快步赶去，
很快到了要去的地方。

女王身边坐着个美女，
当时正在把果汁品尝。
突然杯子破碎在她嘴边，
那真正叫她出尽洋相。
好尴尬哟！好丢人哟！
而且弄脏了漂亮衣裳！
她急急忙忙站起身来，

---

[1] 诗成于1808年。原诗题名 Wirkung in der Ferne，直译应为"在远方的影响"，此处意译成"遥感"，但它并不具备现代的科学含义。

脚步匆匆跑出厅堂。

取了钱包归来的侍童,
正好半道上碰见美人;
虽然宫中还没谁知晓,
他俩心中早已有情。
多亏命运的安排哦,
竟有这等幸运!
两人紧紧拥抱在一起,
尽情爱抚,狂热亲吻。

可最终还是得分开,
女的赶紧跑回房去;
男的也穿过剑丛扇林,
去向伟大的女王复命。
谁知她竟明察秋毫,
与示巴女王可以并论:①
小伙子弄脏了马甲,
没能逃过她的眼睛。

她传来宫廷女总管,说:
"前不久我们曾经争论,

---

① 示巴国可能为今天也门的一部分。示巴女王是《圣经·旧约·列王纪上》中的一个人物,被视为聪明女性的典范。

你顽固不化，硬是坚持
精神之力影响不远，
只能在眼前
留下印痕；
认为即使是天上的星斗，
也不能引起远方的感应。

现在瞧呀！适才在我身边，
倾翻了一杯果子酒，
侍童他远在大厅另一头，
马甲却一样又脏又绉。——
快给自己换件新的，
钱我出，因为我
很高兴它充当了
我所言不虚的明证；
否则你只会遭到诅咒。"

约翰娜·瑟布斯[①]

为纪念布里嫩村一位美丽善良的少女而作。
1809年1月13日，当莱茵河的流冰冲塌克

---

① 诗成于事件发生的当年6月。

勒维汉姆大堤,她舍己救人,溺水身亡。

大坝崩塌,水流喧啸,
洪涛汹涌,田野哭号。
"我来背你出去,妈妈,
水还不深,我过去得了。"——
"还得想想咱们邻居呐,
她也很危险,也很衰弱,
并且有三个可怜的小宝宝……!"
姑娘已把母亲背过去。
"你们先爬上坡去等着;
我就回来带你们一起逃跑。
去坡上只几步路,还没淹,
可也记住把我的羊牵好!"

大坝瓦解,水似瀑布,
潮涌浪激,田地淹没。
好个小苏丝,刚安顿好母亲,①
又要冲进洪水把邻里救助。
"去哪儿? 去哪儿?

---

① 小苏丝系对女主人公的昵称。

水已漫开，到处是汪洋，
你难道想冒险回深处去吗？"——
"可那母子一定得救出！"

大坝消失，洪水咆哮，
海浪排空，大地颤摇。
好个小苏丝，尽管洪水包围，
却没有离开熟悉的小道，
终于找到小丘和邻妇，
她和孩子却快要完了。

大坝没了，小丘已被
狂怒的大海团团围绕。
漩涡白沫翻涌，张开大口
眼看把母子四人吞掉。

一个孩子手抓着羊犄角，
人和羊就这样一齐报销。
好个苏丝，她仍挺立着，
可有谁去救这高尚的少女！
好个苏丝，还像星儿闪烁，
可求婚者都远走高飞了哟！
她四面已成一片汪洋，

却不见一只小船朝她漂来。
她最后仰望一次天空,
殷勤的潮头已搂她入怀中。

没了堤坝,没了田畴!这里那里
只露着一段树梢,半截钟楼。
洪水已经淹没一切,
苏丝的形象却人间长留。——
洪水退去,大地复出,
到处都在为苏丝痛哭。——
谁要不歌唱、传颂她的事迹,
就别管这小子的死活!

忠诚的艾卡特[①]

"呵,真该躲开,真该待在家里!
恐怖已经来啦,那夜的魔女:
是她们,是胡尔达夫人的姐妹。[②]

[①] 1813年作于前往特普里茨的旅途中,题材取自德国图林根地区古老的民间传说。艾卡特老人坐守在维纳斯山入口处,好心地劝阻人们别闯进山去。

[②] 胡尔达是维纳斯山的女主人,统帅着一支凶悍狂暴的幽灵大军。

她们逡巡而来，会发现我们的。
她们会把我们辛苦取来的啤酒
喝得一干二净，喝个酒壶见底。"

孩子们一边说，一边仓皇躲避；
这时面前突然出现了个老头子：
"别出声，孩子们！悄悄儿的！
胡尔达的魔女们打了猎回来，
口渴难当，让她们喝个痛快吧，
喝够了，就会对你们客客气气。"

话刚说完，幽灵们已到眼前，
只见影影憧憧，灰蒙蒙一片，
可是喝得、饮得异常带劲儿。
啤酒喝干了，酒壶见底儿了，
狂暴的一群才呼啸而去，
回到了遥远的山谷里边。

孩子们战战兢兢地赶回家去，
好心的老头儿陪着他们，说：
"小宝贝儿，你们别伤心。"——
"我们肯定挨骂挨打，浑身血淋淋。"——
"不，绝不会，一切都会好的，

你们只要像小耗子那样,一声别吭。"

"须知劝你们命令你们这样做的
是忠诚的艾卡特老人;是的,
和孩子们一起玩儿,他挺高兴。
你们不常听讲创造奇迹的人吗?
只可惜谁也拿不出来证据喽;
你们却已把证据攥在手心儿。"

孩子们到了家,恭恭敬敬地
把酒壶送到各自的家长面前,
一心以为马上就要挨骂挨揍。
可瞧啊,大伙儿饮开了美酒!
你敬我我劝你,已轮完三圈,
谁料酒仍没完没了地流,流。

这奇迹,它维持到了天明。
一个爱刨根问底的人终于问:
"这些酒壶究竟出了啥事情?"
小孩子们面带微笑,暗暗庆幸;
他们结结巴巴,吞吞吐吐,
话刚出口酒壶便干得一滴不剩。

诚实的孩子们啊,如果父亲、
老师、长者对你们讲话,
你们一定要认真听从他们!
即使舌头在嘴里憋得难受,
也牢记言多召损,沉默是金;
这样子,酒壶永远满囤囤。

僵尸之舞[①]

夜半时分,守塔人
把寂静的墓园俯瞰;
月光照耀着万物,
墓地明亮似白天。
突然墓穴一个个裂开,
走出来的有女有男,
全穿着长长的白衣衫。

不分老少,不论贵贱,

---

① 作于1813年。在诗中,歌德把死尸夜半跳舞和偷游尸衣衫这两个民间的古老传说结合成一个故事,写得幽默而生动。

他们一起将骷髅扭转,
好快快活活跳起圈舞,
可衣襟长跳着不方便。
此地讲廉耻大可不必,
于是一个个赤裸骨架,

把衣服扔在坟包上面。

接着便高举腿骨,晃动股骨,
舞姿一个比一个怪诞;
其间还夹着哗啪的响声,
像是在敲打拍子的呱嗒板。
这情景叫守塔人忍俊不禁;
调皮的魔鬼趁机引诱他道:①
"走,去偷他一件白长衫!"

咋想就咋干!一溜烟儿,
他跑进了神圣的墓园。
天上的月亮仍那样光明,
死尸的舞姿仍那样吓人。

---

① 魔鬼在西方基督教世界通常都被描绘成引诱者,歌德《浮士德》里那位堪称典型。

他们终于逐渐散去,
一个一个穿上衣服,
呼的一下蹿进坟茔。

只有一个还跌跌撞撞,
在墓冢间摸过去摸过来;
并非给同伴碰成了重伤,
而是在拼命地寻找衣裳。

他猛推钟楼门却被弹回,
守塔人真幸运:门上
饰着的十字架闪耀神光。

死尸不取回衣服怎能罢休?
他也没时间细细地考虑,
猛抓住墙上的哥特式装饰,
便往上攀登,往上爬去。
这下可怜的守塔人完啦!
骷髅仍顺着涡卷往上爬,
像只长脚蜘蛛,十分可怕。

守塔人脸色惨白,浑身打战,
恨不得把死尸的衣服奉还。

但一只铁钩挂住了衣服角——
幸好还魂的死尸也快到时限。
月亮的光辉眼看暗淡下去,
轰鸣的钟声已敲打一点,
骷髅掉下去,摔成了碎片。

叙事谣曲[①]

"请进,你好心的老人,请进!
这大厅里除我们没别人,
让我们把大门关上。
母亲在祷告;父亲去了树林,
他想要射杀狼群。
给我们吟唱一首叙事谣曲吧,
你常吟唱,我和弟弟便能学会,
我们早想有一位自己的歌手,
孩子们啊,他们喜欢听。"

[①] 诗成于1813年,歌德自谓没找到满意的题目,干脆称之为叙事谣曲(*Ballade*)。他还讲此诗的故事来自他许多年以前读过的一首英国叙事谣曲,非常喜欢它,因此还曾动笔将其改写为歌剧(未完成),以为这样一个富于戏剧性的题材写成歌剧会更动人。

"在敌军逼近的恐怖之夜,①
伯爵逃离自己豪华的府邸,
慌慌张张地奔出了后门。
他行前埋好了金银珠宝,
可在怀里又抱的是什么?
他把什么藏在斗篷下边?
他带着什么匆匆远行?
是他已睡着的小女儿。"——
孩子们啊,他们喜欢听。

"晨光照耀世界,大地广阔无垠,
山谷和树林里准备着住所,
村民们殷勤款待行吟歌人,
伯爵这么赶了不知多久的路,
胡子越来越长,已长得不行;
他可爱的小女儿也随之长大起来,
因为有他的斗篷遮风挡雨,
就像头顶上闪耀吉祥之星。"——
孩子们啊,他们喜欢听。

"如此一年一年地过去,

---

① 老歌者开始吟唱实际上是他自己的故事。

斗篷褪了色,斗篷已破烂,
再也没法把小姑娘遮掩。
父亲望着女儿,心中好幸福!
伯爵他真叫作喜不自胜;
像健康的幼芽茁壮成长,
女儿出落得高贵又可人,
使父亲重新富有无比!"——
孩子们啊,他们喜欢听。

"一天来了位骑马的贵人,
姑娘伸出手乞求他怜悯,
可他不愿意给任何施舍,
却把她的小手抓得死紧,
叫道:'我要和她度过一生!'
'算你有眼力,'老人回答,
'你得答应她做侯爵夫人;
她可在草地上和你订婚。'"——
孩子们啊,他们喜欢听。

"神父在教堂里祝福了新人,
姑娘好歹都得跟侯爵归去,
虽然她很不愿意离开父亲。
老人继续走到东,走到西,

在乐天的外表下忍受苦辛。
年复一年,我思念着女儿,
思念着远方的小外孙;
我日日夜夜都在祝福他们。"——
孩子们啊,他们喜欢听。

他正祝福外孙们,突然大门①
砰地打开,回来了孩子们的父亲!
孩子们跑过去,可没法保护老人——
"你这乞丐!竟敢引诱我的孩子!

卫兵,给我把这傻瓜抓起来!
把老家伙关进地牢的最底层!"
孩子的妈妈在远处听见了,
急忙赶来,恳求饶恕她父亲——
孩子们啊,他们喜欢听!

卫兵们没敢碰高贵的老伯爵,
母亲和孩子们也苦苦求情;
贵族的自尊咬噬着侯爵的心,
低声下气地哀求更令他愤懑,

---

① 至此诗人才告诉读者,听故事的兄弟俩就是老人的外孙。

他打破沉默,大声吼道:
"乞丐的贱种!难改本性!
给我的贵族家庭丢脸摸黑!
你们带给了我厄运!我活该……"
孩子们啊,他们真不喜欢听。

老人仍旧站着,目光威严,
卫兵们惧怕他,不敢近前;
这更使侯爵怒不可遏,道:
"我早就后悔这门亲事,
如今可不真的来了报应!
当贵族也是可以学的说法
一直被否定,也该否定,
乞丐婆给我生了一群小乞丐。"——
孩子们啊,他们真不喜欢听。

"既然你的丈夫,你们的父亲
撕毁神圣的纽带,撵走你们,
那就去父亲和外公家里吧!
乞丐虽说白发苍苍,身无分文,
却可以带领你们走向光明。
这城堡本是我的!你夺走了它,
你的家族逼得我流浪远方;

可我却有作为领主的封印！"——
孩子们啊，他们喜欢听。

"合法的国王回到了府邸，
把被剥夺的幸福还给忠诚的人，
启开了他宝藏的封印。"
老伯爵眉开眼笑，大声地说：
"我向你们宣布仁慈的法令。

清醒一下吧，儿子！一切顺利，
今天是咱家的吉日良辰，
侯爵夫人给你生了一群小侯爵。"——
孩子们啊，他们喜欢听。①

---

① 坏女婿也受到赦免和善待，也许并非为了有个皆大欢喜的结局，而是反映了歌德所认同的宽容精神吧。

附录1

你知道吗，有支歌唱出了整个意大利！

翻开人民文学出版社1957年版《沫若译诗集》，读者不难发现有一首诗特别得到郭老的喜爱，被他用不同的格调译了两次。这便是德国大诗人歌德著名的抒情诗《迷娘歌》。

诗题中的迷娘，原是歌德长篇小说《威廉·迈斯特的学习时代》中的一个意大利姑娘。她早年被人拐带到德国，流落在一个马戏班里，备受虐待与摧残，13岁时才为小说主人公威廉所搭救。在威廉的保护和养育下，迷娘慢慢长成了少女，但对自己朦胧记忆里的意大利祖国，仍怀着深深的思念与渴慕，因而郁郁寡欢，终致夭折。

在小说中，迷娘唱了4首述说自己不幸身世与忧伤心情的歌，郭老所译即其中最为脍炙人口的第一首。自从《威廉·迈斯特的学习时代》于1796年问世以来，特别是1815年歌德将小说插曲全部摘出来放进自己的诗集之后，这首《迷娘歌》便在德国国内外广为流传，被译为世界上的多种语言版本，并由贝多芬、舒伯特、舒曼、柴可夫斯基等大音乐家谱曲达百次以上，被誉为世界抒情诗宝库中一颗光彩夺目的明珠。

为了便于读者对这颗"明珠"进行观赏与研究,特将郭老的两种译文抄在下面:

迷娘歌
［译文之一］

有地有地香橼馨,

浓碧之中,橙子燃黄金,

和风吹自青天青,

番榴静,橄榄树高擎,

知否?我的爱人,

　　行行,行行,

　　我将偕汝行!

有屋有屋建高瓴,

华堂璀璨,幽室耀明晶,

大理石像向侬问:

可怜儿,受了甚欺凌?

知否?我的恩人,

　　行行,行行,

　　我将偕汝行。

有山有山云径深,

驴儿踽踽,常在雾中行,

幽壑中有蛟龙隐,
崖欲坠,瀑布正飞奔;
知否?我的父亲,
　　　行行,行行,
　　向我故山行。

[译文之二]

你可知道吗,柠檬开花的地方,
葱茏的碧叶里,橘子金黄,
和风吹自晴碧的天上,
番石榴树静挺,月桂树儿高张,
你可知道吗?
　　　去吧,去吧,
我愿追随呀,呵我的爱人,去吧!

你可知道吗,屋梁顶在圆柱上,
灿烂的广厦,辉煌华堂,
大理石的立像把我张望:
人们怎么你了,可怜的姑娘?
你可知道吗?
　　　去吧,去吧,
我愿相随呀,呵保卫者呀,去吧!

你可知道吗，那云径和山岗？
驴儿在雾里寻求路向，
洞窟中有古老的蛟龙潜藏，
岩头崩裂，瀑布乱奔忙。
你可知道吗？
　　　　去吧，去吧，
登上路程，呵爸爸，让我们去吧！

诗就这么三节，但每节都是一幅色彩鲜明、形象生动而又富于浪漫情调的图画，读着读着，意大利这个美丽的南方古国便活现在我们面前。迷娘把对故国山川草木和人文风物的忆念，把自己的思乡之情吟唱得如此情词恳切、委婉动人，真使人忍不住想替威廉把她的请求一口答应下来。还有，由于事先已多少了解迷娘的不幸遭遇，我们从她对威廉的"爱人""保卫者"和"父亲"这三个相互矛盾的称谓中，更体会到了她对自己的恩人怀有多么复杂而深厚的感情；她那唯一一句涉及自己身世的歌词——"人们怎么你了，可怜的姑娘？"——包含着多少自怨自怜的辛酸。读完全诗，我们心中油然产生一种悲凉之感，深深为迷娘的不幸命运和怀乡情怀所打动。

短短三节诗，要表达如此复杂的思想情感已属不易；然而，《迷娘歌》的内容与意义还远远不止这些。

乍看起来，诗的第一节只写了意大利的自然风物，第二节只写了迷娘童年时游玩过的一幢乡间别墅，第三节只写了她来德国时所走过的一段崎岖山径。可实际上，我们细细吟味之后，却发现这首短诗的内涵并不止于对这些具体事物的描绘，也写了古国意大利的灿烂文化和悠久历史。那圆柱并列的辉煌厅堂和大理石像，使人不由得联想到以建筑和雕塑艺术为代表的古代希腊、罗马文化以及后来的文艺复兴；那云径幽深、蛟龙隐藏的蛮荒山野，使人不由得联想到古希腊罗马的神话，以及神话传说中意大利遥远而神秘的往昔。难怪海涅在《从慕尼黑到热那亚的旅行》一书中，要模仿《迷娘歌》的调子对它发出赞叹："你知道吗，有支歌唱出了整个意大利……"

再者，诗里所抒发的，也远远不只是迷娘这个年轻姑娘的感情；其中还融进了歌德本人对意大利的热烈憧憬。

读过歌德传记的人都了解，他是从童年时代起便对意大利日思夜梦的。《迷娘歌》初作于1784年。其时这位"最伟大的德国人"（恩格斯语）屈居小小的魏玛宫廷已近十年之久，他想把仅有10万人口的萨克森-魏玛公国改造成德国的样板的抱负业已破灭，除写了一些抒情诗外，文学创作也几乎陷于停顿。周围令人窒息的环境和迂腐傲慢的人们早叫他厌恶透顶，他多么渴望去呼吸呼吸南国意大利的清新空气呵。于是，诗人通过迷娘之口，唱出了自己内心酝酿已久的感情，所以诗里的背景才这么广阔，思想才这么深邃，情感才这么真挚。

1786年，歌德终于不辞而别，一个人悄悄逃到意大利去了，在这个民风淳朴、风光秀丽、古迹遍地的国度里流连忘返，一住两年，精神与身体都得到了休息，艺术上更重获新生，开始了自己创作中硕果累累的古典主义时期。歌德说，他到意大利就感觉如在自己家里一样，而在德国和其他地方，他却只是一个"被放逐者"而已。恩格斯在论及歌德对当时德国社会的双重态度时指出，"在《伊菲姬尼亚》里和在意大利旅行的整个期间，他讨厌它，企图逃避它"；《迷娘歌》这首短诗，也可作为他讨厌和企图逃避当时德国社会的一个小小佐证。

此外还需说明，歌德对意大利的憧憬绝非出于无因；而且，对意大利怀有这种特殊情感的也远远不只歌德一人。撇开其他历史原因不讲，单单在14至16世纪的文艺复兴以后，意大利作为资产阶级文化的发祥地，便一直被德国人和欧洲人特别是知识阶层视为自己的精神故乡。作家、诗人、艺术家更是纷纷前往取经"朝圣"，获取创作灵感，并在近几个世纪里创作出了无数以此为题材或背景的作品。比歌德稍晚的资产阶级民主主义作家别尔内，在文章中就称意大利为"天国""梦寐以求的仙岛""给沙漠中的饥饿者撒下吗哪的抚慰女神"，等等（见《烧炭党人和我的耳朵》）。所以歌德在《迷娘歌》中抒发的憧憬意大利之情，才能引起广泛而强烈的共鸣。对处于封建割据的黑暗落后状态中的德国来说，这无疑也间接反映了人们对现实的不满，对光明自由的向往。

以上是对《迷娘歌》内容和意义粗浅而概略的分析，下面再简单谈谈它的艺术性。

显而易见，如果没有高超的艺术手腕，一首短诗是断难传达如此丰富的思想情感，产生如此巨大感染力的。《迷娘歌》除具歌德抒情诗语言精练、形象鲜明、情感炽烈等共同特点外，突出的是还从民歌中汲取了营养，因而用语朴实而富于音乐性，读起来朗朗上口，谱上曲更娓娓动听。尤其是每节诗起首与结尾的询问和恳求，反复中又有变化，随内容的深化与情感的高涨而一次紧似一次地扣动读者心弦，使之发出强烈的共振，久久的回响。

最后，笔者还想就郭老的译文说几句。

总的看来，两种译文都出色地传达了原诗的意旨与情感，保留了这颗"明珠"的光彩与魅力。相较之下，译文之二更切近原文，朴实无华而又诗意沛然；译文之一再创造的成分则多一些，大胆采用了近似我国古风的格调，收到了保持原著民歌风的效果，情韵也更浓烈，只可惜文字在今天已略显古雅，且把原诗中有特殊含义的"柠檬""圆柱"等词或译得不通俗，或省去了，在达意这方面留下了细小的瑕疵。此诗系郭老在1923年所译，近一个世纪后读来仍魅力不减，应该说十分不易。像《迷娘歌》这样的名著名译实不可多得，加之又有两种译文作为比较，[①]给后辈写诗译诗者们提供了一个极好的学习样板，真是弥足珍贵。

[①] 这首诗迄今在我国有译文不下10种，但最早问世的并非郭译，而是出自清末民初的革命家、学者和诗人马君武笔下的《米丽容歌》(见1914年版《马君武诗稿》)。马君武的译文虽也近乎古诗体，且只分节不分行，没有新式标点，但却完整而忠实，同样很好地传达出了原诗的情调和意旨，恐怕它乃是歌德作品乃至整个德语文学的第一篇有别于节述的真正中译（马君武译介歌德的详情和《米丽容歌》的全文，均可见拙作《歌德与中国》)。

附录2

"西方向东方发出的问候"
——浅论《西东合集》

一、"这本书的魅力实在无法形容"

《西东合集》是歌德即将进入老年时完成的最后一部诗作。丰富、深邃的内涵，精湛、独特的风格，使它成为诗人一生中最成熟和最辉煌的作品，真正代表了他个人乃至整个德语诗歌的最高成就。但是与此同时，《西东合集》也是一部极耐咀嚼、很难消化的作品，因此在1819年问世后以至于整个19世纪，都未得到足够的理解，引起应有的重视；只有同为诗人的海涅独具慧眼，虽然他对曾经给自己冷遇的老歌德并无好感，却第一个在《论浪漫派》(1833)一书中对《西东合集》大加赞赏，说"这本书的魅力实在无法形容"[①]。

然而，"19世纪耽误了的事，20世纪给补起来了"，德国著名

[①] 海涅.论浪漫派[M].张玉书，译.北京：人民文学出版社，1979：59.

的歌德研究家特龙茨如是说。[①]因为进入20世纪以后,《西东合集》越来越受到人们青睐,成了歌德除《浮士德》之外被谈论和研究得最多的一部作品。[②]

对于《西东合集》之费解和不易为人接受,歌德心中自然有数,因此才亲笔撰写了篇幅比原诗还长许多的《注释与论述》(*Noten und Abhandlungen zur besserem Verständnis des West-östlichen Divans*),以帮助读者"更好地理解《西东合集》"。[③]这即使不是他唯一一次专门为自己的作品写"导读",肯定也是最详细、最认真的一次。《西东合集》多么为老诗人所珍视,由此可见一斑。

遗憾的是在我们译介歌德作品已有近百年历史的中国,《西东合集》这样一部杰作却很少引起注意,至今没出版过单行本,研究更是薄弱,[④]就难怪它在我国读书界影响微乎其微了。笔者撰写此文,意在多少弥补一下这个遗憾。

---

① Erich Trunz: *Goethe · Werke, Hamburger Ausgabe*, Bd. 11 (Hamburg 1949), S.548.
② Edgar Lohner (hg.): *Studien zum West-östlichen Divan Goethes*, Wissenschaftliche Buchgesellschaft, Darmstadt, 1971, S. 3.
③ 同②, Bd. 2, S. 126—267.
④ 只在译文出版社1982年初版的《歌德诗集》中,收有钱春绮先生的全译。笔者同样也把《西东合集》全文译出来了,可是在收入安徽文艺出版社1998年版的4卷本《歌德精品集》第1卷时,却被删节了将近一半。研究方面,只有冯至先生在1947年9月写过一篇《歌德的〈西东合集〉》(见冯至:《论歌德》,上海文艺出版社1986年版)。

二、"逃走吧",去东方"探寻本源古老的奥秘"

《西东合集》主要创作于1814—1815年。在此之前的将近十年,由于他视作"自身一半"的爱友席勒英年早逝,歌德没有了在创作上相互激励、相互竞争的伙伴,诗歌之泉随心泉一起几乎完全干涸了。除去十来首自己并不喜欢的十四行诗,除去为扑灭"短暂的冬日爱火"而写成的小说《亲和力》(1809年),他把主要精力都放在回顾往事,撰写青年时期的回忆录《诗与真》上面了。曾几何时,一贯朝气蓬勃的诗人似乎已经老了。

然而这只是假象,诗人的生命中注定还有一些冰雪消融、春暖花开的时日。这带给他"又一个青春期",使他的诗歌之泉比以往任何时候都更加激越、更加欢快地喷涌、流淌起来的,是光辉灿烂的东方文明,是他一生中唯一一次在心灵上得到了真正满足的爱情。其时歌德虽已65岁高龄,却仍要在生命力与创造力再度勃发以后,才真正进入夕暮之年。在这个意义上,《西东合集》犹如耸立在诗人的青壮年与暮年之间的一座分水岭,一座夕照映红了的高峰。极目远眺,已觉得那里景色壮丽非凡;身临其间,更会感到心旷神怡。

对于古老的东方文化,歌德青少年时代已有所接触,并表现出了一定的兴趣。但是,他之特别属意于包括阿拉伯和中国在内的东方,积极地阅读和有意识地学习其哲学和文学,却始于1813年。这一年,歌德曾大量借阅有关中国的书籍,饶有兴致地练习中国的书法，翻译中国的诗歌，可以说先已到"中央之国"神游过一次。[①]这一年，应该说并非巧合，正是欧洲历史上的一个重要转折点：波拿巴·拿破仑在莱比锡大会战中的失败，带来了封建复辟的黑暗时期。歌德是拿破仑的崇拜者，是资产阶级的诗人和思想家，尽管表面上与周围的封建势力相安无事，适应妥协，骨子里却对仍然封建制度不无反感。特别是眼下和在此前后欧洲大陆出现的动乱和历史倒退，更令他厌恶和失望。

怎么办？"逃走吧"。可这一次不能再逃往近旁他已有些讨厌的意大利，而是要逃往更加遥远的、神秘的东方：

北方、西方、南方分崩离析，/宝座破碎，王国战栗。/逃走吧，逃向纯净的东方，/去呼吸宗法社会的清新空气！/让爱情、美酒、歌唱陪伴你，/为恢复青春，将吉赛泉饮汲！[②]

这是《西东合集》中题名《希吉拉》的第一首诗的第一节。"希吉拉"（Hegire），在阿拉伯语中意即"逃亡"。正如歌德自己1816年在《晨报》刊出的"出版预告"所说："这名为《希吉拉》的第一首诗，已经足够清楚地道出了整个诗集的主旨和立意。"[③]那就是为躲避眼前混乱的现实而前往东方，去过以爱情、美酒、

---

① 详见杨武能.歌德与中国［M］.北京：生活·读书·新知北京三联书店，1991：36—37.

② 阿拉伯传说中的生命之泉，据称人饮了可以返老还童。

③ 海涅.论浪漫派［M］.张玉书，译.北京：人民文学出版社，1979：268.

歌唱为伴的健康生活，在现世人生的享乐中恢复自己的青春，在他以为仍然淳朴、宁静的阿拉伯世界里满足自己对"原始的宗教、原始的智慧、原始的人性"①的向往，去"探寻本源古老的奥秘"。

读完这首在沙漠中行进着骆驼商队，从姑娘的面纱下飘散出龙涎香的气息，在温泉和酒肆里回荡着歌声的序诗，我们立刻明白，这一次歌德心目中的东方，只是他儿时已通过《一千零一夜》的故事和十字军东征的传说所熟知的阿拉伯，确切地讲只是今天称作伊朗的波斯。在逃亡途中，我们还知道歌德另有一位"向导"，就是他"神圣的哈菲兹"。

三、精神向导和"孪生兄弟"哈菲兹

哈菲兹（Hafiz，约生于1315年，1389年卒），14世纪的波斯诗人，20岁时已显露过人的才华却不肯应召去做为君主效犬马之劳的宫廷诗人，因为他生性酷爱自由，同时不愿离开自己美丽的故乡设拉子。诗人一生穷困潦倒，中年虽结婚生子，两个孩子和妻子却不幸都先他而逝。他的祖国波斯14世纪正处于蒙古人的异族统治下，内忧外患，民不聊生。1387年，即他逝世之前两年，当帖木儿可汗的大军占领设拉子时，诗人已沦落为一名贫贱的托钵僧。尽管一生坎坷，他仍"像小鸟似的歌唱"，不知疲倦地歌

---

① 冯至.论歌德[M].上海：上海文艺出版社，1986：59.

唱，歌唱春天和欢乐，歌唱鲜花和夜莺，歌唱美酒和爱情。诗人以此抒发对幸福光明，对真、善、美的热切向往，呼唤人性的自由、社会的公正和美好的生活，同时向黑暗的社会现实发出愤怒的抗议。哈菲兹富于浪漫色彩和激情的创作，不但表现出他驾驭语言的惊人天赋，还大大拓展了原本纯粹为爱情诗的"加扎勒"（Ghaselen）的题材范围，把这种波斯传统诗歌形式发展到了一个高峰，也使自己成为伊朗乃至世界诗坛一颗光耀千秋的巨星。[1]

1814年，歌德通过友好的出版商科塔（Cotta）得到奥地利人约瑟夫·封·哈梅尔刚译成德文的哈菲兹诗集，一读之下立刻与波斯歌者产生强烈的共鸣，感到自己和哈菲兹简直就像是对"孪生兄弟"！

生活的时代相隔400多年，一个在东方的阿拉伯，一个在西方的德意志，文化传统更是迥异，却产生了如此强烈的共鸣，不能不说是世界文化交流史上的一个奇迹。面对这个奇迹，我们自然会问：它产生的原因是什么？是两者与生俱来的相似的诗人秉性和气质，是他俩都热爱生活，向往自由、欢乐、幸福，却同时又一样地身处乱世。

说到歌德的禀赋气质，不由得想起恩格斯在将他与席勒比较时的相关评价："歌德过于博学，天性过于活跃，过于富有血肉，因此不能像席勒那样逃向康德的理想来摆脱鄙俗气……他的气质、他的精力、他的全部精神意向都把他推向实际生活，而他接

---

[1] 1981年，北京外国文学出版社曾出版邢秉顺翻译的《哈菲兹抒情诗选》。

触的实际生活却是很可怜的。他的生活环境是他应该鄙视的，但是他又始终被困在这个他所能活动的唯一的生活环境里。"[1]正因为太"过于富有血肉"，正因为"全部精神意向都把他推向实际生活"，而这实际生活又很可怜，所以一听到哈菲兹对爱情、对美酒、对美好人生的热情歌唱，他便不禁心旌摇荡，便对诗中描写的阿拉伯世界产生出热烈的憧憬，便为了"摆脱鄙俗气"和"很可怜的"生活环境而开始了逃亡。在歌德心目中，东方原本就是"人类的故乡"（Urheimat der Menschheit）！他这次的东方之旅不仅是追求理想的人生之旅，也是还乡之旅；而这还乡之旅，在歌德有着精神与现实的双重意义。

四、"还乡之旅"——西方与东方、现实与幻想的交流、易位、融合

1814年7月，歌德确实踏上了旅程，虽然是朝着相反的方向：在阔别故乡17年之后他第一次西行，回到了莱茵河、美茵河和涅卡河地区，回到了自己出生和度过青少年时代的地方。时值万物兴荣的早春季节，旅途中所见所闻引发了诗人许多美好回忆。"他在眼前看见了过去，把近旁化为远方：于是美茵河变为伊发拉底河（Euphrat），威斯巴登的温泉变为吉赛泉，维勒美尔夫人——即

---

[1] 马克思、恩格斯、列宁、斯大林. 论文艺［M］. 曹葆华，等译. 北京：人民文学出版社，1953.

后文的玛丽安娜——变为哈菲兹诗中所歌咏的美女苏莱卡,保鲁斯变为从诗人口中领受了人生智慧的酒童,困于莫斯科的拿破仑变为严冬中的帖木儿……"① 也就是说,我们的诗人尽管并未真正长途跋涉前往阿拉伯,却去那里做了神游。在同为"还乡"这点上,精神之旅和现实之旅统一起来了,而且都达到了目的,即帮助诗人恢复了青春活力。歌德称其为"又一个青春期"(eine wiederholte Pubertät),并在后来把它视作识别天才人物的标志之一。②

自从踏上以哈菲兹做向导的"还乡"旅程,诗人歌德真正作青春焕发,创作力空前旺盛,有时一天便能完成好几首诗。在1814年夏天和次年秋天接着进行的两次旅行期间,他作诗多达200多首,构成了《西东合集》的主要内容。③

歌德与生活在不同时代、不同国度、不同文化背景和出身、经历也很不一样的哈菲兹心心相印,视他为"孪生兄弟"并在诗中与他进行思想感情交流;歌德将现实与幻想易位、融合,在幻想和诗歌创作中获得从现实无法得到的满足——所有这些,都给文艺心理学和比较文学提出了很有意义的研究课题。他在这交流、易位和融合的兴奋喜悦中写成的《西东合集》,更可作为东西文化交流的生动范例,"世界文学"构想的有力依据。

---

① 见《论浪漫派》第61页。本引文中的保鲁斯,是歌德在旅途中结识的一位深得他好感的青年。

② M. Kluge und R. Radler (hg.): Hauptwerke der deutschen Literatur, Kindler Verlag, 1974, S. 214.

③ 仅仅在1819年出版后的次年补充了5首而已。

五、内容和格调看似丰富、庞杂，仍为统一、和谐的整体

《西东合集》分成12篇，内容可以讲十分丰富甚至庞杂。但是依据主题，12篇可以正好3篇一组分成4组：第一组《歌者篇》《哈菲兹篇》和《爱情篇》，可统称"现世篇"，涉及哈菲兹诗作的主要题材，即赞颂爱情、美酒和歌唱；第二组《观察篇》《郁愤篇》和《格言篇》，可统称"思辨篇"，都是对人生的种种问题做形而上的思考；第三组《帖木儿篇》《苏莱卡篇》和《酒肆篇》，可统称"人物篇"，每一篇都有一个诗人与之对话的中心人物；第四组《寓言篇》《拜火教徒篇》和《天堂篇》，可统称"信仰篇"，说的都是有关灵魂归宿的问题。[①]

上述四组尽管内容和格调都差异明显，《西东合集》却仍是一个和谐的有机体。它之所以能于丰富、庞杂中做到统一、和谐，靠的是：1.诗人歌德始终是贯穿全书的主体，尽管他有时乔装改扮成旅行者和商人，骨子里仍然是个情人和歌者；2.全书都弥漫着浓郁的阿拉伯气氛，始终保持着淳朴的"加扎勒"诗体格律[②]；3.对一些重大的主题如诗艺、爱情、人生和信仰等，在各部

---

① Hans-J. Weitz (hg.): Goethe, Westöstlicher Divan, Insel Verlag 1981, S. 298.

② 在韵律方面，《西东合集》几乎完全保持了哈菲兹诗歌的风格，即严格如"加扎勒"似的押aabb或abab韵；不同于哈菲兹的诗歌都是4行一节，歌德则有了不少的变化。

分反复抒写、咏唱，于循环和螺旋状的运行中一步步加深，一步步提高，逐渐结晶、升华，直到臻于佳境极致，例如序诗《希吉拉》最后两节表现诗人的自信、自尊以及对诗艺的近乎神化的推崇，在其他各篇特别是最后的《天堂篇》中，便得到了进一步的阐发。

可是，《西东合集》毕竟色彩斑驳，内容纷繁，加之包裹着阿拉伯的伪装，充满宗教的神秘，读起来仍然相当费解。冯至先生把它与歌德以前各个时期的诗作了比较后说："但是到这里，却有些不同了，诗好像与读者产生了距离，读者若还是居于被动的地位而不肯多费一些力，他便会从诗的旁边走过，有如从墙外走过一座蕴藏丰富的宝殿。因为这里的语言可能比以前的诗里面的语言更为简练，文字也更为朴素，但是每一个字都越过了它一般的意义而得到更高的解释；这里的自然，一草一木，一道彩虹，以及一粒尘沙，都是诗人亲身经历的、亲眼看见的，但又无时不接触到宇宙的本体；这里的爱和憎，以及对生命种种的观察，都是诗人自己的，同时又是人类的：所以有些粗率的读者、眼界狭窄的读者、追求辞藻的读者，往往在朴素的文字前感到枯涩，在诗人所写的种种对象前觉得表面的描写不能满足他们的欲望，而里边所含的深意他们又无从领略。更加以在这些诗里出现的人名、地名、风物、人情，多半是东方的，尤其是波斯的，这些生疏的名词更使一些对此感到陌生的读者望而生畏。"[1]

---

[1] 海涅.论浪漫派[M].张玉书，译.北京：人民文学出版社，1979：55—56.

六、深邃的哲理之书，伟大的爱情之书

对令人"望而生畏"的《西东合集》，笔者不揣浅陋，在此做一点探讨的尝试——就诗说诗，先谈《西东合集》有关诗歌的内容。

如上所述，通过到阿拉伯的神游和现实的还乡之旅，歌德迎来了精神和创作的又一个青春。他青春焕发的表现之一，就是勇敢地"拿来"，实现了诗歌风格和观念的更新。比较集中地探讨诗艺的为《歌者篇》和《哈菲兹篇》。《歌者篇》中有一首题名《诗歌与雕塑》的短诗，更形象地阐明了阿拉伯东方的诗歌与希腊罗马的古典艺术包括诗歌的本质区别：后者是坚硬凝固的、轮廓分明的、易于把握的，就像雕塑；前者是流动柔滑的、无定界的、无法把握的，就像幼发拉底河中的水。然而歌德在结尾唱道：诗人纯洁的手掬水，/水也会凝聚成球一样。这说明他相信水一样的东方诗艺并非不可把握；只要诗人有一颗赤诚火热的心，只要他用"纯洁的手掬水"，就会捧得一个圆匀、光洁、透明、晶亮的美丽球体。

歌德创作《西东合集》时已65岁，但仍不失赤子之心。他对东方的憧憬是那样热烈，对阿拉伯诗艺的追求是那样真诚，在《哈菲兹篇》的《无限》一诗中竟唱道：让整个世界尽管沉沦吧，/哈菲兹，我要同你竞争，/只有你与我是孪生兄弟。正像当年在与席勒的相互激励下完成了大量杰作，在与哈菲兹的竞争

中歌德也写成不少好诗,捧得了不少晶莹闪光、异彩纷呈的水晶球,使《西东合集》成了歌德乃至整个德语文学的诗中上品。

30年前,意大利之行使歌德倾心于希腊古典主义,创作成功《罗马哀歌》等一批不朽诗作;眼下的东方之旅使他对诗艺有了新的追求,与意大利相联系的过去已如一张旧皮从诗人身上蜕掉了。因此也不妨讲,正是从《西东合集》起,歌德的诗歌创作完成了从古典主义到浪漫主义的转变。

再说《西东合集》丰富而深邃的哲理;它不只集中体现在极富思辨色彩的《格言篇》《观察篇》,而是渗透了全书。例如《歌者篇》中的《幸福的渴望》,便是一首极为脍炙人口的哲理诗。诗中飞蛾奋不顾身地扑向火焰这个意象,显然从哈菲兹的以下诗句获得了启示:灵魂在爱情的火焰中燃烧,/像蜡烛一样光明,/我曾以纯洁的心情献身。/你不像飞蛾因渴慕而自焚,/你就永远不会得救,/摆脱爱的苦闷。然而,《幸福的渴望》表达的不断更新自己,超越自己,为了实现理想而不畏艰险、不惧牺牲,以及欲通过死而达到"变"的思想,却是歌德所固有的,是他那带有进化论特征和辩证色彩的自然哲学,以及以自强不息的浮士德精神为核心的人生观的表现。因此可以说,这首诗在借用阿拉伯的形式外壳,弥漫着伊斯兰教信仰的神秘气氛,饱含东方哲理智慧的同时,也和谐地、圆融地吸纳进了西方诗人歌德的思想和精神,使两者结合在一起,成为一枚可以透视宇宙人生的水晶球,一篇形神兼备、玲珑剔透的艺术杰作。

脍炙人口的《幸福的渴望》,可算是《西东合集》最富典型意义的代表作之一。因为这整个诗集都是以东方的艺术形式表现东、西融合的思想精神,都成功地把东方和西方的文化精神、哲理智慧融溶在了一起。难怪奥地利著名象征主义诗人和戏剧家胡戈·冯·霍夫曼斯塔尔(Hugo von Hofmannsthal, 1874—1929)谈《西东合集》的文章劈头就讲:"此书整个儿都是精神(Dieses Buch ist völlig Geist)。"[①]这里的精神指智慧,指哲理。霍夫曼斯塔尔的意思是不管写什么题材,诗意诗情都完全为哲理渗透,都表现着智慧。

事实确乎如此,在歌德这个篇幅有限的诗集中,不论是东西方文明之间的对话,还是男女两性的对话,不论是咏叹人生的无常与来世的缥缈,还是赞颂现世的欢乐和信仰的诚笃,《西东合集》都无不蕴含着神秘的玄想,深邃的哲思,堪称是一部"智者之书"。

《西东合集》的另一个重要内容,是男女之间的爱情。它同哲理一样贯穿全书,更构成了《爱情篇》和《苏莱卡篇》的核心;不同的是对于诗人来说,它更加的实在、具体。

1814年7月26日一早,歌德乘着马车出了魏玛城门,在清晨的薄雾中看见一道奇异的乳白色虹霓,心中油然升起幸福的预感,当即吟成一首题为《现象》的诗。这诗的结尾道:所以,快活的老人,/你也别灰心;/尽管你头发花白,/还是会有爱情。

[①] Hugo von Hofmannsthal: *Goethes, West-östlicher Divan*, in *Gesammelte Werke in Einzelausgaben*, Prosa 3. Fischer Verlag 1964, S. 159.

歌德的预感没有错。在法兰克福，他幸遇老熟人维勒美尔的养女玛丽安娜。这位秀外慧中的女子对大诗人歌德怀有深深的景仰，在他面前表现得十分谦卑；对于温柔美貌的少妇，本来就渴望爱情的歌德自然也不会视而不见，无动于衷。两人尽管相处时间不长，心弦却已开始了轻柔微妙的振颤与应和；待到第二年春天歌德再去故乡旅行时，已如奔赴心上人的热恋者一般地激动，途中便写了一些诗献给玛丽安娜，还为她取了一个美丽的阿拉伯名字苏莱卡，而自己则变成了阿拉伯歌人哈台姆。这次在离法兰克福不远的一处乡下别墅里，歌德和玛丽安娜朝夕相处了四个星期。两人再也按捺不住内心的激动，开始了互诉衷肠的热烈唱和，身心完全沉湎在了由爱情的陶醉和创作的亢奋混合成的绝妙境界中，可随之而来的则是更加难堪的离别。第二年9月，玛丽安娜只好又匆匆赶到风光明媚的古城海德堡，与逗留在那儿的歌德重温旧情。但由于她年前已嫁给维勒美尔，歌德自己的妻子也还健在，两人便不得不再次忍痛分手。其间种种酸甜苦辣的况味，诸如相聚的幸福，相思的痛苦，重逢的欢乐，离别的感伤、绝望等等，统统都化作一首一首富于真情实感的、优美动人的抒情诗。它们总共40余首，全收在《苏莱卡篇》中。

值得一提的是，歌德甚至把玛丽安娜写的诗当作自己的收了，有的原封未动，有的只略加修改，但都未作说明。直到歌德死后30多年的1869年，才有研究者以确凿的材料证实玛丽安娜乃是《苏莱卡篇》的共同作者，其中一些著名的婉丽佳作，都出自这位遭埋没的才女笔下。[①]在一对爱侣心心相印的唱和中产生《苏莱卡篇》,于世界诗歌史不啻一段美妙悦耳的插曲,一则意味深长的轶话。

主要以对答形式写成的《苏莱卡篇》杰作比比皆是,不乏世界爱情诗中的瑰宝。特别是那首《重逢》,它把男女两性的爱情,把爱人之间的离合悲欢,放在世界形成的大背景和大框架中,以哲学的眼光进行观察和阐释,表达了一种近似新柏拉图主义的宇宙观,即认为光明与黑暗的一分一合两次行动,是宇宙万物产生的缘由。正像我们用阴代表女性,用阳代表男性,相信阴阳结合便形成太极,达到和谐圆满一样,歌德诗中也以光明与黑暗分别代表男和女,认为他们本来就"相依相属";一旦分开后"又聚在一起,相爱相恋",便创造出美好的世界。因此,诗中说"创造世界的已是我们",是热烈而真诚地相爱的人们,而不是上帝或者阿拉伯人的上帝安拉!

真不知道中外古今,还有什么诗能以如此崇高的思想,如此恢宏的气势,来赞颂男女两性的爱情,抒写恋人之间的离合悲欢!《重逢》一诗表现的远远不止是歌德个人的情感和思想,而已具有了深沉的、涵盖宇宙人生的哲学意义。这样的诗,一位伟大的哲人在刻骨铭心的爱情体验中吟成的伟大爱情诗,毫不夸张地讲,只有老年歌德才能写得出来。

[①] 甚至有学者(如当代著名歌德研究家可尔夫)认为,歌德对她的诗的修改有些甚至是弄巧成拙。

除了《重逢》，还有《二裂银杏叶》，还有《致东风》《致西风》等，都堪称世界爱情诗中的精华。只可惜囿于篇幅，不便再作介绍。

七、无穷的艺术魅力——"西方向东方发出的问候"

纵观《西东合集》，除去前文指出的阿拉伯色彩和神秘气氛，这部诗集还有以下艺术特点：

1.阿拉伯式近乎狂热的激情。这激情时如喷发的火山，时如飞泻的瀑布，时如汹涌的狂潮，激荡和震撼着读者的心弦，引起读者的共鸣。这激情往往蕴含着宗教的虔诚和哲理的深沉，赋予《西东合集》以一种特殊的魅力。

2.与前述涉及内容的本质特征相适应，艺术表现也极尽夸张、渲染之能事，例如《重逢》以宇宙的产生比附男女的相爱与离合悲欢，就十分典型。

3.语言格外富于形象性，大量使用东、西方的典故，还有比喻更是新颖奇特，巧喻、妙喻、险喻层出不穷，于抒情中平添了机趣与智慧的光辉。

4.最后，十分重要但却极易忽视的是整个诗集明朗、欢快、戏谑的基调。不是吗，歌德乔装成阿拉伯商人和歌者，戴上缠头骑上骆驼，本身便有做戏的性质。他变作哈台姆与苏莱卡谈情说爱，明知梦想不能成真却假戏真做以致弄假成真，既享受到了欢乐也经历了痛苦，与上面讲的"激情""夸张"相结合便使诗集中的不少篇什带上了幽默、调侃的味道,可是在戏谑、调侃的背后又并不缺少严肃和深刻,正如舞台上的喜剧表演。老歌德的高超卓越就在于能以其娴熟的艺术手腕,在《西东合集》中把种种矛盾的因素成功地糅合在了一起。

笔者见识浅陋,笔力软弱,真是无法在一篇文章里把《西东合集》这部杰作谈透彻。只好摘引海涅《论浪漫派》的一段精彩论述,作为弥补:

> 全书香气馥郁,情绪火热,犹如一座东方的后宫,到处是浓妆艳抹、柔情脉脉的嫔妃宫娥,灵眸漆黑,纤臂如雪。读者会感到浑身战傈,心动神摇,……歌德在此把最令人心荡神迷的人生享乐变成诗句,这些诗句是那样的欢快轻柔、那样的飘忽空灵,不由使人感到惊讶,德国语言竟能写出这样的诗句……这本书的魅力实在无法形容,它是西方向东方发出的问候。[①]

亲爱的读者,请翻开《西东合集》的中译本,接受来自西方诗哲歌德的问候吧!

---

① 见《论浪漫派》第58页。